徹夜长者

路小风，他来自这样又这么一群人。

他们活着的含义不是活着的意义、活着

的追求，而是活着的本身，那就是活

下去。

　　　　　　　　　　纳夜临枯

CHEYELIUXIANG

彻夜流香 著

高门

GAOMEN

中国言实出版社

图书在版编目（CIP）数据

高门 / 彻夜流香著 . -- 北京 : 中国言实出版社，
2023.12
ISBN 978-7-5171-4706-0

Ⅰ . ①高… Ⅱ . ①彻… Ⅲ . ①长篇小说—中国—当代
Ⅳ . ①I247.5

中国国家版本馆 CIP 数据核字（2024）第 029749 号

高门

责任编辑：王蕙子
责任校对：王战星

出版发行：中国言实出版社
      地　　址：北京市朝阳区北苑路180号加利大厦5号楼105室
      邮　　编：100101
      编辑部：北京市海淀区花园北路35号院9号楼302室
      邮　　编：100083
      电　　话：010-64924853（总编室）　010-64924716（发行部）
      网　　址：www.zgyscbs.cn　电子邮箱：zgyscbs@263.net

经　　销：新华书店
印　　刷：长沙鸿发印务实业有限公司
版　　次：2024年9月第1版　　2024年9月第1次印刷
规　　格：880毫米×1230毫米　1/32　9印张
字　　数：175千字

定　　价：38.80元
书　　号：ISBN 978-7-5171-4706-0

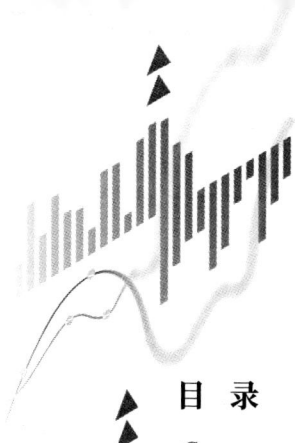

目 录
Contents

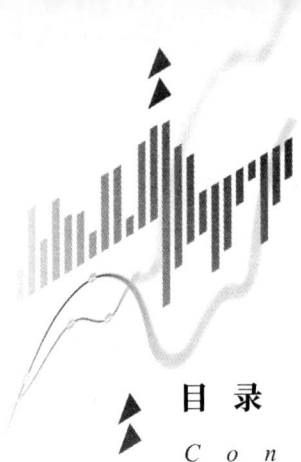

目 录
Contents

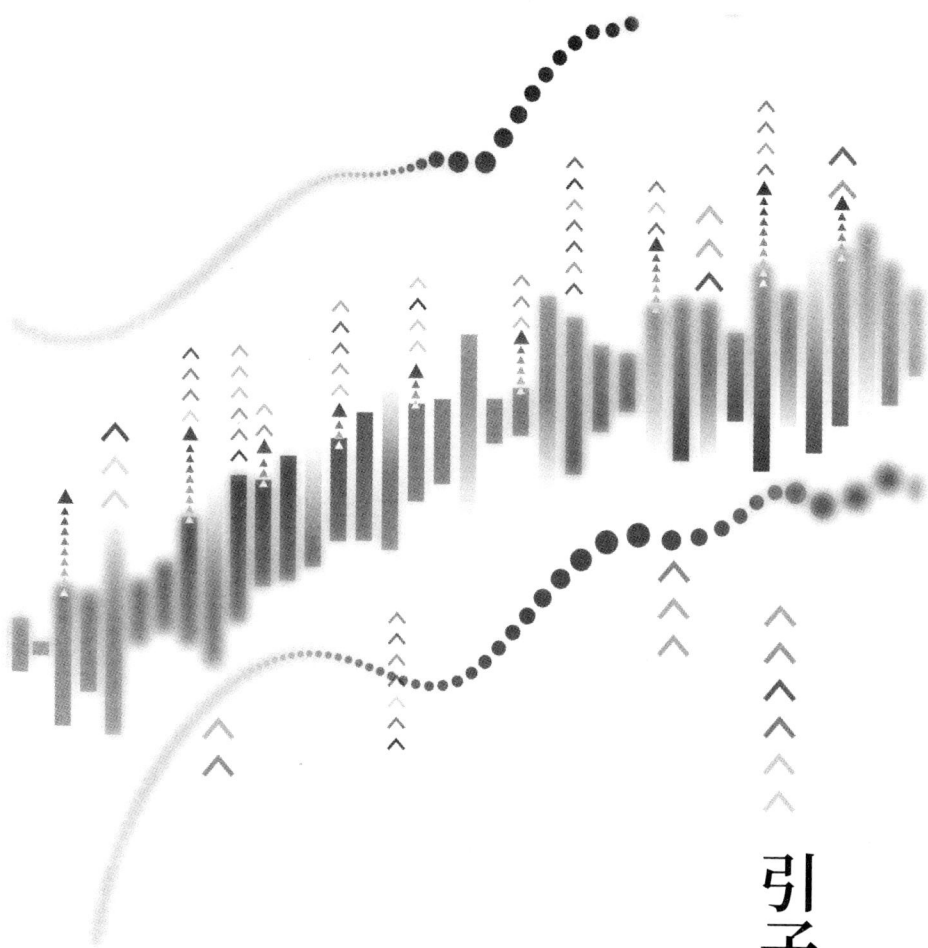

引子

1991 年，陕西省贫困县贫困村路家湾的老路家来了一位贵客。

村民们三三两两地挤在老路家的门口，围观那辆经过长途跋涉来到老路家泥瓦房的黑色小汽车。那个时候对普通老百姓来说，四轮小汽车就是身份的象征。

"是个大人物！"跟老路家一泥墙之隔的邻居冯家女人得了一手消息出来道。

村民倒抽了一口冷气，没想到老路家还认识这样的人，村民一阵骚动，眼睛里透着羡慕。

其实路爸也很意外，因为这位贵客认识的人不是他，而是他刚出生就死去的老爹。

"当年路同志为了救我而牺牲，我一直都想要探望路同志的家人，报答这份恩情的，但是由于各种原因，所以拖到今天才来。"路爸的面前是一位穿西服的男人，这个男人有几分让人猜不出他的年龄，他满头银发，面容却显得很年轻，而且体态瘦长，戴着一副金丝眼镜，看起来非常地有风度。

路爸有一些蒙，对这份超过四十年的救命之恩有一些蒙。

贝沫沙推了一下眼镜，道："是这样，当年我和你爸爸共事时曾有过协议，将来我若有子女，便与你们家结为亲家。我呢……结婚有一些晚，到四十多岁才结婚，所以跟路同志的约定也只好拖到今天才来履行。"

只当过几天煤矿工人的路爸连忙起身："不敢，不敢！"

贝沫沙很有气度地挥了挥手，和气地道："这是我们的约定，君子当重诺胜于千金，我已经决定了，将小女嫁给你的儿子，路同志的孙子。"

路爸两眼又呆滞了起来，他这一次连不敢都没说，只道了一声"我出去一下"，就匆匆带上门出去了。

这一回换得贝沫沙有一些纳闷。

贝沫沙论年龄那是超过六十岁的人，他当年在上海做工的时候认识了路爸早死的爹爹路老爹，路老爹收到消息说，留在老家的老婆给他生了一个大胖儿子，所以路老爹一时高兴便要跟当时一起工作的贝沫沙结亲家。

这原本就是一句信口开河的话，贝沫沙也从来没当真，他出生于富有家庭，一向养尊处优，就算是后来参加了工作，也还是一个阔少爷。

直到他家女儿贝律心闯下了一个弥天大祸——她未婚先孕了！而且说不出来孩子是谁的！

为了保全自家女儿的清誉，贝沫沙突然就想起了跟路老爹的这段定亲之约。

经过这么一打听，路爸还真有两个合适的儿子。

路爸生了四个孩子，老大在西安读大专，老二因为经济问题只能辍学在家，老三是女儿，老四还是个男孩儿，今年刚刚十岁。

可是老大跟老二都已经有二十岁了，这令贝沫沙有一种绝处逢生的感觉，在他看来，以他的地位跟贫穷的路爸提亲，路爸必定会欣喜若狂地答应下来，哪里知道路爸居然刺溜一下溜走了。

莫非不愿意？所以贝沫沙要郁闷。

其实他真冤枉路爸，这种事情对穷得叮当响的路家来说，那就好比是天上砸下了一块天大的馅饼，大得能将路爸埋了。这接还是不接，路爸做不了主。

他溜出去，是为了找能做主的人，能做主的是路妈。

陕西农村的规矩是女人吃饭不上台，客人来了也不能大模大样地在客厅里高谈阔论，这是风俗。

因为女人大多待在厨房，所以家庭里很多大事都是在厨房里解决的，比如现在：

"媳妇，贝同志说要跟咱家结亲！"路爸急吼吼地冲进来道。

路妈正在揉面，听到这话眼神一下子就呆滞了，倒是替她在灶台上拉风箱的大儿子路小平欣喜地跳了起来，大叫道："是真的？！"

路妈毕竟做惯了主，下巴微抬地道："小平，你先去给人家闺女送杯水，看看她恶心好点了没！"

路小平心领神会，立即开心地倒了碗水，火急火燎地去了。

路妈接着揉面，路爸知道媳妇揉面是为了思考。

路妈虽然在农村工作社时期也参加过学习班，但学的字前学后忘，到今天还是大字不识一个，但这不妨碍她思考问题跟替家里掌舵领航，甚至于在很多时候，她想出来的方法更加直接，也更加有效。

"这是好事！"路妈首先肯定道。

"当然。"路爸欣喜地道，"娶了北京媳妇，咱们儿子就一步登天，登到首都去了。"

路妈沉吟道："不是娶，是嫁！"

路爸跳了起来，道："你让咱家的娃给人家入赘？你让咱们孙子跟人家姓？绝对不行！"

路妈将手中的面团往面板上一放，道："你有娶媳妇的钱吗？人家闺女会跟着咱们的儿子住在这个小破窑洞里吗？我们儿子到了城里，吃人家的用人家的，人家能心甘情愿替你养儿子，回头还替你养孙子吗？你能保证你的孙子跟了你姓，但认你这个爷爷吗？"

路妈一连串的反问让路爸彻底哑了声，路妈精明的眼睛闪闪发亮。她道："所以我们的儿子跟他女儿成亲，我们就注定要损失一个儿子了，这个儿子我们不能白损失！"

路爸不吭声了，他拿起烟袋蹲在厨房的一角画起了圈圈。

路小平一眼就看见了站在大核桃树下的贝律心，她上身穿着一件红色的蝙蝠款羊毛衣，下面穿的是踏脚裤跟高跟鞋，配上微卷的短发，这在路小平的眼里时髦到了极点，比起西安那些姑娘不知道强了多少倍。

他第一眼看见贝律心就喜欢，虽然贝律心一脸不加掩饰的厌恶加不耐烦，但这不妨碍他对这个高挑、时髦，浑身上下透着不凡的女孩子感到心动。

贝律心一路晕车，从西安到这个破地方，她把一辈子能见过的泥路、泥房都见到了，车子颠得她五脏六腑都快吐出来了，她不禁恨恨地想，要是能把肚子里那该死的小东西也吐出来就好了。

"好些了吗？喝口水吧！"路小平想到眼前这个女人很快就要变成自己的老婆，连说话的语调都缠绵了几分。

贝律心看了一眼那个碗，由于长期被烟熏，碗的釉面都是灰扑扑的，贝律心恶心得将路小平的手一推，指着向他们探头探脑围观的村民道："这些人是不是有病！"

路小平连忙道："没有，没有，我们村的人可健康了，上次县里组织的体检，我们村连高血压都没几个！"

贝律心看着眼前这个穿着白衬衣、满面土气，却一脸精干卖相的男人，想起要跟这种人过一辈子，红润的嘴唇不屑地上弯，吐了一句粤语："鸡同鸭讲。"

她说完就踏着铿锵的脚步走了，光留下路小平在后面琢磨那一句粤语。

要说路小平自负读过大学，读过英语，依稀能分辨得出来贝律心那句话的意思，想着可能是一拍即合的意思，心里虽然有一点欣喜，但觉得这女子讲这种话也太那个了……以后当了老婆要好好说说。

他胡思乱想之际，刚巧看见二弟路小凡挑着水过来，心中的大喜之情自然要第一个跟兄弟分享。

路爸出于对路遥那描述煤矿工人的著名小说《平凡的世界》的敬仰，给自己的四个孩子，依次取名为路小平、路小凡，可怜第三胎的女儿，好端端的姑娘家叫路小的。最后一个是路小世，不过路爸跟路妈大约没什么可能再生一个了，路爸也只好遗憾此生凑不足《平凡的世界》了。

"知道那人是来做什么的吗？"路小平拉住弟弟问。

路小凡不得不放下肩上的担子，道："来做什么的？"

跟路小平一脸精气神十足的精明样子不同，路小凡长得有一点蔫，瘦不啦唧的，蔫头耷脑，戴着一副过大的黑框眼镜，穿着一身过大的藏青色运动服，所以相比之下，他远没有路小平能讨父母的欢心。

事实上对于四个孩子，排行第二的路小凡既不是长子，又不是唯一的女儿，也不是幼子，父母清点自己孩子的时候，他是最快被略过去的一个。

"向我提亲的！"路小平将提亲那两个字咬得特别重。

"什么？"路小凡果然大吃了一惊。

"我就要娶一个城里老婆了！"路小平得意非凡。

路小凡呆头呆脑地道："哥，我看这亲事没什么好的，咱们是乡下人，人家是城里人，娶了她要受气的吧，你不是喜欢邻居家的小凤吗？"路小凡挑着水走了那么一趟，贝律心的白眼已经吃了好几个，人家明显看不起他们乡下人。

路小平嗤之以鼻，道："所以说你见识少，我在城里这几年可算看透了，没有关系、没有人脉，再能干也没用，娶这样一个老婆，要少奋斗多少年。小凤算什么，人家贝小姐才是凤凰呢！"路小平到西安城里读了几年书，一年比一年觉得跟家人没什么能交流的，不是一个层次，也不是一个见识。

所以他一搭路小凡的肩道："算了，跟你说你也不懂，别守着自己的狗窝，人呀，眼光要放长远一点。你放心，哥我去了北京，就凭我的天资，借着他们家的势，绝对能在那混得风生水起，到时我也绝对不会忘了父母兄弟的，尤其是小凡你！"

路小凡去年高考，其实成绩不差，甚至比路小平当年考得还要好一点，但是因为家里供了路小平，他一年开销大过一年，园子里的果子又只有那么几颗，实在无力再供养一个大学生。

路爸路妈想了想，路小凡完全没有路小平那种机灵劲，读了书也不会有什么大出息，若是为学费再背上一身的债，怎么养下面两个？所以就让路小凡辍学务农了。

路小平的意思是路小凡也算为他牺牲了，他不会忘记。

路小平空着两只手走了，路小凡重新挑起了水，突然听到旁边的麦秸堆里一阵响，他一抬头见麦秸堆上坐起来一个年轻的男子，穿着一身白色的运动服，长得也白净帅气，不是贝家的那个儿子贝律清又是谁。

路小凡立刻想到的，就是贝律清肯定将路小平刚才的话都听进去了，顿时脸红得跟充了血的鸡冠似的。

贝律清从很有弹性的麦秸上一跃而下，冲着路小凡歪了一下头，从耳朵里掏出耳机，示意自己刚才听音乐什么也没听到，然后拍了拍身上的碎屑走了。

路小凡面红耳赤地看着人家的背影，他又不是傻瓜，贝律清要是没听见路小平的话，做什么要撇清？但是想起贝律清避免他尴尬的动作，他又对贝律清顿生了好感。

其实路小凡第一眼见到贝律清就有好感，因为贝律清是他见过长得最清秀的人。

路家湾的风沙很大，再亮的衣料被风沙这么一吹，日子久了也是一种脏兮兮的颜色，还不如直接穿黑蓝灰。

因此，当贝律清穿着白色的运动服，耳朵里塞着耳机，出现在路小凡面前的时候，路小凡真的有一种眼前霍然一亮的感觉。他站在他们当中，那就是一种鹤立鸡群的感觉，是让像路小凡这样的男孩儿来羡慕、敬仰，还有自卑的。

贝沫沙听完路爸的建议，不禁有一些讶异，让自己的女儿带"馅"嫁给路家的儿子，贝沫沙心里还是有愧的，可是路家人竟然要将儿子送给他，这让贝沫沙有一些哑然。

路妈见贝沫沙不吭声，误以为贝沫沙不愿意，也顾不上风俗了，连忙掀帘走了进来，道："贝同志，哦不，贝亲家，我们想将孩子入赘你们家也是没办法的事情。你也看到了，咱们家穷，我不忍心媳妇进了家门跟着我们一起受苦，所以只好让儿子跟你们回去了！"她说着掀起衣角按了一下眼角，道，"我们也知道你不会介意，但是儿子出去之后，我们再心疼也是顾不上了，唯一指望的便是亲家能对他好！"

"那是自然！"贝沫沙连忙道，他是个绅士，绅士是最见不得女人掉眼泪的。

路妈接着道："所以这个儿子也等于是亲家你的儿子了，这是我们的一点小心思，亲家能体谅？"

贝抹沙只好道："自然！"

路妈松了一口气，脸色红润地对路爸道："我就说亲家是一个通情达理的人，瞧，我没说错吧！"

路爸心里一贯的信仰就是路妈是无所不能的，这个时候贝律心进来，他便端起架子道："这是显而易见的事情，你一个妇道人家说三道四有什么意思！"他原本的意思是想替儿子在未来的儿媳面前放一句话。

可是路爸的谱一摆完，立刻想起了现在是自己"嫁"儿子，不是娶媳妇，不禁有一种端起架子砸自己脚的痛感，偏偏贝律心像没听到他说话，往桌边的木凳子上一坐，揉起了自己的脚脖子。

路妈也跟没听到路爸的话似的，趁热打铁道："贝亲家，不瞒你说，你也看到我家的情况了，小平读大学的费用很大，但我们就是这个信念，那就是砸锅卖铁也要让孩子把书读上！"路小平读大学是路妈最骄傲的资本所在，说到这里路妈忍不住把胸挺了挺，接着道，"所以亲家，我们也不妨打开天窗说亮话，我们家真的是一穷二白，恐怕孩子婚礼的费用……"

贝沫沙也算久经沙场，很快听懂了路妈的弦外之音，立即道："你放心，小孩子的结婚费用都由我们来，而且既然你们家是嫁儿子，那这聘礼我们也要出的！"

路妈顿时眼中泛着泪光，跟路爸对视了一眼，强自镇定地道："那我们的儿子从今往后就拜托亲家了。"

一旁的贝律心挺不屑地冷笑了一声。

贝沫沙低头想了想，道："让你们的长子入赘我们家，于情于理有一点不合适，这样吧，就把你们的次子路小凡入赘我们家吧。"

这个时候路小凡刚刚挑着一担水推门进来，看着家里的人突然都齐齐地注视着自己，他连忙放下水桶检查了一下自己身上。他还不知道自己在懵懂之间，一顶"绿帽子"就从天而降，实实在在戴到了他的头上。

贝沫沙说让路小凡入赘，路爸路妈简直是一惊，因为他们怎么想，也觉得贝家要挑自然是挑他们家最有出息的、身为大学生的长子，连想都不敢想要把不起眼的次子介绍给贝律心。

但是转念他们又是心中一喜，毕竟入赘就是把儿子送给别人了，能够不送走可以光宗耀祖的长子，简直是列祖列宗在保佑。

路妈向路小凡招了招手，道："凡凡，过来！"

路小凡以为妈妈有什么吩咐，立刻放下担子乖巧地过去了。

路妈看着自己这个瘦瘦的、平时从不添麻烦的儿子，强压着泪意道："给你爸爸跪下！"

路小凡掉头去看路爸，心想好端端的爸爸还健在，做什么要跪？

"不是这个，是这个！"路妈指着贝沫沙道，"从今以后他就是你的爸爸！"

路小凡不禁张开了嘴，贝沫沙不禁有一些尴尬，道："不用，不用！"

路妈神色严厉地道："这是咱们家最基本的做人规矩！"

她这么说，贝沫沙也不好吭声了。震惊无比的路小凡被路妈按着，结结实实地给贝沫沙叩了三个头。

叩完了头，晕得不知道东南西北的路小凡只听贝律心不屑地轻声道："唱戏呢！"

他有一些茫然地环顾了一下四周，掉过头见贝律清耳朵里塞着耳机，双手插在口袋里，斜靠在门上，还有一脸震惊的路小平都在看着自己，耳边只听贝沫沙咳嗽了一下才道："既然大家都在，那我就宣布一下路小凡跟贝律心的婚事，考虑到路小凡双亲不便远途跋涉，所以成亲的事情我们就在路家湾办！"他顿了顿又道，"鉴于路小凡有少数民族血统，且年满十八岁，根据我国婚姻法，他不需要遵守二十二周岁才能完婚这一条例，他们的婚姻是合法合理的行为！"

贝沫沙最后一段说得挺用力，完全是说给墙外的村民听的，以免对法律一知半解的村民以后有什么贝家不遵守婚姻法的谣言传出来。

对于敏锐而有远虑的贝沫沙来说，这一桩婚事他办得没有漏洞。

路小平听完了贝沫沙的话，转身就冲出了家门。路小凡急了，刚想去追哥哥，路妈喊住了他，道："凡凡，要结婚的人了，不要到处乱跑，跌了撞了就不喜气了。"

路小凡整个人都呆掉了，什么人也瞧不见，只看到贝律清露出了挺白的牙齿，对他笑了笑。

路小平显然受了大刺激，竟然一个晚上都没现身，从来视路小平为心肝的路妈居然完全当作没有这桩事情，平静地操持着路小凡的婚礼。

贝沫沙第二天就去县里提了两千块钱出来，将钱交给了路妈，其中一千块是办理婚事的钱，一千块是聘礼。

路妈接过那一沓钱，她有再大的心气，心也不禁颤抖了起来，不管怎么说，这笔巨款是她用儿子换来的。

整个家里仿佛只有路小凡为路小平的不归着急，只有他知道心气高的路小平在听到这桩婚姻的时候，不知道寄予了多么大的期望，甚至可能都有了崛起的计划，所以他一点也不想剥夺哥哥的雄心。

而且跟路小平相比，他完全没有娶一个城里姑娘的想法。他支支吾吾地提出自己的看法的时候，路爸气呼呼地道："小凡，你要多为家里考虑考虑，你哥哥是谁？大学生，我们有多辛苦才培养起来一个大学生？你就忍心我们路家光宗耀祖的唯一希望，叫人家花一笔钱买过去？"

路小凡在父亲面前低下了头，为自己的思虑不全惭愧地低下了头。

陕西人结婚要蒸馍，面点造型千姿百态，花是富贵形象，小动物也是活灵活现，手艺很重要，尤其是结婚时要挂在新娘脖子上的那对老虎馍。

路妈的手巧，原本可以自己做，但儿子好歹是跟城里人结婚，为了表示隆重，她特地请了当地心灵手巧的刘老太来做这对老虎馍。

贝律心怀孕已经快三个月，正是反应强烈的时候，这几天心里一烦，发作得更加厉害，吐得昏天黑地，这不禁让人疑心，毕竟这晕车的反射弧也未免太长了一点。

路爸是不太好意思问，路妈是强自镇定，两人心里七上八下，终于还是路妈开口了，疑惑道："那个女娃不会肚子里有馅了吧？"

路爸的脸色顿时变了，拿起烟袋吧嗒吧嗒抽着，隔了半天才道："这可要求证一下，事关咱儿子的幸福！"

路妈道："那你怎么求证，还能拖人姑娘上医院检查去？"

路爸本来就对"嫁"儿子心存不满，听到媳妇的话就气道："我就说呢，能这么好，还惦记着我死了四十多年的老爹，原来在这儿等着咱！"

"你声音小一点！"路妈连忙按住路爸，道，"给人听到就不好了！"

路爸脸红脖子粗地道："被人听到又怎么了，大不了这亲不结了！"

"这事还没影呢，你嚷什么嚷！"

"我就知道，你舍不得那两千块嫁妆！"路爸气炸了胸，把胆子撑大了，拿着烟袋指着路妈的鼻子道。

路妈冷笑，道："我有什么不舍得，自古男人养家，只要你拿得出家里的生活费、小平的彩礼、小的的嫁妆、小世的大学费，我有什么舍得舍不得的。"

路妈这下专打七寸，路爸顿时被打痛了，他梗着脖子道："我当煤矿工人的时候，人家就讲男女平等！"

男女平等跟煤矿工人其实一点关系也没有，只不过路爸很以当过几天工人为傲，所以他每次要重申什么理，前面都会加一个定式"我当煤矿工人的时候"，以示自己见多识广，说的是真理。

每次路爸一提煤矿工人的历史，路妈就绕道了，树要皮人要脸，男人的自尊跟伤疤一样，那是不能硬揭的。

两人琢磨了半天，决定试一试这个未过门的媳妇。

路妈讲她怀孕的时候就见不得鱼腥，只要一闻到鱼腥味，哪怕是隔了几堵墙都能吐个昏天黑地，所以让路爸去弄一条鱼回来。

路爸道："离咱们村最近的河也要十里地，你什么时候闻到过鱼的味道？"

路妈不咸不淡地道："乡长每次回家你以为那个麻袋里是什么？"

路爸不吭声了，问人借了一辆自行车，哼哧哼哧骑了来回三十多里地，从县里唯一卖鱼的地方弄回了两条鲫鱼。

路妈问了一下刘老太，将鱼处理了一下。陕西农村几乎很少吃肉跟鱼，家里就没什么酒姜，路妈用花椒跟大蒜将鱼做了一锅汤，倒也将鱼汤做得奶白。

中午,把汤往桌上一端,贝律心一闻就跑出去吐得昏天黑地。

她的脸绿，路爸的脸"绿"得更厉害，倒是路妈镇定得很，一桌的人包括路小平都眼睛直勾勾地盯着那碗奶白色的鱼汤。路妈将那碗汤整个端到了路小凡的面前，看着自己的儿子，用从未有过的柔和语调道："凡凡，你把汤都喝了吧！"

路小凡一贯被教育得尊长谦幼，还没有受到过爸妈如此的宠爱，一张脸红得跟个鸡冠似的，瘦不啦唧的小身板连连摇晃道："给哥哥喝，他过两天还要去上学呢！"

路妈平淡地道："家里的钱都叫他花了，少喝一碗汤没亏了他！"

她的话气得路小平摔了筷子就出门去了,路小凡更愧疚了,小声道："妈，那给四弟三妹喝吧！"

路小的因为是家里唯一的女孩儿，素来最受路爸的宠爱，家里只要路小平不在，什么好东西都是她先挑。路小凡一说，她欢呼着去端汤，手刚伸到就被路妈狠狠地打了一掌，只听路妈严厉地道："一个女孩儿家，嘴馋手懒，不像话！"

路小的揉着自己红彤彤的手背，跳着脚对路爸道："爸，妈不讲理！"

路爸沉默地抽着烟袋，一声都没吭，准备大闹一场的路小的终于嗅出了气氛不对，只好委屈地坐了下去，一边咬着馍一边掉眼泪。

路小世虽然只有十岁，但是十年的生活让他明白了先看哥哥姐姐的下场再行事总是没错的，所以反而默不作声吃饭逃过了一劫。

"那爸妈你们喝吧！"路小凡觉得手里的汤勺千斤重。

"快喝吧！鱼汤凉了腥！"路妈说话更温柔。

路小凡鼻子酸酸的，只觉得妈妈从没如此温柔过，又好像她一直这么温柔。

鱼汤果然鲜美可口，这是路小凡长这么大都没怎么喝到过的好东西。他喝了几勺，便把旁的心思都忘了，一直将汤喝了个底朝天。那鱼刺多得很，他耐心好，倒也吃了个干干净净，才意犹未尽地看着一滴不剩的汤碗。

路妈一直坐在旁边看儿子喝汤，眼睛都没怎么眨过，路小凡等汤喝完了才不好意思地道："妈，都喝完了！"

"嗯，好。"

路小的眼泪流了一会儿，见没人理睬也不流了，现在扁着嘴恨声道："将来他到城里有的吃，哪像我们？你看贝律心、贝律清什么没有？！我们呢？连吃个白馍还要抢呢！"

路小的是典型的仇富心理，看到富裕的人，她第一个念头不是羡慕，而是敌意。

妹妹这么一说，路小凡更不好意思了，心想刚才应该装作吃不下的样子，路妈还是很平淡道："就你嘴馋，我们当姑娘时都没你吃的一半多！"

路小的愤愤地将手里剩下的白馍丢进碗里，气恼道："不吃了！"

路小世早跑了，桌上便留下了路爸、路妈跟路小凡，路爸开口道："凡凡，这门亲事……"

"这门亲事要办得风风光光，小凡，你要记得爸妈无论做什么决定，都是为你好，为这个家好！"路妈打断了路爸的话，用力地道，"老话有一句，人穷志短，连吃都吃不饱，还要那些虚的有什么用呢，你说是不是？凡凡啊，你还小，不明白这天底下，没有十等十的美事，也没有十等十的丑事，有的时候美事说不定是丑事，丑事也说不定是美事。"

路妈的辩证法高深得一塌糊涂，顿时把路爸绕得不敢随便打断自己媳妇的话，路小凡也是云里雾里的。

"这事就这么定了！"路妈给出了结论。

隔天去西安城里采办结婚物事的贝沫沙跟贝律清回来了，贝沫沙很体贴地给路爸买了一套毛料的中山装，也给路妈买了一身毛料的大衣。

路妈很平淡地接过东西，连谢都没有一句，贝沫沙心虚愧疚，倒也不敢计较。

贝律清换了一身牛仔服，路小凡只觉得穿了牛仔裤的贝律清腿显得很长，路小的则一直盯着贝律清耳朵里的耳机，贝律清走到哪里，这四只眼睛就齐刷刷地跟到哪里，目光里都透着羡慕。

农村人是含蓄的，又是直白的，他们通常不善于表达想法，但很善于表达欲望，比如路家的孩子们。

贝沫沙晚上给路家其他三个孩子派喜钱，路小的接过就连忙拆开红包，快得路妈都来不及阻止。她一看里面只有一张十块钱，脸色不由得变得有一点不太高兴，这么有钱的人家，十块钱也不多放几张。

路小平则完全不同，经过几天的调整，见过世面的路小平已经有了新的战略，虽然当不成女婿，但是眼看自己毕业在即，能不能去大城市工作，贝家还是一个关键。

"贝爸爸，这钱我们不能要，你将来替我们照顾小凡，我们心里已经非常感激，正想着怎么报答你，还怎么敢拿你的钱！"路小平遗传路妈多一点，一向机灵，这个时候早早地把话铺好，回头上北京，那就是报答贝家去了。

贝沫沙虽然吃过苦，但家底毕竟在那里，搞个高瞻远瞩的经济工作还行，跟底层的小老百姓斗智还是不太适应的。

路小平一客气，贝沫沙连连压住他的手，道："拿着，拿着，这是喜钱，讨个吉利！"

路小平坚决将钱塞回贝沫沙的手里，一脸正色地道："贝爸爸，咱们亏欠你太多，这钱我是绝对不会拿的！"

贝沫沙手拿着这十块钱的红包一脸尴尬，路妈最了解儿子，于是便笑道："算了，亲家，这是孩子的一片心意，你就不用给了，他是大人了！"

贝律清将耳机取了下来，插了一句道："给小的吧！"

贝沫沙得到了启示般，连忙将路小平不要的十块钱递给了路家其他的孩子。路小的大喜，也不管哥哥、妈妈瞪着自己，立即就将那红包取了过来，感激地看了一眼贝律清。

贝律清则回应了很浅的一笑，他的形象在路小凡的心目中又高涨了几分，长得帅气不凡，是名牌大学生，而且品性又好，这么完美的人路小凡从来没有碰到过。

路小的拿着二十块钱开心了半天，问路小平这二十块钱能买像贝律清兜里的磁带机吗。

路小平气自己的妹妹刚才太不上台面，便气冲冲道："就你这二十块还想买贝律清的磁带机，他的是进口货，要上百块呢！没见识！"

路小的的兴奋劲一下子就像热炭被泼了一盆冷水般，顿时变成了死灰。

乡下的村里特别冷清，没有任何娱乐节目，而每天月亮出来生活才刚开始的贝律心可耐不住寂寞，好在刘老太家里有一台九寸的黑白电视，便去他们家看电视去了。

路小的吃过了晚饭，趁着同屋的贝律心没回，便怂恿路小凡道："小凡，能跟你大舅子说一声，把他的磁带机借给我听两天吗？"

路小凡一听，把头摇得跟拨浪鼓似的，任凭妹妹好话说尽，也死活不肯松口，把路小的气得指着他鼻子道："以后你就要去城里过好日子，妹妹这么一点小心愿也不愿意成全，要是大哥就不会像你这样没手足之情！"

路小凡想到精明能干的路小平，不由得惭愧，于是在妹妹不屑的眼神中，鼓足了十二分的勇气敲开了贝律清的房门。

路家修了两座窑洞，虽然看起来破旧，但冬暖夏凉远胜过城里的空调。

贝律清的牛仔外套已经脱了，里面是一件黑色的紧身T袖，走近就发现他的身上好像有一种香味，具体是什么香，路小凡自然也分不清楚，但闻起来很舒服。

路小凡的脸红得跟鸡冠似的，用虫蚁般的声音道："能问你借一下磁带机吗？"

贝律清也没有对路小凡突然来敲自己的门表示诧异，但是路小凡的声音实在太小，他不得不发了一个"嗯"的第二声。

路小凡低头握着自己的双手，他本来就长得不高，头这么一低，贝律清只能看着对方的后脑勺。路小凡大着胆子道："能不能问你借一下磁带机？我妹想听一下……"

贝律清露齿笑了一下，他其实很少露齿笑，因为他的门牙有一点细小，露齿一笑会让他看起来有一点秀气，跟他的阳光气质比起来，又显得有一点阴狠。

路小凡低着头光听到了贝律清的笑声，心里一热，抬头用一种讨好的声音道："就听一会儿，不会弄坏的！"

陕西雨下得少，所以大多数的夜晚月亮特别洁亮，路小凡穿着一身宽大的运动衣，偏长的头发被风一吹显得特别凌乱，窄小少肉的脸上戴着一副黑框的大眼镜，讨好的笑容让月光这么一放大，显得特别卑微。

这样的人、这样的表情，在小人物的世界里大家都不陌生，甚至觉得很平常，路小凡就是这种典型的小人物，卑微得让人会有一种想像对待蚂蚁一样无视，或者发笑的感觉。

"我没有磁带机。"贝律清平淡地道。

路小凡脸上刚刚消下去的红晕顿时又涌了上来，他误以为贝律清不肯将磁带机借给他，顿时手足无措。

贝律清解释道："我那个叫CD机。"

"C……D机！"路小凡结巴地重复了一遍。

"哦，我在国外买的，内地不多，你没见过也很正常。"贝律清转过身去将外套当中一只圆形的银色物器拿了出来。

路小凡一听国外，立时脑子里便冒出了贵重、弄坏等字眼，吓得出了一身冷汗，看着贝律清递过来的CD机，他也不敢拿，两只手乱摇了一通，口里语无伦次地道："不借了，不借了！"

贝律清也不勉强，只笑了笑，就将CD机丢到一边。

路小凡一脸悻悻地转了回来，路小的正望眼欲穿，见他进来连忙喜道："哥，怎么样，借到了吗？"

路小凡喃喃地道："那是人家从国外带回来的，我不敢拿过来！"

路小的一听，脸色顿时就变了，道："不会是人家不太愿意借给你吧！"

路小凡仔细想想，觉得贝律清从头到尾都没有要硬塞给自己的意思，他说不借，贝律清就顺理成章地不给了，恐怕也有不太想借给他的意思，不由得有一点气馁，但还是硬着头皮道："不是的，人家肯借的，是我怕弄坏了人家的东西，爸妈不好交代！国外带回来的，那得多贵啊。"

路小的不屑地道："你不是都要当人家妹夫了吗，他们家的东西你也有一半啊，弄坏了就弄坏了，有什么了不起的。这完全是借口，恐怕别人根本就瞧不起你这个乡下的妹夫！"

路小凡脱口道："他不是那种人！"

路小的不服气地道："你知道他是哪种人？你才认识他几天啊！"

路小凡顿时不吭声了，末了才嗫嚅地道："像贝大哥这样的人，瞧不起咱们也很正常啊，咱们有啥叫人家瞧得起的？"

路小的怒其不争，一把将二哥推出门外，"哐当"一声将门关了个震天响，路妈听到了在里面用陕西话喝骂了一声："死女子，劲大了没处使，你就不会少吃点！"

路小凡垂头丧气地回了屋。

路小平没了城里的媳妇，又跟隔壁的小凤不知道躲哪个麦秸堆里去了，路小凡一个人待在屋里翻来覆去老半天才算睡着，一觉醒来发现居然日上三竿了。

他连忙从床上下来，穿上鞋子要去井边挑水，发现路小平正一脸委屈地揉着自己的肩，家里的大水缸都装满了水。

"哥……怎么你挑水了？"

路小平幽怨地看了一眼旁边，路妈站在一边平淡地道："你就要做新郎官了，闪着碰着就不好了。再说了，养他这么大，挑几缸水也是正常的，要不然以后谁挑？"

路小平不禁深受刺痛地道："我读大学不是回来挑水的！"

路妈冷哼了一声，道："就你这没见过世面的，一只小母鸡都让你忙得日夜不分，跟前跟后，能走多远？不回来挑水还能去哪儿？"

路小平顿时不敢吭声了，路妈发飙，路小凡自然也不敢吭声，路妈又道："小凡就要做新郎官了，你去看看能帮上什么忙！"

路小平嘴里嘟哝了一声，满面悲愤，路小凡则连忙道："没什么好准备的！"

路妈叹了口气，道："以后天南地北的，兄弟俩见见也不容易，多聊聊，旁人那是靠不住的，能靠的只有自家人！"

路妈点到为止，但路小平多聪明的人，心眼就是一层薄薄的窗户纸，一点就穿了。

路小平顿时对路小凡热情了起来，搭着路小凡的肩道："我们兄弟那还用说，比其他兄弟不知道要好上多少倍，小凡你说，大哥对你怎么样？"

"好！"路小凡点头。

路小平道："那是，你说你这身衣服谁给你的？"

路小凡答："哥你穿旧的啊！"

路小平"啧"了一下，道："什么穿旧的，这是我特地让给你穿的！"

"哦！"路小凡点头。

路小平又指着他脚上的球鞋，道："这总不是旧的吧，这也是哥给你的，对吧！"

路小凡镜框后面的眼珠子瞪大了，道："这不是哥你穿不下的吗，你还把帮子剪了一个口子，可是还是穿不下！"

路小平不高兴了，板着脸说道："按你的说法，哥对你不好吗？"

路小凡立时愧疚了，道："我不是那个意思！"

路小平又教育了他一番，让弟弟深刻地认识到这些年他深受哥哥的关怀跟大恩。

俩人正在院子里面说着闲话，西边的窑洞门开了，贝律清仍然穿着黑色的 T 裇跟牛仔裤出来。他拧了拧眉心好像没睡太好，但即便如此，尽管身后是两座破旧的土窑，他贝律清看上去依然非常帅气，修长的身材，英挺的五官，衬得路家两个小子愈发显得土头土脸，好似两团没烧透的生煤坯子。

贝律清拿着水盆道："早，有热水吗？"

路小凡的脚刚动弹，路小平已经上前，一脸热络地道："贝大哥，热水我们给你打就好了！"路小平的"我们"是指他接活，路小凡干活，所以他转身就将脸盆塞给了路小凡道，"快，给你哥打盆水！"

路小凡想要为贝律清效力的心情失而复得，欢快地拿着水盆去了，背后路小平嚷了一声："别把水打得太烫！"

路小平嚷完了这一声才转过头来对贝律清笑道："粗手笨脚的，要多提醒才行啊！"

贝律清没吭声，挺浅地笑了一下，路小平接着低声笑道："最近大城市的形势不太好吧？"

路小平是用一种自己人说体己话的密谈声调说的，但是贝律清好像没有投桃报李的意思，只是拿一双挺漂亮的眼睛看着路小平，黑白分明，浓黑挺拔的眉毛微微上扬了一下，像是没听明白他说些什么。

路小平笑了一声，道："要不然贝爸爸怎么能看中小凡，像小心这样的女孩子，那是多少城里人想都想不来的，小凡要貌没貌，要学历没学历，哪里能配得上她，你说是不是！"

贝律清还是没吭声，又微笑了一下，这一回他是露齿的。

路小平发现贝律清就有这样的本事，不吭一声，也不怕冷场，就能让你在他面前唱独角戏。

路小凡脚步很快地端水过来了，路小平咳嗽了一声，说："我去帮妈摘果子去。"然后他急匆匆地走了，这才算是结束了这场亲家之间首次对路贝联姻的探讨。

贝律心刚巧也端了水盆出来，看见自己的哥哥似乎愣了一下，下意识地拢了一下头发，才道："律清，昨晚睡得还行吗？"

"嗯，不错啊！"

路小凡看见贝律心端着水盆，想着这位是即将过门成为自己媳妇的女人，手刚刚递了过去，贝律心一瞧见路小凡，原本微微上弯的嘴角顿时就收敛了起来，和善的表情也变得冷漠了，路小凡心中刚刚生起的亲昵感很快便被人一脚踩夭折了。

这个漂亮的城里姑娘站在这里，下巴微微抬起，眼角含着愤怒，嘴角带着委屈，她到这里不是让这个破窑洞蓬荜生辉，而是令它自惭形秽的。

"窑洞挺舒服的！"贝律清开口肯定了破窑洞也不是一文

不值，这令得路小凡心下又感激不已。

贝律清洗脸，路小凡毕恭毕敬地在旁边站着，以防贝大少还有旁的需求。

路小的嘴里哼着不成调的曲子从房里面出来，路小凡一瞧，她手里拿的可不就是贝律清的 CD 机吗？！他顿时就结巴了，道："小、小、小的，你的 CD 机！"

路小的一看两人都站在院子里，便摘下耳机娇声道："我去问贝大哥借的，贝大哥说你跟他说过了，就借给我了！"

路小凡望向贝律清的脸，就像浑身的热血都沸腾了，一起涌上来，脸迅速涨红。贝律心则鄙夷地看了一眼路小的，一言不发回屋去了。

贝律清放下毛巾刚端起盆子，路小凡就扑了过去，硬是将盆往怀里拽："我来！我来！"

之后，贝律清上哪儿，路小凡就两步远的距离跟着，只要贝律清在桌上手一抬，路小凡已经将筷子递到他手里了；在门边手一抬，路小凡已经将帘子掀起来了。总之，除了贝律清去茅房上厕所路小凡没给递纸外，其他事情，贝律清的眼睛扫一扫，路小凡就已经代劳了。

贝沫沙这样的贵人，自然很多人排着队要跟他见面，贝律心整天窝在刘老太家看电视，路小凡带着贝律清出去闲逛，路家剩下的人坐了一桌子。

路小平悠悠地叹了一口气，道："我总算看出来了，以前都当老二不聪明，其实人家精明着呢，你看他多会拍马屁，我说呢，贝家怎么放着我这个大学生不要！"

路小的插嘴道："就是，我让他去向贝大哥要个 CD 机，他还说什么不要把人家的东西弄坏了，结果人家贝大哥明明就答应了。他是知道自己要改姓贝了，所以不肯把自己的东西借给我！"

路爸在旁边吧嗒吧嗒抽着烟袋，一旁收拾各家送过来的被单跟毛巾的路妈，则冷笑了一声："一个个都是小姐的嘴脸，丫头的命，告诉你们，回头你们能飞多高，全要看你们这个二哥会不会拍马屁！"

平时家里父母有三句赞美，其中两句给了路小平，一句给了路小的，自从路小凡攀上了高枝，就整个倒了过来，他们两个连续几天被非骂即训，终于忍不住了，路小的、路小平都愤愤不平地离桌而去。

路小的气哼哼地对路小平说："妈真势利，二哥一攀上高枝，她便觉得好像全天下就二哥最能耐，连大哥你这样的大学生她都瞧不上了。"

路小平悠悠叹了一口气："你也别怨妈，这就是农村妇女的局限，除了背朝天，脸朝地，就是整天绕着炉灶这二尺的地方，短视、肤浅。小的，你可千万不能变成这样的农村妇女。"

路小的的脸色顿时变了，愤声道："我才不会变成这样的农村妇女呢。"

路小平拍了拍路小的的肩，以示赞赏，但是路小的的脸色却没有太好，她就读职高，成绩又不好，铁定考不了大学，没城市户口，不当农村妇女又能做什么呢。

路小凡把门一推，引着贝律清走了进来，见大哥小妹正站在院子里说话，便招呼了一声。

路小平立即眉开眼笑地走了过去，道："律清，觉得咱们这个村怎么样？"

"行啊。"贝律清答得挺干脆。

贝律清对于路家来说还是挺陌生的，一方面是因为父亲招女婿，这件事情已经把路家冲得七上八下，大家所有的关注点都集中到了能给路家带来翻天覆地变化的贝沫沙，和会跟他们成为一家人的贝律心身上；而另一方面，贝律清似乎从头到尾除了提议把路小平不要的十块钱给路小的外，便再也没有表达过什么意见。

路家人对于贝律清的印象一直停留在初见面时的那一刻，高大、帅气、话不多，很有教养的样子，一眼就能看出他不属于他们这个世界，这种距离感远高于他们家其他两个人。路家人对于贝律清，混合着羡慕跟未知的敬畏，并且本能地与他保持着距离。

比起路家的其他人，路小平要更高看一下自己，所以在这桩亲事就要尘埃落定的时候，为着自己的前程，他觉得很有必要跟贝家这位做一个试探性的谈话。

贝律清的回答很干脆，甚至还算有礼貌。

可路小平却隐隐觉得不是那么一回事，贝律清每一句回话的语调都是挺和善的，却是让人无以为继的，比如像现在：

"城乡差距还是巨大的啊。"路小平故作老成补充了一句。

"总归会有一点。"贝律清面带微笑，直视着你的双眼，平和的语调，但高挑的身材站在那儿，居高临下地看着你，好像在问：请问你还有什么需要我回答的吗？

路小平再不识趣，也知道路小凡的大舅子没什么兴趣跟他说话。

不管路家人怎么去想贝家人，他们住在同一屋檐底下的日子很快就要到头了——路小凡跟贝律心的结婚典礼开始了。

这场典礼算得上是十数年以来路家湾最隆重的一次，风头甚至远远盖过了乡长家娶媳妇。

从婚宴来讲，贝沫沙在县上将最好的一家饭店包了下来，路家弄了几辆面的，拉着全村的人去县里的大饭店吃喜宴。这可是前所未有的事情，光这一点就得到了村里上上下下一致的好评。

从来宾讲，除了乡长，几个镇里的一把手知道后也都赶来参加了婚礼。不但如此，他们还送来了几个时兴的一人高大花篮，上书"百年好合，佳偶天成"，往饭店门口一放，透着一种开张吉利的喜庆。

除此以外，就更不用说路家做的面点几面盆都放不下，从供桌一直摆到了地面上。要挂在新娘脖子上的那对老虎馍，更是捏得活灵活现，虎虎生威。

路小凡有一些兴奋地先给自己挂了挂，旁边的路妈不知怎么，看来看去都觉得像一双破鞋挂在儿子的脖子上，她上去一扯，硬把那对老虎馍扯碎了。

紧张的新郎官路小凡问："妈，你做什么呢？"

路妈不咸不淡地道："贝家是大城市里来的，不兴这个，回头你刘奶奶要问，你就说不小心掉地上摔碎了！"

路小凡"哦"了一声，他当了这个"便宜"新郎官，生活发生了翻天覆地的变化，从不起眼到走在村里哪里都有人搭讪恭维。尽管路小凡是知趣的，是低调的，但也经不住大家的一众追捧。

不要说在路家这些亲戚的眼里，即便是路小凡自己，也有一点觉得或许自己真有那么一点不凡，才叫贝沫沙这样的贵人一眼就相中了。

当路小凡穿上他那身偏黄的咖啡色西装，想起要娶的是贝律心那样地道的京城女孩儿，会有像贝律清那样耀眼的大舅子做亲戚，整个人都有一点飘飘然了起来。

门口敲锣打鼓响了起来，路妈将大红花别在路小凡咖啡色的小翻领西服上，话音有一点颤地道："凡凡啊，从今天起你就是大人了。"

路小凡应了一声，回过头去跟路爸道别，路爸一直在屋里抽烟，听见路小凡的声音，只挥了挥手道："去吧，去吧！"

贝律心待在隔壁刘老太家，路小凡走两道门也就算是迎亲了。他被人簇拥着进了屋子，去敲贝律心的门，但敲了半天，贝律心也不开。

路小凡听着背后村民们的窃窃私语，急得背心都冒汗了，而就在路小凡骑虎难下的时候，有一个人走到了边上，路小凡一闻到那种很淡的香气，立时心情变得振奋。

"律心，开门。"贝律清的话非常简单，但比路小凡结结巴巴，持续敲上不下一个小时的门都要管用。

门很快就开了，贝律心穿着一身白色的礼服坐在那里，脸上也没有涂脂抹粉，但被那身白色的礼服一耀，倒是显出几分自然的红晕。

她是如此高傲又是如此愤恨地看着刚剃过头，又换了一身新西服的瘦小的路小凡，她的表情带着一种垂死布谷鸟般的哀伤跟不甘，以至于让路小凡觉得跟她成亲像是在犯罪。

村民们对有人穿白色衣服结婚是一脸的震惊，这又不是参加葬礼！

好在来宾还有几位见过世面的，说西洋人爱穿白衣服结婚，人家大城市里来的小姐要用西洋人的结婚方式。

"西洋人真有趣，结婚穿白的，葬礼穿红的。"

"胡说什么，人家结婚穿白的，葬礼穿黑的！"

"你又瞧过？我就说穿红的！"

"不管怎么说，咱又不是西洋人，穿得跟奔丧似的结婚，这姑娘这不明摆着给老路家下马威吗？"

"你们知道什么，人家是招女婿，老路家那是把儿子白送人，看还把路妈神气的！"

"啊，原来是这么回事！怨不得那媳妇过门穿白色，这明摆着是在说她过门，就是送她婆婆出殡吗！"

"就是，排场再大有什么用，将来总是要过日子的。别看我们家小凤没这媳妇洋气，可是要说能踏踏实实过日子的，这京城里的媳妇都不如我家小凤的一个角。所以说他们家大的路小平，一个大学生，怎么追着我家小凤，不去追那贵人家的女儿呢，人家书读得多，有见识！"

村民们立即对小凤妈道："可不是，这媳妇又不是摆来看的，要会持家做事，你们家小凤一看就是个能来事的！书读得多，这道理啊就是明白一些！"

众口一词，都似路家攀上这门亲事，没有跟村子里的女孩儿结亲，那真是吃了一桩大亏，而且话又说回来，路小凡——这孩子村子里的姑娘兴许还都瞧不太上。

村民们习惯将自己可望而不可即的东西踩在脚底下，路小凡就在他们一连串的七嘴八舌当中，将贝律心迎进了门。

贝律心一进屋就吐个不停，路小凡七慌八乱地将她扶着坐下，连忙出门去给她倒水。门外的路小平已经开始组织村民上车奔赴饭店，村民们一拥而出，路家大院倒是顿时清静了起来。

路小凡刚走到门口，就听到路爸压抑着大吼了一声："这事要让贝家给个说法！"别看路爸走路仰着头，带着风，拉着一张黝黑的脸，威严得跟个包公似的，其实他轻易是不吼的，尤其在路妈的面前不敢吼。

路妈的语气还是那样，平淡里带着尖刻："怎么给个说法，退亲？"

"退了，又怎么了？她闺女不清不白，怎么不能退？她连累了我们家小凡，我们退了她的亲，还不用退她的彩礼！"

关于贝律心的肚子，路妈半声也没吭，路爸几次想要指责，都被她压了下去，眼看着这不清不白的女人进了自己的家门，路爸终于跳了起来。

路妈一声冷笑："你想叫全村上下都知道你媳妇没过门，你儿子就收了一顶绿帽子？退了这门亲事，他也抬不起头来！路振兴，我告诉你，别以为我张彩凤跟你似的眼皮子浅，光想着那两千块的彩礼！她贝家的闺女不干净，瞒着跟我们路家的儿子结亲，那就是他们贝家欠了我们路家的！"

路爸的气势在路妈的面前从来是敌进我退，路妈的声调不高，但透着一种尖利，路爸立时便不吭声了。

路妈深吸了一口气，语调放缓了道："小凡是受了点委屈，可是再委屈也比窝在乡下种田强。更何况，你再想想小平，他明年就毕业了，就你的眼光，他也只能回县里当个小头目，有贝家，他就能进城谋个好前程！你再想想路小的，你就愿意咱闺女以后跟个像你似的泥腿子，将来也卖儿子？还有小世，将来他长大了也能进城读大学，当城里人！"

谁也没想到路妈的心中藏着这么深的丘壑，路小平光想着这桩亲事能成就自己，但路妈已经把自己全家送到了这桩亲事的顺风车上。

她镇住了路爸，连外面的路小凡也被她镇得从云端掉了下来，刚有的那种人上人的轻飘飘感瞬时失重，从天上一下子就摔到了地上。

他一直觉得自己处处不如能说会道的路小平，所以自己的爹妈瞧不太上自己。他知道爹妈偏心，虽然他从不埋怨，但有时想起，在内心深处还是郁闷的。

可没想到这次进城这种好事，爹妈能让自己去，路小凡顿时觉得爹妈还是想着自己的，就算路爹说了不想让光宗耀祖的哥哥叫人"买"去，但是路小凡可不认为路妈心里有多稀罕路家这个姓氏。

能进城，能娶一个城里的媳妇，还有一个有头有脸的丈人、当大老板的丈母娘，路小凡相信不知道有多少人排着队想要把自己的儿子风光地"嫁"了。

这么好的一个机会，路妈连犹豫都没犹豫一下，就给了自己，路小凡觉得自己在爹妈的心中其实是很有地位的，越想越真，想到高潮的时候甚至觉得没准在爹妈的心中，还是比较偏爱自己的。

就算路爹不真，路妈也是真的，如今才知道，哪个都不真！

路小凡才挺起一晚上的脊背又耸了起来，贝律清从另一个屋拿了自己的外套进来，看见路小凡正在门口耸着消瘦的肩，弯着腰，伸出手指抠脸上黑框眼镜后的水珠子。

他的脚步顿了顿，掏出一块手帕递给了路小凡。

路小凡接过手帕羞惭地看了一眼贝律清，这一刻他倒是没太担心自己头顶上的那顶绿帽子，倒更怕贝律清因为看见自己掉眼泪而在门口停顿，听了路妈的话而又对自己生出了什么别的不好的想法。

只不过他的担心多余了，贝律清只顺手给了他一块手帕，便拿着自己的外套，出门上了自己家里的车。

路小凡再一次感激贝律清的善解人意，手帕也没敢用，只是捋起袖子拿里面的衬衣擦了一下眼泪。眼泪这种东西要有人稀罕，流出来才有价值，贝律清这手帕这么一递，顿时让路小凡觉得自己也没那么不值钱了，心情也就没那么差了。

路小凡听见屋内传来了脚步声，爹妈显然已经达成了一致意见，他连忙掀开眼镜擦了擦，嚷道："妈，律心不舒服！"

门"吱呀"一声，路妈开了门掀了帘子出来道："行了，姑娘家紧张，你给她取块橘子皮去，恶心了就闻两下！"

路小凡"哎"了一声，看着一脸镇定的妈妈，话到嘴边也缩了回去，唯唯诺诺地取了一块橘子皮给贝律心送去了。

那晚的饭店也是分外热闹，先是县长亲自主持婚礼让村民们一阵荣耀，接着上来的菜更是让村民们兴奋。

陕西婚俗兴闹公婆与新郎官，路小凡本来就没什么酒量，被人这么一闹，喝得个人事不知。

天快黑透的时候路小凡才摇摇晃晃朝着设在县里最高档的招待所的洞房走去，刚爬上软绵绵的床，就叫人一脚踹了下去。

贝律心一脸嫌恶地看着他，拥着被子轻蔑地道："我告诉你，别以为跟我成了亲就能爬上我的床！"

路小凡叫人一脚给踹清醒了，他突然明白在这场婚姻当中，所有的人都只想要一个婚姻的名分，并没有人真正希冀婚姻的事实。

路小凡拿起外套出了门，村民们再放肆也不敢来闹贝律心的洞房，只铆着劲闹腾路爸路妈，洞房门口倒是出乎意料地清静。

路小凡也不敢走太远，就在洞房门口蹲着，隔了一会儿，面前出现了一双时兴的旅游鞋，他抬起头见贝律清那张俊美的脸也没太大的惊讶，只听对方说了一声："到我房间睡吧，还多一张床。"

无处可去的路小凡受宠若惊，结结巴巴地道："这……这会不会打扰到你？"

"不会！"贝律清说话一贯很简单，路小凡看见他回了两个字后，已经径直地朝着房间走去了，连忙起身跟着，又道："我睡觉爱磨牙……"

贝律清掏出钥匙，淡淡地道："没事。"

路小凡犹豫了一下道："我有的时候还会说梦话！"

贝律清打开门道："进来吧。"

路小凡连忙走进去，站在门边，贝律清把门关上，脱下自己的外套，道："天不早了，洗把澡就睡吧。"他指了指床头，道，"拖鞋在下面，你换了鞋再去洗吧。"

"哎！"路小凡嘴上是这样讲，却提着拖鞋进了边上的卫生间，关上门才将自己的鞋脱下。

农村里没有穿袜子的习惯，但路小平上大学爱时髦，弄了几双袜子，有穿破了的就给路小凡。

路妈把路小凡从头到脚都弄了一身新的，唯独没想起来还要弄双袜子，所以路小凡那双崭新锃亮的皮鞋里脚上套的就是一双穿孔的破袜子。

路小凡将脚丫子掰开，认认真真洗了一遍，然后把新买的西服、西裤珍惜地脱下，穿着他里面的平角裤头，套上拖鞋走了出来。

"你洗好了？"贝律清见人这么快就出来了，似乎有一些诧异，他的目光上上下下打量着路小凡。

也不知道是不是夜里灯光让路小凡的眼镜有一点反光，反正他觉得贝律清的目光有一点瘆人，挺古怪。但还没等他揉眼睛看个清楚，贝律清又把目光放在了书上。

"洗好了！"路小凡连忙回答。

农村里晚上还记得洗脚的那算是干净人，关于洗澡，路小凡真没概念，更何况他昨晚才为了娶老婆洗过。路小平帮忙打洗澡水还念叨了半天，像是要让路小凡到死都记住他叫自己打洗澡水了。

贝律清便起身进去洗澡了，路小凡看了一眼放在床上的书，竟然是一本全英文的书籍，不禁对贝律清一阵敬畏，路小凡读高中时最怵的就是英文了。

路小凡怀着对高才生的敬仰将自己那双皮鞋往床底下踢了踢，以免鞋里的味道熏到贝律清。

等贝律清出来，路小凡看见人家湿漉漉的头发，才知道贝律清的洗澡是什么意思，原来城里人洗澡是指从头洗到脚，而不是光洗一双脚丫子。

贝律清从浴室出来用白色的毛巾擦着头发，路小凡就在旁边羡慕地看着。

"你看什么？"贝律清揉头发的手顿了顿，半转过头来问。

"没，没！"路小凡连忙低头看着自己的脚尖。

贝律清丢下毛巾靠在床上接着看他的书，见路小凡还在床边干坐着，便合上书道："早些睡吧，明天还要去咸阳。"

路小凡像得到指示一般，连忙上床爬进了被窝，他也确实累了，再加上酒精的作用，很快便陷入了梦乡，隔了一会儿疲乏的他便打起了呼噜。

贝律清略略睁开眼看了一下，路小凡穿着平角裤的腿翘在棉被上，去了眼镜的脸看上去清秀了不少。他没磨牙也没说梦话，但呼噜打得贝律清连翻了几个身，最后只好坐起来看书。

第二天清晨，急于回京的贝沫沙便带着儿子、女儿跟新女婿回咸阳坐飞机。

路小凡听着爸妈关照的一些话，无非是出去要努力做事，好好做人，尤其是要孝敬长辈，爱惜妻儿等。快上路那会儿，路小凡才算抽到了空问路小的贝律清的 CD 机在哪儿。

路小的支支吾吾的，被逼急了才道："我就给她们听一会儿，哪里知道叫她们弄坏了！"

路小凡吃吃地道："你……你怎么搞的，你怎么能把贝大哥的东西弄坏了呢！"

路妈的耳尖，一下子就听到了"弄坏"这两个字，扬声道："什么叫弄坏了？"

路小的朝着路小凡连连使眼色，路小凡小声地道："那你把机子还我，我到城里去找人修修！"

路小的还是支吾不吭声，路小凡急了道："你倒是快去拿来啊！"

"丢了！"路小的鼓着嘴道，"坏都坏了，我也没当心，就不知道给谁拿去了！"

路小凡的脸"唰"地就白了，不禁提高了声音道："什么？你把机子都弄丢了！"

路小的见他声音提高了，生怕路妈过问，连忙道："你嚷什么嚷，不就是一个不值钱的破东西！"

旁边的贝律心冷哼了一声，道："借了别人的东西，一会儿说弄坏了，一会儿说弄丢了，我看你存心是不想还，我哥的东西，就没不值钱的，不还就要赔！"

路妈大步走了过来，上去就朝着自己女儿的背抽了一下道："快把东西拿出来！"

路小的这几日一路受挫，今天不但挨骂还被打了，从不吃亏的她梗着脖子道："不就是一个 CD 机吗？我哥不是娶了他们家的女儿吗？就算送我一个 CD 机又能值几个钱？"

贝律心冷笑道："哟，你们路家的儿子再值钱，也只能卖一回，不刚收了两千块的彩礼？我哥这只机子可要三千多块，这是我妈送他的生日礼物。你就算拿三千块出来赔，我哥还不一定肯收呢，就算肯收，你把你哥哥赔给我们贝家，那也还要再贴一千块！"

贝沫沙跟贝律清听见屋里的动静就从门外走了进来，贝沫沙看到吵起来了，正要抬手说算了，哪里知道贝律心尖酸刻薄地说了一大通，眼见着亲家母路妈的脸都绿了，不禁连声道："小心，不许胡说！你这是对长辈说话的态度吗！"

路妈一声不吭，院子里气温顿时冷了不少，隔了一会儿，只听路妈平淡地道："路小凡，你去把院子那边挑水的长扁担给我！"

路小凡不明白路妈这会儿是想起来挑水还是怎么的，懵懂地跑过去拿了扁担过来，路妈拿起扁担便狠狠地抽路小的，打得路小的满屋子跑。

这么粗的扁担抽在肉上砰砰作响，让院子里所有的人都心惊肉跳，路小凡更是吓得连忙去拉路妈。

贝沫沙也连忙上前阻止，只道："算了，算了，小孩子的玩意儿！"

路妈才作势收了手，道："亲家公，让你看笑话了，但是女儿生来自己不教，那就会是个祸害，自己没皮没脸，咱做爹妈的也不光荣不是？"

贝沫沙自然能听出路妈话中有话，眼皮一跳，不敢挑明，只好笑道："亲家母说得是！"他回头对贝律心低喝道，"还不快上车！"

贝律心没好气地一跺脚起身，摔了院门出去了，贝沫沙与从头到尾没说一句话的贝律清也出门而去。

路妈才对路小凡道："凡凡，你跟律清说说，难道真要咱家赔三千块？"

路小凡低着头，路妈见他不动弹，不禁沉脸道："凡凡，咱家始终是你家，你妹妹始终是你亲妹妹，你就算娶个公主，你跟我们也还是连皮带着肉的一家人。这 CD 机这么贵，她也不知道，不小心弄丢了，你还真忍心叫她赔？三千块，你是要把你妹妹卖了？"

路小凡见路妈生气了，语调也有一点颤，硬着头皮道："我去说说！"

路妈道："去吧，他都是大舅子了，这点面子能不给？"

路小凡打开门，看见坐在车上的贝律心一脸冷笑，不禁背脊一阵发怵，鼓起勇气对着贝律清道："贝大哥，你进来一下成吗？"

贝律清略略沉吟了一下，下了车跟着人进屋，路小凡低着头小声道："小的……不小心弄丢了你的 CD 机，你能不叫她赔不？"

路妈连忙回头瞪一眼躲在一角抽泣的路小的，然后道："还不快给你贝大哥说对不起！"

路小的抽抽搭搭地走过来，看了一眼贝律清，一声不吭地抹眼泪。

贝律清淡淡地道："算了，也不是什么太值钱的玩意儿，丢了就丢了吧！"

路小的立即像得到了支持似的，可怜兮兮地看了路妈一眼，路妈又瞪了她一眼，道："还不谢谢你贝大哥！"

路小的转身对着贝律清甜滋滋地道："谢谢贝大哥！"

贝律清只淡淡地对着路小凡说了一句："没事,小凡现在是我的妹夫,一家人,这 CD 机是他借的,自然算他丢的。"

他这么一说,不但路妈松了一口气,路小的更是破涕为笑,唯有路小凡觉得贝律清语调特别地冷淡,尤其是贝律清说到"一家人"的时候更像是在讽刺。

路小凡不由得面红耳赤,弯着腰跟着贝律清走出了大门。

贝律清走到车门边的时候,路小凡连忙蹿到前面把门拉开,贝律清淡淡说了一声"谢谢"便坐了进去。路小凡等他坐进去,才小心翼翼地坐进车子里,然后隔着玻璃窗看了一眼自家的老柴门。

路妈这一次虽然把婚礼搞得很隆重,但路小凡知道她肯定没花完贝家给的那一千块。饭店里的大荤是路妈让人杀了几头猪给送去的,拉人的面的是乡长让人免费帮忙的,更何况贝律心穿着那光膀子的礼服不愿在大门口吃风,迎客的都是路妈,自然收红包的也是路妈。

算上聘礼,这场婚礼办下来,路小凡怎么算路妈也要收上三千块钱,可小的弄丢了人家的 CD 机,她却一毛不拔。路小凡一想到这里,腰就直不起来,整个都耷了下去。

最让路小凡揪心的就是贝律清的态度,一想到贝律清会在心里看不起他们一家人,路小凡的腰就更加弯了几分。

他正胡思乱想间,车停了下来,车子一停,贝律心不耐烦地道:"快点离开这里啊,停车做什么!"

贝沫沙则道:"该不是车子坏了吧。"

贝律清说了一句："路小凡，你妈在后面追车子呢。"

路小凡连忙转过头去，见路妈追着车子跑得上气不接下气，略有一些花白的头发也被黄土坡上的风沙吹得七零八落。

他连忙下了车迎过去，道："妈，你怎么跑来了？"

路妈喘得都接不上气来，缓了缓才把手中一块帕子藏在儿子手心，小声道："叫你妹妹这一闹，差点把这正事都给忘了，凡凡啊，你藏好，有啥事就往乡长家给你妈打个电话，他们贝家要是敢对你不好，你放心妈能治他们！"

路小凡的手一触到那块手帕，硬硬的像是一沓钞票，不由得一慌。路妈素来把钱看得紧，家里连个一毛钱都休想翻得到，他结结巴巴地道："妈、妈……"

路妈把眼睛一瞪，道："收好！"

母子说话间，贝沫沙也下车了，路妈顺手抽过手帕包住儿子的裤兜里一塞。

"亲家母，你放心，我们会待凡凡好的。"贝沫沙打了声招呼道。

路妈点了点头，吸了一下鼻子，挽着路小凡的手臂把他送到车门口，道："到了新家，别把妈忘了……"

路小凡"哎"了一声，差点掉下眼泪，等车子开动了之后，他频频掉头，见母亲穿着一身破旧的老罩衫站在风口里凝望着车子的身影，不由得鼻子一酸还是掉下了眼泪。

路妈并非不爱自己的二儿子，不过作为母亲，她做的算数题也不会违背定式，一加一总是等于二，二肯定比一大，两个儿子自然要比一个重要一点。

路小凡的眼泪也没敢流多久，因为贝律心气恼地道："舍不得你娘，你就别跟我们走好了！"

路小凡收了眼泪，下意识地去看贝律清，见对方只关注外面的风景，修长的手指搭在车窗上打着拍子，路小凡想起贝律清被路小的丢失的 CD 机，不由得一阵惭愧。

咸阳通往北京的航班是下午，天色还早，贝沫沙提议不如去西安城逛逛，贝家兄妹俩自然同意，路小凡哪里会反对。

到了西安，贝沫沙就将他们三人放下，自己坐着车子会友去了。贝家兄妹转了一圈，贝律心怀了孕特别想吃，就提议去吃西安比较出名的泡馍。

这种食物在很多西北人的心目中那是顶级的美食，尤其对于贫困的农村人，大冬天里能吃上这么一碗泡馍，都够他吹嘘上一个星期的。所以，路小凡一听说吃羊肉泡馍，眼睛都不禁亮了起来。

贝律清看了一眼路小凡，就道："那就去吧！"

几个人打了辆出租面的便直奔泡馍店，路小凡原本是想提议走着去的，但看着贝律心脸色不太好也就算了。

一进店门，浓郁的羊肉汤香气便扑鼻而来，羊肉汤跟饼子上来，贝律心闻了几下便拿着帕子一阵反胃。贝律清拿出纸巾慢慢地擦拭筷子，见路小凡盯着面前的汤不敢动，便道："吃吧，不够再添！"

路小凡"哎"了一声，便低头猛吃了起来，贝律清的饼子都还没泡完，他一碗就"呼噜呼噜"地吃下去了。贝律清便扬手又要了一碗，路小凡不好意思地看了一眼贝律清，又低头吃开了。贝律心见他吃得越欢，便越反胃，吃了没几口，见路小凡第二碗又要见底了，气得摔筷子出去透气去了。路小凡的第二碗吃下去之后，贝律清见他看着自己的碗好像还意犹未尽的样子，便道："那再要一碗吧！"

路小凡连忙摇头，贝律清淡淡地道："总要吃饱。"

"我吃律心的就好了！"路小凡将贝律心的拿过来，又吃了个底朝天。

贝律清吃了半碗就放下了筷子，见已经把贝律心那碗吃光的路小凡在看自己的碗，于是便将碗推给他道："还吃吗？"

路小凡欢喜地"哎"了一声，将那半碗拿过来又吃开了，气得刚坐进来的贝律心又出去透气了。贝律清则坐在边上拿手帕擦了擦唇，等路小凡吃完了，又问了一声"还要不要？"，这一次足足吃了三碗半羊肉泡馍的路小凡连忙摇头，贝律清才抬手结账。

一碗三块，贝律清付了十二块。十二块钱放在路妈的手中都能够让全家吃一个月的了，路小凡有一种太奢侈了的羞耻感，但摸着自己饱饱的肚子，唇齿间弥漫着羊肉的清香，心情又好了许多，仿佛自己以后的人生突然变得没那么糟糕了。

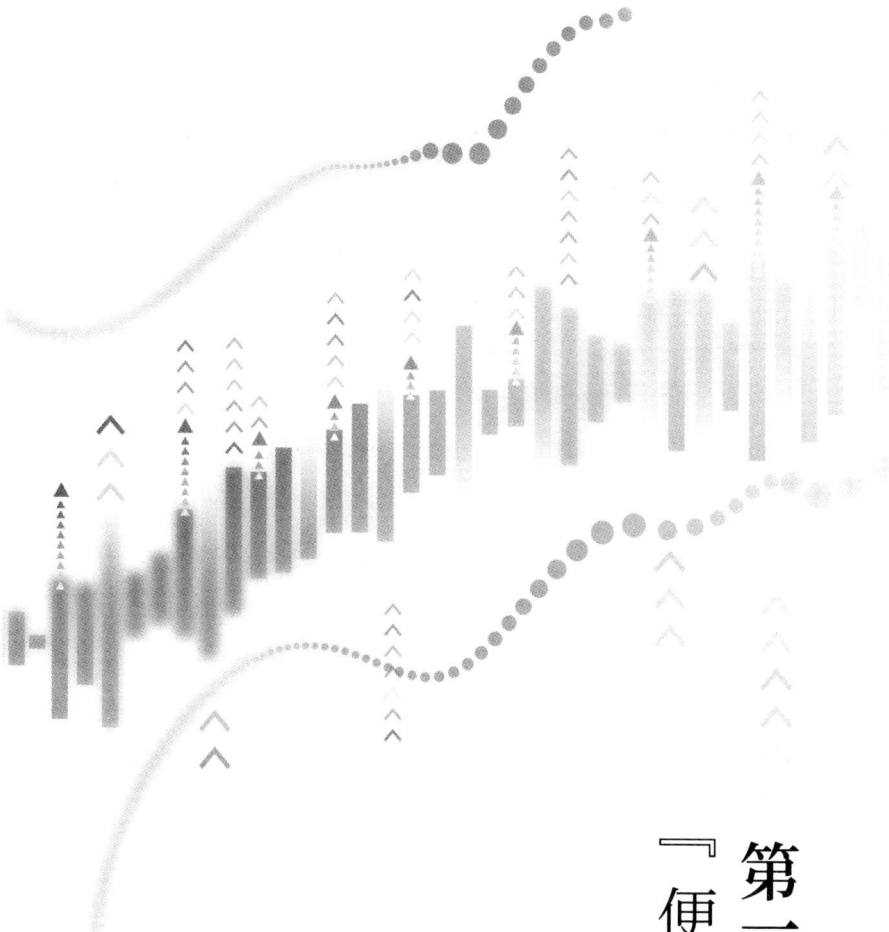

第一章

『便宜』女婿

路小凡夹着一只公文包站在一座高级公寓的前面，略有一点踌躇，隔了一会儿还是大着胆子上前按门铃。

"谁？"门前的可视电话响了，里面有一个男人很冷淡地问。

路小凡连忙回答："是我！"

他可不敢计较，明明物业已经给这个男人打过电话，明明这个是可视电话……

"进来吧。"电话那头依然很淡地道，许久不见的主人似乎没有跟路小凡久别重逢的喜悦，但是到了门口的路小凡也没处后退，只好硬着头皮走进了电梯。

门虚掩着，路小凡在门口脱了鞋子，道："哥，你饭吃了没？"

沙发上，一个俊美的男子翻着报纸，尽管有一点尴尬，路小凡还是不得不在心底叹服。

他初见贝律清的时候，就已经觉得他长得好看得不得了了，但对比四年过去之后的现在，贝律清似乎才逐渐展现他的魅力，不仅仅是五官的俊美，更有一种成熟男人掌控一切的稳重感。

路小凡曾经以为自己将来也能跟这个男人并肩，不过现实告诉他那是个妄想。人是阶梯分布的，有人天生坐在顶层，而他路小凡是在底层，底层的人就要有底层人与之相配的活法跟欲望，否则会让自己变成一个笑话。

贝律清将报纸翻了一页，道："没吃呢。"

路小凡赶紧道："哥，我请你出去吃吧？"

贝律清看着报纸，隔了一会儿，才道："不必。"说完就将报纸"哗啦"一收。

路小凡不知道自己又触动了贝律清哪根神经，总之他本能地感觉到贝律清觉得不快，那种本能来自蚂蚁对大象的敬畏，也是兔子对老虎的警觉。

"你今天来有什么事？"贝律清放下报纸看着路小凡，淡淡地道，"是你们家又需要钱了，还是你大哥又对工作不满了，还是别的什么事情？"

这些子弟要么嚣张，要么含蓄，不幸的是贝律清属于深奥的后者，小人物路小凡仅凭本能，还真有一点琢磨不透贝大少爷今天到底是喜是怒。

路小凡低下了头，确实，自从他入赘贝家，路家的事就没断过，其中绝大部分都是眼前的这个大舅子解决的。

他像个小学生那样站在那里回答贝律清的问话，嗫嚅地道："我妈说想来京城看我……"

贝律清淡淡地道："你不是去年才回去过嘛，路妈真想你，你就再回去一趟好了。"

路小凡支支吾吾了半天才说道："她……还想来大城市看一看！"

贝律清仍然没有表情，道："那她来了，你招待不就行了？"

路小凡的头更低了，道："她还想来看看律心……"

贝律清有一阵沉默，路小凡见他不说话，硬着头皮说了一句："你知道……她只听你的话！"

路小凡似乎也发现自己有一点过分，支支吾吾地道："要不，你给她打个电话？"

"行了！我知道了。"贝律清又拿起了报纸。

路小凡又干站了一会儿，见贝律清完全没有要留自己的意思，便道："哥……你真的不吃饭？"

"不饿！"

"那我走了？"路小凡试探性地问了一句，贝律清仍然没有开口留他的意思，他便轻手轻脚地走到门口，把自己的皮鞋穿上，动作之轻缓，像是贝律清正在熟睡而不是大睁着眼在"哗啦哗啦"翻报纸。

路小凡坐在门口还没等到公交车，就看见一辆浅灰色的车在面前停下来，车窗摇下，露出里面一个脸清瘦的男子，只见他笑道："哟，这不是小凡嘛，要不要跟我们一起去吃大鲍啊，你哥也去呢！"

路小凡很快扫了一眼后排座位，隐隐看到一个男子的侧面，正是贝律清，他连忙笑道："不了，林大哥，我回去，律心找我还有事呢！"

"那我们可走了哇！"林子洋将窗户一关，潇洒地扬长而去。

路小凡讪讪地看着绝尘而去的车子，难怪贝律清一口回绝跟自己吃饭呢，想想也是，他刚从国外回来，不知道有多少像林子洋这样的人物等着跟他一起吃饭。

贝律清毕业于 R 大金融系，这几年在国外工作，可这位经年在国外混迹的金融界大神，自己在京城有个极为频密交往的交际圈，林子洋就是贝律清很铁的私交之一，可惜贝律清似乎没有想过要让路小凡也沾点光。

路小凡从 R 大专科毕业之后，贝律清只跟往常一样，挺平淡地问他要不要继续读大学，路小凡嗫嚅地说："不想读了。"他也就不勉强。

其实路小凡隐隐觉得贝律清是希望他接着从 R 大的专科读R 大的本科，但是他读得再多也不会变成像贝律清这样的人，还不如早一点工作，多赚点钱比较实在呢。

而在贝家最大的好处就是，你想要什么几乎不用开口，就有人上赶着为你鞍前马后。

路小凡虽然是个名不符实的"便宜"女婿，但到底也是贝家的女婿，他还没拿到学校的毕业证书，就接到了让他上班的通知电话了。

路妈知道路小凡是到厂里上班的时候颇有一点不太高兴，道："为什么贝律清是 R 大毕业的就是金融大神，你们不是同学吗，为什么你就到工厂上班啊？！"

路小凡知道自己读的不过是一个挂在 R 大下面的分属专科学院罢了，他可不敢跟贝律清称同学，连忙道："妈，这单位很不容易进呢！"他好说歹说才算打消了路妈要找贝沫沙说这件事的念头。

路小凡本人对这份工作没有半点不满之处，工作了两年，现在在公司销售科当一个副科长，虽然公司的销售科仅有两人，正科长与他。

他的单位是化工单位，负责做一些基础的化工，如苯、二甲苯，工作稳定、薪资可观，尤其是国际形势紧张的时候，他们能从商家手里面赚不少差价。

就这么一份肥差，倒不是贝律清给解决的，而是林子洋。

路小凡坐着公交车一路摇晃回了家，他从车上下来，远远便能看见挺得笔直站在铁栅栏门外的保安，还有三三两两路过、带着好奇的神色向里面瞄两眼的人，就跟当年的自己一模一样。

贝家小楼的院子不大，外墙上爬着五叶地锦，路小凡初到的时候正是秋天，叶子在黄昏里泛着红色，白墙红叶煞是好看，事实上整座院子的风格就是处处透着干净跟别致。

他们一推开院门，一个精干利落的妇女连忙跑了出来，接过他们的行李，嘴里说着上海话："哦哟，为啥体勿（不）打个电话回来，我好叫老吴去接哪！"

贝沫沙道："没有啥行李，不要麻烦老吴。"他转过头来对路小凡道："这是咱们家的林阿姨。"又对林阿姨道："这是小凡，我的女婿。"

路小凡立即开口叫了一声"林阿姨"，那女人道："勿要客气，勿要客气。"她见路小凡一脸迷茫，便咬着舌头一字一字地道，"不要客气，哦哟，看起来以后还要讲普通话。"

贝律心挽着她的手臂撒娇道："林阿姨，有的烤麸吃没？"

林阿姨一边提行李，一边笑着道："老早做好了。"

"进吧，进吧，律清你招呼小凡。"贝沫沙说了一声。

贝律清叫了一声"进来吧"，路小凡便连忙跟着贝律清走进门。一踏进大门，路小凡只觉得白晃晃的墙面让他的眼睛都睁不开，朱红色的桌椅，漂亮的沙发，尤其是沙发对面那台超大的电视机，让见惯了土墙泥瓦的路小凡一时间傻愣在了那里。

这是路小凡第一次踏进贝家的大门，作为一个小人物，踏进贝家门的那一刻,路小凡心里有的是一种乡下人进城的感觉，这里仅仅是用来瞻仰的而不是自己的家。

也许这种感觉，路小凡从来没有改变过。

路小凡推开门，林阿姨在厨房里忙碌着，看见路小凡回来也不客气，道："凡凡啊，快点帮我把菜拣一拣！"

"我换件衣服。"路小凡回了一声，进到自己的房间里放下公文包，把身上的夹克衫脱下来。

贝家有四间房，楼上三间分别住着贝沫沙跟贝氏兄妹，楼下一间房就暂时归了路小凡。对于不能与贝律心同房，路小凡是轻松多过遗憾,毕竟如果真与贝律心同房，大约也只能睡地板。

路小凡第一次睡在暖烘烘软绵绵的床上时，觉得这间卧房虽然不太大，五六步长宽的距离，除了一张床，只能挤得下一个单门柜跟一张书桌，但对比自家那个晚上蟑螂四处爬、冬天透风夏天进蚊虫的窑洞，这里条件好得有点让他不踏实。

他在床上翻来覆去没睡着，末了起身将路妈给的手帕打开，里面赫然整整齐齐放了一大沓的十元钞票。

路小凡数了又数，居然有五百元之多。想起抠门了一辈子的路妈，路小凡鼻子酸酸的，对心里曾经对路妈有过埋怨而惭愧。

那晚，他将钞票的每个角落都拿手撸平，然后藏到了自己单人柜的布包里，又躺回床上搂着被子，心里好像因为那一沓五十张的十块钱而踏实了许多。

路小凡换好衣服出来，贝家除了他以外，就没什么人准时回家吃晚饭。

如果路家可以用嘈杂来形容，那么贝家就是冷清。

贝沫沙根本很少在家出现，又因工作的关系经常南下，即使是偶尔得闲，也要去俱乐部里跟人打打桥牌。他管贝律心似乎只管到给她找个丈夫，以免她身败名裂，之后贝律心怎么样他就不管了。

因此，贝律心还是像往常那样夜夜不归，饮酒作乐，那个来历不明的孩子小产后更是玩得昏天黑地。对于贝律心来说，纯真的爱情好比那水中花，她又怎能不堕落，她的堕落是愤恨的，是正大光明的，是别人欠她的。

林阿姨见路小凡抓起菜放入水中，连忙叫道："哦哟，你这样洗菜哪能洗得干净，一点点放进盆里洗呀，哪能教了这么多回，还是教不会的啦！"

路小凡低头把水盆里的菜捞出来，按着林阿姨的要求一点一点放入水盆中清洗。

这林阿姨不是真的贝沫沙什么亲戚，而是贝家请来的保姆，也是贝沫沙司机老吴的爱人，专门给他们做饭跟打扫卫生的。贝沫沙祖籍上海，偏爱上海本帮菜，所以特地请了林阿姨过来给他们操持家务。

林阿姨在贝家的日子不短，贝律心几乎是她看着长大的，所以感情也比较好，自然会替贝律心嫁了一个乡下人而抱屈，更何况路小凡怎么看都不称她的心意。她常跟贝律心用上海话当着路小凡的面议论，叹气路小凡看上去就戆头戆脑。

老上海人有一种习惯，他们偏爱使用本地话跟人交流。

他们想让你懂的时候，就会觉得上海话像国际流行语；不想让你懂的时候，又会觉得上海话乡下人听不懂——林阿姨就是这样典型的老上海人。

有的时候路小凡不得不一边吃饭，一边听林阿姨议论他。

贝律心本来就对嫁给了路小凡有一肚子的委屈，被林阿姨这么三天两头一叹，就越看路小凡心里越生气。尤其是她一出门，那些蹦迪姐妹每次提到她乡下的丈夫就会笑她，所以四年中她正眼看路小凡的机会都不多。

菜洗到一半，门铃响了，路小凡去开门，意外地看见一身光鲜的贝律心站在门外面。

"你怎么回来了？！"贝律心通常整晚不归，天快亮才回来，路小凡在天没黑的时候见到自己的妻子都不免吃一惊。

贝律心头一仰就从路小凡的身边擦肩而过，拎着自己的小背包便脚步轻快地上了楼。

"快一点凡凡，律清要回来吃饭呢！"林阿姨在背后催了一声。

这一下把路小凡都给震糊涂了，贝律清不是跟林子洋吃海鲜大餐去了吗，怎么又回家吃饭了？但贝律清从来不是他能揣测的人。

隔了不到一刻钟，门锁再次响了，门口出现了穿黑色呢大衣的修长男人，正是贝律清。

他一进门，贝律心就从楼上冲了下来，路小凡见前一刻还浓妆艳抹妖姬打扮的贝律心，不过几分钟就换上了白色的毛衣套衫、浅靛蓝色的牛仔裤，活脱脱一个清秀的邻家女孩儿。

"哥，你回来了！"贝律心的语调里透着喜悦。

的确，贝律清一年到头回家的次数屈指可数。

贝律清脱下自己的大衣，将自己脖子上那条围巾也取下，道："是！"

林阿姨将菜端上桌子，道："快吃饭，快吃饭，冷了就不好吃了！"

路小凡跟贝律心向来是分坐在桌子的两端，而贝律清将衣服挂好之后随意地在路小凡的身边抽过一张椅子坐了下来，路小凡能感觉到贝律心狠狠地瞪了自己一眼。

"没有汤啊！"贝律清随口问了一句。

"有，有，西红柿蛋花汤！"林阿姨笑着回答。

贝律清问过了一声，但看起来却没有要碰这汤的意思，对于南方人来说，那种要煲上三四个小时的汤才算汤，像林阿姨做的滚汤根本不能叫汤。

而这种汤贝家也只有路小凡才会做。

过去路小凡听说广东人、香港人爱喝这种煲汤，便特地买书学过，所以全贝家只有他会，也只有他有这份闲情跟闲工夫去煲这种要费上三四个小时的汤。

有多久没煲过这种汤了，连路小凡自己都有一点记不太清了，他看了一眼贝律清，用试探的口吻道："明天我去给你煲点汤？"

"嗯，会不会太麻烦？"贝律清修长的手指从碗里的青菜中剔了一根黄叶出来，林阿姨眼尖立即看到了，连忙道："哦哟，凡凡拣菜拣得来就是不干不净！"

"不麻烦，不麻烦！"路小凡连忙道，他正有求于贝律清，正愁不能投其所好。

吃过了晚饭，林阿姨自然知道贝律清不会无缘无故回家吃饭，还特地通知了贝律心，所以早早说回家有一点事就走了。

贝沫沙是在老上海长大的阔家少爷，非常喜欢那种带点西式风格的家具，所以贝家的沙发是一套西式的沙发椅，款式典雅里透着一种低调的奢华。

一张三人椅，两张单人椅，旁边的茶几上还放着一只老款的留声机，一进来便会知道贝家的底子跟其他人家的区别。

后来贝家重新装修，家具换成了西式的，以前那套西式的沙发椅也就保留了下来，贝律清翘着修长的双腿坐在一张单人椅上，贝律心乖巧地坐在三人沙发靠贝律清的那头，这让路小凡顿时有了一种过去开沙龙的感觉。

贝律清就读的 R 大是名流聚集的地方，那个年头有头有脸的人很喜欢举办沙龙。沙龙跟 party（聚会）的区别就在于，party 是以娱乐为主，而沙龙是以阐述观点为主。贝家经常举办的是英语沙龙，这些高才生用英文来发表见解，有着香港读书经历的贝律清能说一口非常流利的英文，常常是沙龙的焦点。

后来赶上香港投资内地的高潮期，拥有双重背景的贝律清毫无疑问成了这个沙龙团体的领导人。

作为一个久经沙场的商人，贝沫沙显然很重视这个富有活力的沙龙会，难得在家吃一口饭的贝沫沙还会时不时地光顾一下这个学生沙龙会。

林阿姨则是将糕点准备充分，即便连晚上跟白天倒着过的贝律心也会打扮适宜乖巧地坐在一边。

只要贝律清在家中举办这种沙龙，路小凡就成了全家最不受欢迎的人，从贝沫沙到贝律心都不太希望他出现在客人们的面前。

林阿姨自然向着贝家人，一到周末就"凡凡啊过来帮我做这个""凡凡啊过来帮我做那个"，差使着路小凡在厨房里面忙得团团转，她自己就倒茶递水，绝对不会给路小凡抛头露脸的机会。

路小凡有一次给林阿姨出去买酒，回来时一不小心没有绕道走，沙龙里一个年轻且模样帅气的瘦高个看见了他，连忙招手道："哦哟，律清，你们家还有新成员哪，从来没见过啊！"

在贝律清的圈子里第一个跟他打招呼的人正是林子洋。

路小凡顿时面红耳赤，嗫嚅得说不上话来，贝律心看见路小凡那脸色好像是叫人泼了盆狗血似的红，倒茶的林阿姨连忙抬起头来朝着路小凡使眼色，让他快点进厨房。

路小凡是想走的，但觉得屋子里齐刷刷的目光把他钉在了那里，愣是挪不开脚步，只把林阿姨急得拿眼睛直瞪他，贝律心的眼睛里更像在喷火的样子。路小凡本能地觉得自己闯了一个弥天大祸，背脊上一阵阵地冒冷汗，突然听到贝律清插了一句话，他说的是英文，但是路小凡还是听懂了当中一个单词：brother（兄弟）。

他整个人突然就因为这个单词而觉得精神抖擞了起来。

贝律清掉头对他道："小凡，过来坐吧！"

路小凡使出了吃奶的力气走了过去，沙龙虽然是团团围坐着，但还是能看出居中的贝律清单独坐着一张西式沙发椅，跟别人的身边挤满了凳子相比，他的这种"空"不是不受欢迎，而恰恰是一种地位的象征。

路小凡看了一眼贝律清身边的座位，到底没敢坐过去，拿了一张凳子放在边上，笔挺地坐在上面。

还是林子洋率先热情洋溢地打招呼："我叫林子洋，初次见面，您多关照啊！"

他话音一落，弄得屋子里其他的人都笑了起来，有人笑骂道："子洋就是个万金油，跟谁都要插上一脚！"

林子洋笑道："你这话就不对了，我还是有追求的，这不是贝师兄的家人吗，贝师兄的家人哪个不值得交，就是跟他们屋亲近一点的林阿姨的深度也够我深思啊，我热情一点那绝对是有的放矢啊！"

他一番话把林阿姨逗得笑不拢嘴，道："侬嘴巴甜得来……"她一掉头道，"凡凡啊，快点回厨房去，看看我烧的糖醋排骨怎么样了。"

路小凡对这位林阿姨也是满怀敬畏的，贝家的人不在，他就是林阿姨的一个下手，拎菜打杂，在林阿姨一句又一句戆头戆脑里过日子。但是今天贝律清的一个单词让弯着腰做人的路小凡像是一下子直起了腰。

他站了起来，面色颇为凝重，双手握住林子洋的手，摇了摇，严肃地说："多关照，多关照！"

他这么一握手，场里的人顿时鸦雀无声，贝律清掉过头来看了他一眼，贝律心是被臊得面红耳赤，林阿姨也是额头要出汗的样子，倒是林子洋反应最快，一声大笑道："律清，没想到你们家的人都这么幽默啊！"

这场沙龙过去之后，贝律心足足卧床称病了两天，林阿姨更是不停地讲："哪能拎勿清咯啦，给你这么多眼色，就是叫你快走，戆头戆脑，律清是客气呀，你还真过去，面子啊都被你丢光了！"

是啊，路小凡后来才明白城里人有一种亲密不是亲密，它仅仅是叫客气。

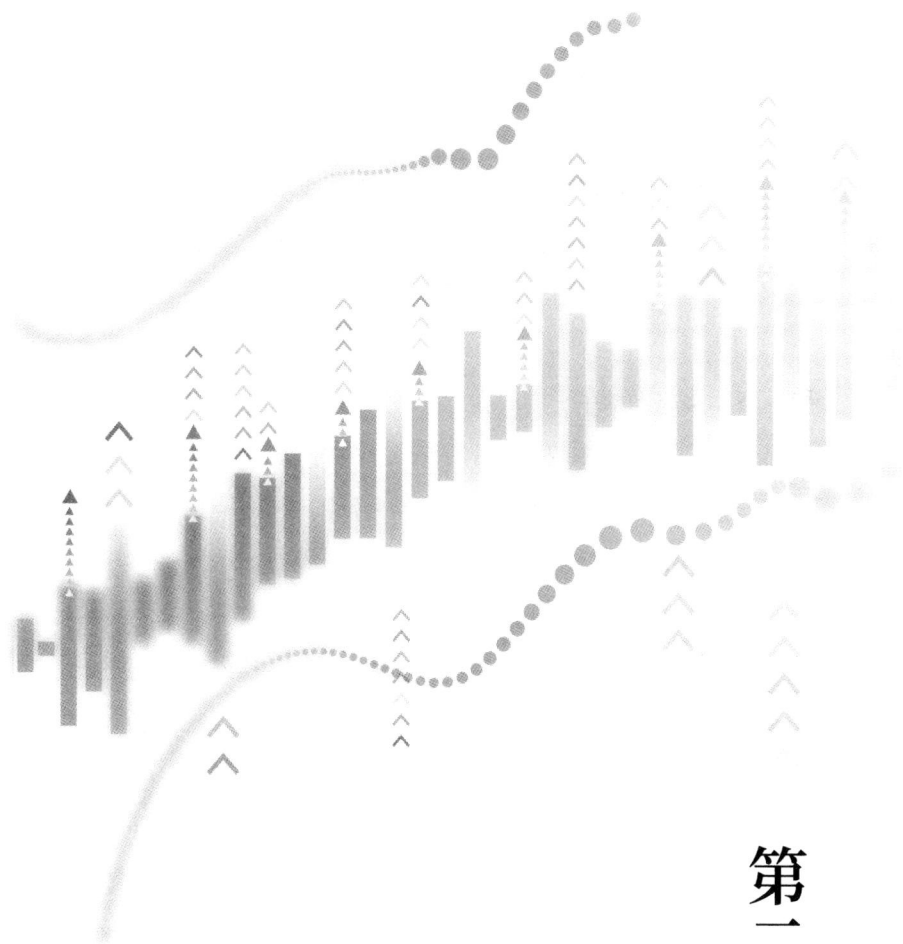

第二章

参加沙龙

贝律清坐在椅子上有一会儿才开口道："律心，最近都在忙些什么？"

贝律心一听贝律清开口问她做什么，顿时有一点慌张，她天不怕地不怕，最怕的就是贝律清对她失望。她支支吾吾道："跟小姐妹看看有什么生意可做！"

路小凡听见他们兄妹说话，也从乱七八糟的回忆里清醒了过来，连忙咽了咽唾沫等着贝律清说正题。

"喜欢做生意可以去帮妈妈的忙！"贝律清淡淡地道。

贝律清说的正是从珠宝行业跨到高档住宅行业的沈吴碧氏，说起这个女人现在几乎很少有人不知道的，比起贝沫沙那可有名气多了。

路小凡从没听说过沈吴碧氏跟贝沫沙离过婚，听林阿姨的口气，似乎她还是贝沫沙的太太，但这个贝家的女主人从来不进自己的家门，每次来京城都是在五星级酒店里面召见自己的子女。

路小凡与贝律心结婚之后，沈吴碧氏倒是见过一回这个女婿，地点也设在某个五星级酒店里，路小凡就好像是晋见女皇一样去见了沈吴碧氏。

沈吴碧氏用考究的目光打量了路小凡足足有四五分钟，不像是看女婿，倒像是科研人员看微生物细菌，仔细又冷漠。

当时的路小凡想，如果不是贝律清，他都不知道自己会不会在沈吴碧氏冷淡又锋利的笑容面前，整个脚软掉从椅子上滑下去。

后来，路小凡大约总算是过关了，过关的另一层含义是，女王从此都懒得再瞧路小凡了。

像沈吴碧氏这种养尊处优长大的千金，原本应该有一种对世俗优雅的不屑一顾。

"妈妈想要的是你帮忙，又不是我。"贝律心小声地嘟哝了一句。

贝律清淡淡地道："你没试过怎么知道。"

贝律心不答，但显然并不是很赞同自己哥哥的话，贝律清也不勉强，话锋一转道："你跟姐妹做生意也需要钱吧？"

贝律心的眼睛一下子就亮了，这也难怪，贝家供她吃穿不愁，可是没供她吃喝玩乐，沈吴碧氏对儿子好像更在意一些，而且她虽然很有钱，但也是一个将钱看得很紧的女人。

路小凡跟沈吴碧氏第一回见面，她给的红包里也不过就是区区十张十块钱，而且四年来也就给过这么一回，坦白地讲还不如贝沫沙来得大方。所以路小凡相信，贝律心在沈吴碧氏那里也不可能要到很多的钱。

贝律清站起身，走到门边挂衣服的地方，从他的黑色呢大衣里掏出一个信封，然后走过去将信封递给自己的妹妹道："先拿着用吧，能做一点正经事总是好的。"

"谢谢哥哥！"贝律心脆生生地道。

贝律清接着坐下，道："你能想到做事情那就证明你长大了，过两天小凡的妈妈要来京城，这也是她老人家第一次来京城，你要好好替哥哥招待她，知道了吗？"

路小凡这才明白贝律清绕那么大一个圈子，其实就是为了送钱给贝律心，让她好好招待路妈，他不由得抬头感激地看了一眼这个男人。

贝律心是个聪明的女子，岂会猜不出来哥哥的意图？原来哥哥难得回来吃一次饭又是为了路小凡，仔细算算，似乎每一次路小凡有什么事情，哥哥都会出手帮助，完全不同于对自己的不理不睬。

贝律心有心想要将手里的那个信封丢在地上，硬气地说：我不要这钱，我也不招待路妈。

但是，在贝律清的面前放肆，住在贝家屋檐下的人似乎都没这个本事，可和贝家的人稍许有一些不同的是，贝律心的喜怒哀乐差不多都是放在脸上的。

贝律清淡淡地道："路妈是你的婆婆，又是四年没见，如果你能把她招待周到，那么我就会仔细看一下你那份生意的计划，给你参谋参谋。"

贝律心闻言，心情顿时便转怒为喜。

贝律清见目的达到，便起身穿衣戴上围巾出门，路小凡将他一直送出了门。

"我叫老吴送你回去？"路小凡知道贝律清一定是让林子洋送来的。

"不必。"贝律清扫了一眼路小凡，道，"天这么冷，出来穿多点。"

"好的。"路小凡连忙应道，他抬眼看了一下贝律清，贝律清正在街上抬手打车。贝律清是那种很适合穿黑呢衣戴围巾的人，他的个子很高，呢衣略长刚好可以突显他修长的身材，并且令他的气质更显优雅。这样的男人几乎走到哪里都是众人瞩目的焦点，而且他还是贝律清。

贝律清似乎专心地打车，路小凡也不再多话。

"你最近过得怎么样？"贝律清的语调还算温和。

路小凡连忙收回目光道："挺好的。"

路小凡的生活平淡，谈不上好坏，不过这是他自己的事情，没必要跟贝律清说。毕竟在城里待久了，他深知这样的对话并非真的关心，只是随口一问罢了。

贝律清果然很淡地"嗯"了一声，又道："还喜欢爬香山吗，我最近倒是有空。"

"哪里用得着浪费哥的时间。"路小凡笑道，"哥你忙你的，我都很久不爬了。"

贝律清隔了一会儿，又道："晚上林子洋搞了一个国际联谊会，有很多老外学生，你去不去瞧热闹？"

"不了……"路小凡看了一眼贝律清，不好意思地道，"哥你知道，我不太会说话，英文也一般。"

贝律清听了半转过头来，路小凡的手一指道："哥，出租车来了。"

一辆出租车停在了跟前，路小凡把车门一开，贝律清便转过头坐了进去，路小凡替他将车门关好，站在原地弯腰对着窗口道："哥，你走好。"

"小凡，明天你来？"贝律清上了车突然摇开窗户问了一声。

"来，来！"路小凡这么一答，贝律清已经把玻璃摇上，车子便开走了。

路小凡站在街口一直恭送到出租车消失才掉头回去，贝律清是个大忙人，以前他住贝家的时候，路小凡也并不是能天天见到他的面，这两年就更少了。

每一次路小凡都是有事解决不了才会硬着头皮去见贝律清。自从贝律清搬走后，他就很少和贝律清联系了，每次都是等家里的事情来了，需要帮忙才会去找贝律清。

贝律清是一个话非常少的人，他的意思通常要人猜一猜，太白的话他不会说，太笨的人他也不屑多理会。

可惜路小凡似乎不是个聪明人，因为他连开头都没猜对，所以现在他也不猜了，总之记得要客气、识趣就对了。

贝律心见路小凡进来，给了他一个白眼，才腾地起身，"咚咚"地上楼去了，好像她专程等在下面就为了给他一个白眼。

对于路小凡来说，贝律心是他理所应当的家人，就好像路爸跟路妈一样，倘若跟贝律心的关系能稍许正常一点，他觉得这日子也就很好了。

其实贝律心那个来历不明的孩子不慎流产时，他们也度过一段蜜月期。

那时的贝律心正处于低潮期，觉得没有未来，渴望别人的关怀，路小凡替她端茶倒水、温脚暖粥确确实实也算是打动了她。

可是等她好了，跟原本完全脱离的社会又重新挂起了钩，路小凡的平庸又迅速让她的热情降了温，毕竟绝大多数女人宁愿去伺候一个自己崇拜的男人，也不愿意被一个自己瞧不起的男人伺候着。

当然，贝律心是那种张狂有傲气的女子，心中不满也不会闹腾，至多也就是不理不睬，给个白眼。而对于像路小凡这种人，消化别人的白眼比消化食物的功能还要好，这大约也算得上是人类生存的本能吧。

路小凡又回到厨房，把剩下的碗筷洗干净，然后回到自己的房间，将公文包当中新买的证券报拿出来，将报纸里面的股价，甚至夹缝里的各类期货商品价格都仔细看了一遍。

路小凡看着那些一个又一个的代号跟数字，凭着他在贝家、在京城的这几年的见识，他知道要想在这个里头赚钱，只要贝沫沙一句话就能办到。

这是一个变幻莫测的投机市场，能在这里翻江倒海的人很多，每一个人的背后都有着错综复杂的人际关系，路小凡不由得又想起了贝律清的沙龙。

第一次参加沙龙的路小凡被林阿姨训斥过后，低头认罪的态度倒是很好，但是下个星期的沙龙一开，他又让贝家很丢面子地坐过去了。

事实上，以后贝律清的每个沙龙路小凡都严肃认真地参加了，尽管他能听懂的单词有限，但每个有限的单词，他晚上都记在了笔记本上。

贝律心跟林阿姨也只好在背后责怪，客人来了自然也不好叫他走。路小凡每次搬起凳子坐过去，参加沙龙的宾客也会客气地跟路小凡打个招呼，这在路小凡看来就是欢迎他的意思，让他更加热情高涨，百折不挠地坚持参加沙龙，一场不落。

至于贝家每个月给的三十块零用钱，过去路小凡都是一拿到手就将纸票子一张张用手抹平，然后藏起来，那钱到了他手里就跟石沉大海似的再无影踪。

可是有一天，林阿姨发现路小凡跑出去买了一大堆书籍回来，里面有英文书、笔记本，还买了一个磁带机。

林阿姨看着路小凡抱着一大堆书一溜烟地跑进屋去，愣了半天，才在背后讲了一句："伊当真一样！"

路小凡除了对学习英文充满热忱以外，他还喜欢上了煲汤，特地买了一本叫《广式经典汤式》的书回来照样煲，汤煲好了就拿保温盒装上，骑上自行车给同样在海淀区读大学的贝律清送去。

贝律清看到穿着新买的蓝衬衣、戴着一副黑框眼镜、手提保温盒站在自己宿舍门口的路小凡时确实愣了一下。除了送汤，路小凡每来一趟还会将贝律清来不及洗和扔的脏衣服一股脑都包上带回去。

不过从那以后，贝律清的妹夫给他送汤就成了校园里一件众所周知的事情。

路小凡送汤给贝律清,就跟他每次参加沙龙一样,风雨无阻。对于路小凡来说,能得到贝律清对汤的首肯,哪怕只是挺平淡地点一下头,都是对他整个人莫大的肯定。

有一天傍晚,路小凡刚将煲好的汤放在保温盒里装好,林阿姨便接到贝律清的电话说是回来吃饭,让路小凡不用送汤了。

路小凡其实很高兴贝律清能回来吃饭,因为无论如何,贝律清是他到了大城市以后对他最好的人。

随着贝律清回家吃饭的次数逐渐增多,路小凡的汤也不用再往学校里送了,而且有的时候贝律清还会在家里住宿,在路小凡看来都是因为贝律清喜欢喝他煲的汤。

这更刺激了路小凡学习广东厨艺的热情,他不但学会了煲汤,还学会了煲粥——鱼片粥、瘦肉粥,贝律清每回回家,路小凡都会翻着花样给他和贝律心煲汤煲粥。

为了煲个粥,他特地买了一个二手的煤球炉子,大清早起来就生火,半生煤坯的青烟正对着贝律心的窗口,每每惹来贝律心气鼓鼓的骂声。

路小凡连忙卖力地用蒲扇往另一个方向扇,一个冬季下来,愣是把路小凡的两只胳膊扇出了两个小肉球。

贝律心流产之后,路小凡的处境变得尴尬了起来,贝家已经没有后顾之忧,他这个"便宜女婿"该何去何从呢?

好在贝家倒也没有过河拆桥的意思，贝沫沙说这样也好，没孩子你不如就专心复习重考大学吧。

对于路小凡重考大学，贝律心只冷哼了一声，没有表示反对，林阿姨则不停地提点路小凡要记得贝家的大恩大德，并声称，像贝家这样的厚道人家那实在是不多的。

路小凡自然连连点头，仿佛他不是这家的女婿，而是这家请来的长工。

真正让路小凡精神抖擞的是贝律清的支持。他上完复习课回来，贝律清还特地每天都回来给他补习，这让他的成绩得到了很大的提高，尤其是英文，水平是一日千里。

最后一次模拟考，路小凡超水平发挥，得到的分数居然能进 R 大，这几乎让所有的人都大跌眼镜，不但贝律心的白眼少了，连林阿姨常说的戆头戆脑也少了几句。

路小凡信心倍长，那个周末贝律清的沙龙会，他特地搬了一张凳子坐到了贝律清的身边，并且发表了自己的几个见解，大家也似乎都含笑听取了他的意见。路小凡觉得人生就跟涨满了风的帆一般鼓鼓地一路顺风，为了能跟上这些人的思维，他特地买了不少报纸加以研读，把自己要发表的意见写下来。

可惜这些意见他很少有机会派得上用场，因为每一次开沙龙的时候，林阿姨都会遗忘贝律清让她买的东西，比如灌肠，再比如京城的烤鸭。

路小凡当仁不让，立即骑着一辆破旧的自行车兴冲冲地去购买。

可惜每到周末买这些东西的人都特别地多，他每每排队买回来，沙龙会也到了尾声。大家吃两口他的东西，说两句"小凡辛苦了"，也就散了。

能为贝律清做事情，对于路小凡来说，那是不能叫辛苦的，那是一种荣耀、一种信任。

有一天他去买烤鸭，刚巧碰上了老吴，老吴在那辆黑色的轿车里冲他招手，得知他要给贝律清的沙龙买只烤鸭，连忙道："这多大的事儿，律清怎么不跟我讲？"

老吴让路小凡上车，领了他直接找了烤鸭店的大堂经理，一番寒暄之后，就有服务员提着一只油光锃亮的刚出炉的烤鸭过来了，皮片切好装好盒，从头到尾也就老吴跟大堂经理谈笑风生几句话的时间，一点也没耽搁。

经理亲热地道："以后这种事打电话说一声，我叫人送去就好了，还让您跑一趟！"

老吴笑道："我这不找机会偷懒，出来透透气不是！"

等老吴把路小凡送回家，那烤鸭还是滚烫的。

路小凡提了鸭子见林子洋正跟贝律清和一些男生在院子里抽烟谈笑，林子洋笑着对贝律清道："你们家那路小凡到底是你妹夫，还是你仆人，又送汤又煲粥还带洗衣服？"

贝律清笑了笑，道："他从乡下来，在我家总要找到一个平衡点，他愿意做就做呗！"

"我可跟你说啊，律清，再这样下去，可严重影响你在我们学校风云人物的形象啊！"林子洋大笑道。

有一个男生笑道："其他也就罢了，他每次在沙龙会上开口，我都要憋到内伤才能不笑，一个晚上要听他讲至少十遍politic。"

他又捏着嗓子转头对另一个男生道："我觉得我们国家的形势还是很严峻……"

其他男生被他说得一阵又一阵地爆笑，另一个男生憋着笑跟他握手道："国际形势同样严峻……"

"行了，至于吗，看把你们浮躁的，那还不许我们偏远乡村地区的老百姓发表对国际形势的精明看法了！"林子洋笑骂了一句，他转头对贝律清道，"前一阵子卓新他有一个亲戚，也想来我们沙龙。人家钻营了好久，给几个人都打过招呼，结果卓新自己否决了，就是怕这种层次的人带累咱们的沙龙。你妹夫要再来咱们沙龙搞笑，传出去……这咱们自个儿嘚瑟，好像格调很高，结果闹了半天，人家觉得咱们就是一搞笑沙龙……"

贝律清懒洋洋地说了一句："至于吗，天鹅群里混只鸭子，也不会带累你成鸭子，只要你自个儿不本来就是只白鸭子就成。我这不图新鲜吗，新鲜一阵就完了，知道不是一层次，你们还计较！"

贝律清开口了，大家呵呵笑了几声也就转了其他话题。

路小凡蹲在门口，这是他在大城市上到的第一课，优越感有很多种表达的方式，不是每一种都像林阿姨那样放在脸上，也不是每一种笑容都代表欢迎。

城里人的傲慢是在骨子里的，他们的优越感是存在于内心的，他们也许对你很客气，很有礼貌，但是那种客气跟礼貌仅仅是因为他们觉得跟你根本不在一个层次，连不屑都不肯给。

路小凡还懂得了城里人有一种包容叫作客气，比如贝律清对自己，因为在他的眼里，自己不过是一只混入天鹅群的鸭子。

路小凡的呼机早上接到了路小平留的电话，他犹豫了好一会儿，才回电话过去。

"二弟，什么急事啊，你不能下了班再打电话！"路小平照例这样开头，好显得他在办公室里拿公家电话说私事纯属是因为这个不通世务的弟弟，这就是他要打路小凡的呼机，不给路小凡办公室打电话的原因。

路小凡打了个哈欠，路小平果然又接着自说自话地道："妈是订了下个礼拜的火车，你记得要去接啊！我有可能没有空，单位的事多着呢。对了，爸最近有一点高血压，你让你们老吴去接，我看就他开车稳一点。"

路小凡"嗯"了一声，路小平又指示道："回去的机票不好买，你早一点给订下！"

他这么一开口说话，路小凡的眼睛立时睁开了，脱口道："坐飞机？！"

路小平沉声道："咱爸妈来一趟北京不容易，你来回都坐飞机，凭啥让她老人家坐火车，行了，飞机票的钱算我的！"

路小凡回家的机票那都是贝律清国际航班里程数累积了之后人家送的，贝律清就把免费机票送给了他，他路小凡是绝对不会舍得买的。

只是路小凡还没开口，就被路小平噼里啪啦理直气壮地训斥了一通，路小凡只好把后面的话说出来："那要单位开介绍信呢！"

"你让老吴订票不就行了，贝家人订票还要介绍信？！"

"贝爸自己订票都开介绍信的！"路小凡对路小平指使贝沫沙的工作人员跟指使自己下人似的不禁有一点不满，但如果明说，回头路小平铁定跟路妈告状说自己偏心帮贝家，于是只好含糊道，"回头我在自己单位试试！"

"贝老爷子就是太正经了，他如果肯指点你一下，你早就发财了，还做什么销售员！"路小平挺瞧不上路小凡这个销售员的工作，可却不知他自己的工作也是路妈几次打电话给贝沫沙争取来的。

原本路小平来了京城，贝沫沙听说他学的是机电，就让他去机电厂试试，他一听委屈得不行，说他不是不想去机电厂，说当初他就是因为发烧没考好，才落到这个学校这个专业，这根本不是他喜好的，也不是他的专长。

贝沫沙问想做什么，路小平回答说自己很适合做管理，在学校学生会就是做管理工作的，贝沫沙说做管理也要从基层做起，于是便给他介绍了一份合资企业的工作。

合资企业是德国跟中方合资的一家医药中间体的工厂，由于是定向给德国总部供货，所以自己工厂就也申办了出口权。贝沫沙给路小平介绍的工作就是进这家合资企业的出口部，而能进出口部，这在当时也是一份非常时髦的工作。

贝沫沙以为亲家肯定会满意，哪知过了几个月路妈打电话过来了，让贝沫沙感慨的是，两年不见，路妈说话的水平依旧，但普通话的水平提高了不少。

路妈的意思是先谢谢贝沫沙，自己的两个儿子让他费心了，但话锋一转，提到了大儿子好像有一点不太适应那份新工作。

原来西北跟京城的英文水平还是有差距，而且路小平的英文本身不行，加上又是新人，出口部自然不会让他来招待外商或者处理单据，他现在干的也就是天天去仓库查点出货的数量是否准确，或贴一下码单这种活。听说自视过高的路小平因为受了点气，这几天都病倒了。

按贝沫沙的意思是，小孩子到社会受到一点挫折也在所难免，但路妈的话不知道是怎么说的，贝沫沙居然被她说服了，同意给路小平再找一份工作。

那几天路小凡是走路哈气都不敢大声，生怕勾起贝沫沙想起路小平的那个难题。

路妈等了一阵子没见消息，路小平又打电话哭诉自己拿的钱少，干的活多，还被工厂那些工人欺负，既然贝沫沙同意给他找工作，他就辞职了。

路妈顿时急了，给路小凡的学校打了个电话，让他帮着哥哥再督促下工作那事。

路小凡哪里能有什么办法，他在家里连路小平三个字都没说，林阿姨已经不停地叹气说："老早就晓得了，乡下人就是这副样子！"

贝律心更是一声接着一声地冷哼，那眼神如同刀子似的飞向路小凡。

路小凡听到路妈嗓子都哑了，也不敢吭声只好同意下来。

那天下课路小凡在路上徘徊了很久，才鼓起勇气去求贝律清。也不知道是不是因为发现了贝律清对自己真实的看法，路小凡竟然一蹶不振，考试的分数一落千丈。

最后是托了各大院校争开专校扩大生源的福，路小凡才算勉强进了 R 大当专科生。

一切都恢复常态，贝律心的白眼又多了起来，林阿姨又将戆头戆脑挂在了嘴边。路小凡给贝律清煲汤也没那么勤快了，自然沙龙他再也没有参加过，而贝律清呢，又开始很少回家了。

路小凡到了贝律清的宿舍楼下也不敢上去，而是在下面转来转去，偏偏那天还下起了雨，他淋得跟只落汤鸡似的，但还是提不起上楼的勇气。

他刚决定还是不要上去算了，发现自己头顶上的雨突然就止住了，贝律清撑着一把伞站在后头，路小凡结结巴巴说了一声："哥……"

贝律清平淡地道："上去。"

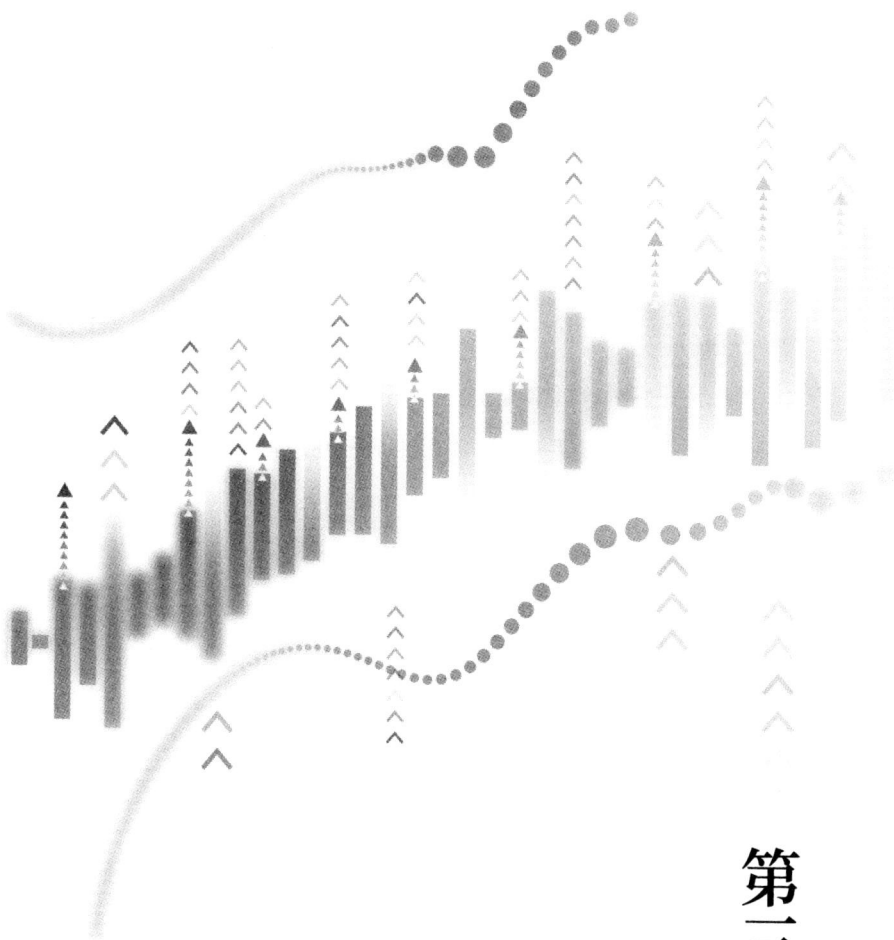

第三章
丢脸跟班

路小凡只好跟着贝律清上了楼，宿舍里只有贝律清一个人，但桌面上分明零散地丢着牌，看起来似乎刚才有人在这里大打牌局。

贝律清拿出来一条大白毛巾，丢给路小凡，让他自己擦擦被淋湿的头发。

"什么事？"

"嗯？"路小凡一下子怔住了，不知道这算不算是贝律清的客气。

"找我什么事？"

路小凡的头低下了，贝律清见他不吭声，又问："为你哥的事？"

路小凡快速地看了贝律清一眼，又把头低下了，贝律清道："上一份工作不是很好吗？"

"他……辞了。"路小凡羞愧得把头低得更下了，仿佛那个不知好歹的人就是他自己。

"好了，我知道了。"贝律清回答，他的语调当然不算热情，既没有承诺，也没有搪塞，挺平淡的一句话。

贝律清见他头发半干，收回毛巾道："你回宿舍吧。"

路小凡"哎"了一声，回过头来问："哥，你想不想喝汤？"

贝律清拿毛巾擦自己的手道："不嫌麻烦？"

路小凡连忙道："不嫌！"

"那好啊。"贝律清也没显得特别高兴或者不高兴，但路小凡似乎有些摸出了贝律清喜好的门道。

贝律清通常都不会很肯定地说喜欢或不喜欢，但路小凡觉得他用了一句提问句，那就算是一个活口，贝律清给人留活口。

贝律清以为路小凡第二天大约就会提着一保温盒的热汤，从专院踢踏踢踏跑到自己的本院来，因为这人时常这么做。不过可惜，路小凡没那么做，以至于贝律清投篮的时候都有一点不太专心，少拿了好几个三分球，害得林子洋冲他再三眨眼睛。

很多人都会以为人是以群来分的，但事实上，当你成熟以后就会发现，人其实归根结底都会以阶层来区分，同等阶层的人才会更容易成为长久的朋友。

贝律清与林子洋组成的队伍里其他队友基本是沙龙成员，也都属精明能干型，贝律清失了几个三分球，他们也还是稳超对方,林子洋眨眼睛的意思那也就是超多少来震撼别人的意思。

他们虽然稳赢，但台下大多数人是来看贝律清的，尤其是女生，一看贝律清几个不中，都不免流露出失望之情，"贝律清加油"这种喊声震得路小凡耳朵都疼。

路小凡虽然没有来送汤，但他确实有来看贝律清的球赛，人家喊他也喊，喊得嗓子都毛了。

他以前看见贝律清偶尔也会想到，这样的男生女生应该都会喜欢吧，或者应该会有不少女生喜欢吧。

他听着那些女生时而大声地喊着"贝律清"，一脸亢奋，时而小声地念着"贝律清"，好像这三个字放在嘴里会化了似的。他今天才见识了什么叫作万众瞩目，什么是大众情人。

半场结束之后，他看见贝律清满头大汗挂着白毛巾坐在一边，连忙挤到跟前拿了一瓶矿泉水。林子洋看见他笑了笑，道："哟，小凡哪，律清的水你送去吧！"

路小凡"哎"了一声，握着那瓶水给贝律清送水去了，走近了道："哥，水！"

他一出声才知道自己把嗓子都喊哑了。

贝律清微微侧头却发现是路小凡，脱口道："你嗓子怎么哑了？"

路小凡咧嘴一笑，不好意思地推了推鼻梁上的眼镜，道："我给哥喊加油喊得！"

贝律清没接话，接过了水，边喝水边归队了。

下半场贝律清打得非常好，他个子高，最擅长三分球，站在球场上双手这么一扬，球就带着优美的弧线轻松入篮，要多潇洒有多潇洒，把整场的女生都迷得七荤八素的，退了场都有好多女生喊着走不动了。

隔了几天，贝律清回来跟贝沫沙说，天津有个岗位符合路小平的要求，贝沫沙听了连忙把路小平塞过去了。

路妈听说后很高兴，路小平也很心满意足，贝沫沙交了差也算是松了一口气。

而从头到尾，贝律清从来没提过路小凡来求他这件事情。

路小凡则又开始在贝律清回家的时候煲汤，贝律清如果在家留宿，早晨起来必定有一份熬得香香的瘦肉粥，或者是鱼片粥。

他还包了贝律清在家里所有的活计，包括整理衣橱、刷鞋。

路小凡的目标从成为一个能跟贝律清平起平坐的朋友变成了更务实的——做贝律清有用的心腹。贝律清几乎不用费心什么东西，因为只要一通电话，或者不用电话，路小凡只要想到他会缺什么，就会不辞辛劳地跑回家取东西，再屁颠屁颠给他送去。

这当中路家又折腾了不少麻烦出来，比方说路爸想帮村里做点事，却不小心买了假农药回来，害得村子里差一点闹虫灾；再比方说路爸的二妹被工厂侵占了地；后面又是路三爸或者路四爸发生了一点事情，这些大大小小的事情，最后都是贝律清给解决的。

这些事情如果放在以前，大家也只好抹抹鼻子，自认倒霉算了，但现在不同，他们有一个在富贵人家当女婿的儿子，就算可以吃亏那也是一件丢面子的事情。

打电话给路小凡寻求帮助，天晓得路小凡能做什么，他当然也只能去找贝律清。

贝律清每解决一件事情，路小凡就愈发地对他敬仰，鞍前马后，唯恐不能报答贝律清的大恩。

当然关于林子洋他们的高端话题他也不参加了，跟他说他也会装没听见，或者装糊涂说："子洋哥你们说的我真听不懂，我是来给我哥送袜子的，这种问题你问他吧。"

林子洋有的时候会忍不住想，怎么世上会有路小凡这样的人种啊，变形金刚都没他变得那么彻底。

贝律清不咸不淡地道："有你这么贱的没有，人家讨论你嫌，不讨论你又惦记！"

林子洋"嘿"了一声道："是，我嘴贱，贝爷这是替人打抱不平呢，得得，我一边凉快去，成不？"

贝律清笑了笑道："看见下面的草坪没？"

"怎么了？"

"那是给羊爷您准备的，上那儿凉快去！"

林子洋失笑道："我说贝爷，您老什么时候改维护起这种小人物来了，你不最不爱那些攀高踩低，只知道伸手捞好处、活着卑微、死了卑贱的生物吗？"

贝律清翻了一页书，淡淡地道："这不是没见过，正新鲜呢。"

林子洋笑道："得，明了，您贝爷要是新鲜完了知会一声，我们也就用不着牙疼了。"

路小凡还不知道自己成了上层阶级盘中一碟小菜，他正抱着书去上公共课。

那种总是早早地在教室里抢着前排位置、上课眼睛一眨不眨盯着教授、一字不漏记笔记、却没被教授记住的人——就是路小凡。

路小凡一进教室发现自己的位置上坐了人，他眨了眨眼睛，确实坐了人，而且是一个个子挺高的男生，他犹豫了片刻，位置也就罢了，但是自己放在位置上的水杯却要取回来，下次还要靠它占座呢。

他走过去客气地问："请问有没有看到我的水杯？"

"什么？"那男生把头一横，他旁边坐着的两个男生一起横眉竖眼地看着路小凡。

路小凡眼前一下子多了六条横眉，六只竖眼，立时知道自己跟这只水杯有缘无分了，转身刚要走，却突然被人伸出的一只脚绊了一下，重重地摔倒在阶梯上。

路小凡刚想起身又被人踹了一脚，只听背后人大声道："看你再跑本院去抱大腿，丢我们专院的脸！"

路小凡吃疼地大叫了一声，好在教授进来了，看见阶梯当中趴着的路小凡只是不满地道："都坐回位置，吵吵闹闹的成何体统！"

专院的学生入院比起本院来讲就宽松多了，里面不乏一部分学生是掏赞助的钱进来的，所以打架生事经常发生。教授也就见怪不怪，都懒得理会了。

路小凡从地上爬起来，瘸着腿回到了后排的位置上，前排那三个男生还不时地转回头来不怀好意地看着他。

专院的男生对本院的男生是一种因为嫉妒不平而引起的天然敌意，对于那些吸引走专院百分之九十以上女生目光的本院男生，他们早就到了"叔可忍，婶不可忍"的爆点，路小凡简直是从天上掉下来的发泄品。

他们扎破路小凡的自行车轮胎，在路小凡上厕所的时候把门反锁，把路小凡宿舍里的被褥藏起来丢掉。

路小凡不禁苦恼地想要不要暂时请假避避风头。他请好假大包小包背着行李回家避风头，哪知道刚出校园就碰上了林子洋，他挺热情地搭着路小凡的肩笑道："哟，小凡，走，你子洋哥哥带你去看好戏去。"

路小凡本来是不大想去的，但架不住林子洋勾着他的脖子连拖带拉，把他拉到了校园背后的草坪上。

路小凡远远地见不少人围着呢，走近了一看，才发现贝律清正坐在旁边的石凳上，周围站着的几个也是沙龙里面的成员。如果全部的大学生穿着本院的校服聚到一块，你一定看不出来是大学生联谊，会以为是杂牌运动会，因为大家都穿着各式各样很丑的运动服。

R大的校服当然也是很丑的运动服，但是架不住这些人高高的个子，修长的腿，强大的气场，前胸R大漂亮的校徽足以使一件同样的校服穿在他们的身上，跟穿在对面畏畏缩缩的专科学生身上截然不同。

路小凡看见有几个穿便服的成年男子站在周围，被他们围在里头的是几个平时欺负路小凡欺负得最狠的男生。

林子洋笑嘻嘻地把路小凡拉过去，贝律清也没抬眼看。草坪上明明这么多人，但除了拳击肉声和那高个男生的闷哼声，就没别的声音。

高个子的男生在被人教训着，其他男生被押着看，就连往日喜欢在草坪上谈恋爱、念英文的人今天也都不见了。

路小凡站在贝律清的身边看着这一幕，不禁也有一种两腿发颤的感觉。

路小凡有一点不能把沙龙上的有志青年，跟这些站在草坪上看热闹的男生们统一起来。

路小凡不想把事情闹大，忍不住颤声道："哥……哥，算了吧，再这样下去会出事的！"

他开口了，贝律清才总算慢条斯理地说了一句："行了吧，子洋？"

林子洋笑嘻嘻地道："小凡说成就成啊！"他说着招了招手，那些人立即停了手。

贝律清才慢慢站了起来，冲着那些专科男生微微一笑，道："告诉你们，爷的大腿不是谁都有资格抱的，别再让我知道你们欺负路小凡，知道吗？滚！"

其他男生如同得了大赦令似的，一个个转身跑得连踪影都没了，贝律清才半转过身来扫了一眼路小凡，道："你大包小包的做什么？"

路小凡嗫嚅地道："我……避避风头。"

贝律清丝毫没有要夸奖路小凡够机灵的意思，甚至连话也没再说一句，转身就带着人走了。

路小凡站在草坪上看着这群人越走越远，只有那个高个子的男生躺在原地一动不动，吓得他连忙丢下行李跑到保安处大声道："那边有一个男生受伤了。"

保安闻言拿起电筒起身，道："这帮小兔崽子，整天没事就打架生事！看我不报给教务处！"

路小凡同保安一起将高个子送去了医务室，确认对方没大碍后才一脸轻松地离开。

周末见到林子洋，林子洋笑嘻嘻地勾住路小凡的肩膀得意道："怎么样，哥哥给你出气，还满意吧？我跟你说，律清在R大几年都还没这么高调过，你子洋哥哥为了替你出气，回去被老头子狠批了一顿……"

路小凡看着林子洋笑嘻嘻的脸，也没看出他被他家老头子狠批过的痕迹，但还是老实地感谢道："谢子洋哥！"

林子洋一笑，道："谢你哥吧！"

路小凡一掉头，见贝律清正坐在沙发上翻书呢。贝律清很喜欢读书，有什么闲暇都用来翻书了，这跟有什么空就看港片的路小凡一样。

贝律清的书放在膝盖上，牛仔裤包着修长的腿这么互相搭着，在阳光下白皙得有一点耀眼的手指慢腾腾地翻着书页，任何人一瞥之下大概都会由衷地想：真帅气。

路小凡的脑子里倒是没冒出这句，因为他的脑子过去挤满了对这个男人的崇拜、敬仰，现在又塞了点敬畏进去。也不知道那个高个子的伤怎么样，反正路小凡知道他足足一个月没来上课。

高个子来上课的时候看见路小凡似乎欲言又止，路小凡原本以为这事就到此为止了，以后大家相安无事就好，哪知隔了几天之后这个男生就不见了，路小凡隐隐地听说这个男生退学了。

什么是杀鸡给猴看，那鸡必须得死得很惨。

其实那个高个子男生家境不错，本人在学院里也挺有影响力，所以他被欺负了以后学院里不平的声音还是很多的，但自从他退学之后，所有的人立竿见影一般都闭上了嘴巴。

路小凡自然也没被人欺负了，但是随便他出现在哪里，别人都会"呼啦"一下给他空出一大片地来，这惹不起还躲不起吗？

路小凡常托着腮，一人坐着一大排空位子，心里想着杀鸡给猴看，原来是两只鸡，一只杀了，一只晾着给人看。

路小凡只看见了事情的后半截，没看到前半截，隔了好久才知道,其实高个子刚开始还是挺硬气的,要跟贝律清单挑来着，结果输得很惨，要不是贝律清手下留情，那大高个说不定还真有性命之忧。

贝律清虽然好几年里只出手过这么一次，但这一次就给路小凡留下了足够深刻的印象。

可是跟路小凡的待遇不同的是，贝律清的人气非但没有因为这件事情而降低，反而更受欢迎了，好多女生都会说"真没看出来贝律清是这么有男人味啊"等。

路小凡因为这件事情也算稍稍沾了一点光，因为校园里要是偶有人来搭理他，那一定是个女生，而且是来打听贝律清的。

路小凡在专院乏人问津，自然跑贝律清那里跑得很勤快。

贝律清参加户外活动时偶尔也会捎上他。

开始有路小凡、贝律清、林子洋跟卓新，但卓新去了两次就黑着脸说受不了路小凡，然后不去了。所以，路小凡之后跟贝律清外出，便只剩下贝律清、林子洋和他三个人。

路小凡每次跟出去了，都要大包小包跟拾破烂似的背上一大包回去。吃饭？吃剩下的，带回去！打撞球？别人喝完啤酒，他捡啤酒罐子！游泳？人游泳，他光顾着捡一次性浴帽，就算商场里逛一圈，他也能捡几个纸板箱带走。

林子洋每一回都要一脸崩溃地冲着贝律清喊："贝爷，贝爷，您不管管？"

路小凡通常都不太搭理林子洋，因为他们去哪儿的主意是林子洋出的，但钱却是贝律清掏的。路小凡就势利了，觉得林子洋的地位比自己也高不到哪里去，但论跟班素质他比自己还差远了，一不会提东拿西，二不会嘘寒问暖，光会出馊主意。

要说单从这方面讲，路小凡还是很有上进心的，挺有业务竞争意识。

贝律清的脸色其实也不太好看，因为他本来就够引人注意，加上一个路小凡整个就是一滚动前进的耀光球体，别人都是从看见贝律清那一瞬眼睛成圆形，到看见路小凡的时候嘴巴成圆形。

像贝律清这样的有志青年，他们待人客气热情，却只会接纳跟他们相同背景的人为朋友，说任何话都留有余地，做任何事都留有退路，身上总是透着讳莫如深，以至于接触到他们的人能轻易地对他们产生好感，仔细想起来却又会觉得他们面目不清。

因此，贝律清除了额头突突以外，倒也想不出太多拿路小凡怎么办的法子，因为他活到现在身边一直都是聪明人，他从来不用那么直接开口去训斥别人，何况为了这么点鸡毛蒜皮的事情。

他从没想过身边会有，本来也不应该会有路小凡这样的人物出现。

而路小凡，他来自世上的这么一群人，他们活着的含义不是活着的意义、活着的追求，而是活着的本意，那就是活下去。

所以，路小凡就像个脑袋里装着糨糊、浑身没四两骨头的人物，是如此现实又精打细算，为了一点点利益就会轻易卑躬屈膝。

比如他会检查每个啤酒饮料盖子，有"奖一瓶"就赶快拿走，从检验自己的瓶盖发展到去看人家的瓶盖，生怕有疏漏。

他上上下下地弯腰弄得旁边的人说话都不清静，事实上他也许只要陪着身边的人多说几句好听的，这种啤酒又能值几个钱，他想躺在上面睡觉贝律清都能办得到。

可说他不聪明，他又似乎很聪明，他总能琢磨到贝律清想要什么、喜欢吃什么。

他熬的粥、熬的汤，贝律清吃过好多地方就是吃不到那些粥汤的味道。

尽管贝律清刻意找了很多地方，却都不能找到路小凡熬的粥汤的味道。

无论贝律清有多冷淡，路小凡走了之后都不会不来，他会可怜兮兮的，以一副完全没有出息的样子再次出现在贝律清的周围，带着那些鸡毛蒜皮的麻烦事。

贝律清从来没有试过完全不用打理跟一个人的关系，甚至说的每句话、做的每个动作都不用关照他的情绪。

但有的时候路小凡让他觉得实在很丢脸，路小凡的那些鸡毛蒜皮的事情也让他觉得烦心。

在贝律清看来，穷人是值得怜悯的，但一直贫穷的人是可憎的。因为不知道自己什么时候就会受不了，贝律清一直不咸不淡地保持着这种关系，也没有费心考虑过。

贝律清一直觉得总有一天他会疏远路小凡，但没想到会渐渐地开始习惯。

习惯身边带着一个捡破烂的，时时刻刻会把还有剩余价值的东西一扫而空，习惯这人时时刻刻会给自己带来远在千里之外贫困村的麻烦。有的时候贝律清觉得自己可以立马就任一个贫困村的村主任职位，有哪个城里人比他更了解贫困村鸡毛蒜皮的事情呢？

甚至在他刻意疏远路小凡一段时间之后，他又会想这人在做什么呢，是不是又出了什么洋相？生出要不要招来瞧瞧这种想法。

林子洋一直喊着受不了，贝律清也觉得受不了，但事实上是，他居然有一天能心平气和地看着路小凡夹着硬纸板走路了，再有一天他偶尔也会说：“小凡，喏，那个纸板箱还不错。”

路小凡从没想过自己在贝律清身边的位置几次险些被挤走，他当时的自我感觉还是挺良好的，进门时给贝律清推门，坐下时给贝律清拉椅子，端起碗时给贝律清拿筷子。

林子洋有的时候会讥讽两句："哟，小凡，您什么时候也给您子洋哥哥来两手啊！"

路小凡这一点很好，耳不闭，口不语，专心做好自己的本职工作，林子洋不喜欢自己，路小凡心里是很清楚的，这就跟小狗似的，谁对他抱有恶意，谁对他抱有善意，那不用看脸色，凭本能就能知道。

吃完了饭，三人去做按摩，贝律清脱了衣服，整个背脊的曲线非常流畅地收入腰腹处，如同一把线型很美的弓，弄得给路小凡做按摩的服务员频频走神，光顾着去看贝律清的后背，一连拧错了好多个地方。

路小凡是个不吃痛的人，本来初次按摩就会有一点疼，被按摩小姐这样一弄吃痛得连连大叫。

林子洋忍不住抬头冲路小凡嚷道："路小凡，你硬气一点成不成！"

路小凡还是照叫不误，贝律清终于不耐烦了，抬起头来沉脸道："路小凡，你硬气一点行不行！"

路小凡的声音瞬时降了八度，猫叫了几声。

小的时候自己要磕疼了摔疼了，路妈都会拍着他道，大声哭，大声哭，哭出来就没内伤了。路小凡想，贝律清大概比较喜欢能憋到内伤的人吧，可能这样比较硬气。

可是为了硬气就要憋到内伤不挺傻的吗，路小凡的脑子里只略略闪过这个念头。

第四章

新手光环

路小凡打了好几个哈欠，路小平还在那边嘀嘀咕咕，吩咐了一大堆的事情，路小凡"嗯"了几声，放下电话后都觉得有一点头昏脑涨了。

　　他这一通电话足足打了半个多小时，挂完了电话，路小凡都有一点不太好意思地看了一眼科长。

　　科长对路小凡说不上喜欢，但也不厌恶，之前觉得路小凡胆小怕事，公司有好处也不敢捞，挺怕他搅了自己的好事，狠狠地给路小凡穿了几次小鞋。但不知道为什么，他打了无数个小报告都像石沉大海一样没了消息。

　　科长告累了，发现路小凡虽然怕事，但口风紧，木木讷讷的，整天看证券报却连个账户也没有，是这么滑稽的一个人，便与他相安无事了。

　　"公司打电话也是要钱的，这种私人电话嘛，也不是不可以打，但也要注意时间！"

　　科长刚训完，路小凡的呼机又响了，这一次显示的是贝律清的电话，可是路小凡自然不敢再拿公司的电话回了。

　　好在半个小时之后就下班了，路小凡匆匆忙忙找到一个报话亭，拿公用电话给贝律清回了一个电话。

"怎么这么晚才回电话？"贝律清的嗓音是那种低男中音，很有磁性。

"刚才在单位……"路小凡支吾了一声，他自然也不便跟贝律清解释，路小平跟他打了半个多小时的电话，把科长的脸色都打绿了。

"我刚在超市，你想买什么，我替你买了。"

"哦！"路小凡熟练地把菜名一报，贝律清的记忆很好，听过一遍便"嗯"了一声，道："那你先去我家等吧，我把钥匙放门垫下面。"

"哎！"

路小凡夹起公文包，坐着公交车到了贝律清的公寓附近，果然在门垫下面找到了一把钥匙。

路小凡将门打开，把公文包放在玄关上，走到还很新的厨房里，低头把柜子打开，发现煲汤的砂锅器具都有。

路小凡把砂锅拿凉水泡一下，又将刀具冲洗一遍，贝律清就提着一大包东西推开厨房门进来了，他将塑料袋里的东西放在橱柜上就出去了。

路小凡将塑料袋里的东西一样样地拿出来，突然发现有一部破旧手机混在里面，过去的手机都是砖头型，路小凡还是头一回看见这么小的一部手机，不禁稀罕地"呀"了一声。

他伸手拿出来，见这部手机挺新的，就是盖子破了，道："哥，你手机坏了。"

贝律清坐在沙发上翻报纸，淡淡地"嗯"了一声，道："嗯，不小心摔破了，你扔垃圾桶好了。"

"扔垃圾桶？"路小凡不禁有一点心疼。

贝律清一抖手中的报纸道："是啊，修一修怪麻烦的。"

路小凡道："能修，扔了多可惜啊！"

贝律清道："你要就给你，你自己拿去修吧。"

"给我？"路小凡有一点结结巴巴地道，科长用的都不过是一部带中文显示的呼机。

"反正破了，你不要就丢了好了。"

"要的，要的。"路小凡将沾着菜叶的手机擦干净，小心地放在一边。

煲汤很费工夫，当然不会放在晚饭的时候喝，路小凡另外炒了一桌子的菜，又给贝律清开了一瓶红酒，才端到客厅的餐桌上。

贝律清收起报纸，拉开椅子，路小凡将酒放到了他的面前。

要说有什么能让路小凡引以为傲的，那就是贝律清非常喜欢他做的饭菜，其实像贝律清这种人吃什么都浅尝而止，唯有路小凡做的菜，他似乎才会吃个十成饱。

两人吃完了饭，路小凡去收拾厨房，贝律清去洗澡。

贝律清从浴室出来后，发现路小凡的碗还没洗完，他穿着浴袍坐在沙发上抽烟，一脸沉重。其实贝律清很少抽烟，但家里却有不少各式各样的烟，都是合作方送的。过去他不抽都是让路小凡拿走了，其实说到底也是路小平要的。

路小凡看着贝律清那番沉重的表情，也跟着担忧起来，厨房的东西刚整理到一半便听到电话响，贝律清拿起电话说了两句话，看样子他又要出去了，路小凡庆幸自己那点先见之明。

　　路小凡整理好厨房，走出来道："哥，汤我给你熄火了，回头你喝，你有事我就先走了。"

　　"我送你。"贝律清道。

　　"不……不用。"路小凡拿起自己的包道，"坐公交车也挺快的。"

　　贝律清撕下一张便签，在上面写了一串地址道："那你回头上这儿去修手机吧，我会跟他们打个招呼。"

　　"哎。"路小凡收下便签，走到门口又回过头来道，"哥，我把钥匙放在花盆底下了。"

　　贝律清没有说话，路小凡出了门。

　　秋天京城的风沙挺大，特别是黄昏，像是一不留神天就黑了一圈，路小凡将夹克衫的领子翻上，快走了几步赶到了公交车站。

　　公交车牌站台下的人挺多，绝大部分的人都跟路小凡似的缩着脖子，倒是一些戴围巾的女子将头脸包住反而潇洒了不少。

　　这一年是路小凡最开心的一年，虽然他没当成贝律清的朋友，但也算是为这个多次救他家于水火之中的大舅子做了些力所能及的事，总归是他路小凡人生里的一大进步。

　　贝律清临毕业的一年就开始跟林子洋那群人商量着做点什么，而且显然颇有宰获。因为林子洋明显阔绰了起来，他的老头子对他期望还是蛮高的，而且也知道自己这个儿子的德行，所以经济控制得很紧。林子洋吃紧的时候都常问贝律清借钱花，可是现在路小凡看林子洋花天酒地、挥金如土的，就知道那一定不是个小数目。

贝律清的变化倒是不大，他的衣服很多是沈吴碧氏在国外购物的时候带回来的，都属于低调大牌，看上去顺眼又不突兀。林子洋就不同了，那年头特别流行高奢品牌，一件 T 裇能卖到好几千块，所以林子洋就全身上下都安排上了，连皮鞋里的袜子都没放过。

林子洋经常会来找贝律清低声讲一些什么，路小凡就找了张凳子坐在厨房里面看汤，人家都小声小气地说话了，他当然也不能厚着脸皮去听到底是什么好事。所以路小凡对贝律清放在沙发上，或者边几上的文件也总是绕道的，擦台子的抹布从那里打个圈也不会碰一下，贝律清本来怎么放的还是怎么放。所以说，路小凡是挺有一个当家政人员的潜质，而且自我要求也是很高的。

就连林子洋都时常忍不住感叹："这种完美的免费劳动力，我怎么遇不到。"

直到贝律清皱眉道："你有完没完！"

林子洋这才省悟过来，"嘿嘿"了几声讪讪然地道："也好，安全！"

卓新的反应就不同了，跟玩世不恭、不学无术的林子洋相比，他是一个挺有抱负的有志青年。

很久之前，他便懂得，未来不是一个人的舞台，而是一群人的，虽然这一群人的舞蹈，大多数外行人都只懂得关注主角。

卓新很看好贝律清，他总觉得凭贝律清的自身条件再加上他们，他们很有可能会成为一个时代的主演，而显然这个梦想在知道贝律清认可路小凡之后几乎破灭了。

那就像他台词背了，妆也化了，戏服也试穿了，导演却叫他领便当了。

卓新厌恶排斥路小凡就像路小凡敬畏贝律清一样，那是一个阶级对另一个阶级本能的反应。

他有事只会把贝律清召到自己朋友开的会所里面去谈话，绝对不会像林子洋那样到贝律清的家里去。

卓新远大的理想落空之后，他们在证券上就走得更远了，他们之间的组合通常是贝律清的资金与分析操作、卓新和林子洋的具体操作。

贝律清有一次给家里的路小凡打电话，叫他把自己忘在边几上的文件送到会所来。

路小凡立即拿起边几上的文件快马加鞭地给贝律清送去了，卓新看见路小凡来头也不抬，继续说他的，倒是林子洋挺热情地叫着"小凡小凡"，路小凡又好像不太愿意搭这头笑面虎的腔。

贝律清让路小凡出去给他们拿盘水果过来，路小凡立即起身去照吩咐做了。

等他走了，林子洋笑道："律清，你把这些数据放在家里看，他真不会偷看？！"

贝律清也不答话，把手上的文件袋一拆，然后修长的手指在活页夹上一转，让他看封口记号，林子洋叹息道："路小凡就这点好，胆小谨慎，不够伶俐，但足够识趣。"

卓新冷笑了一声道："那是因为他什么也不懂，摊给他看，他能看明白？再说了，律清比咱们两个加起来都细致，路小凡要是偷看，还能不被发现？"

路小凡进来的时候，贝律清正在看文件，林子洋跟卓新在闲聊，他就乖乖地坐到贝律清的身边，挺安分地吃着水果，看到桌面上有一份证券报，便习惯性地拿过来从头到尾看了起来。

卓新冷笑道："你说你这人连个账户都没有，整天看证券报有什么意思啊？！"

路小凡看了眼露鄙夷之色的卓新，嗫嚅道："我瞧着玩。"

"哟，瞧你这话说得，老百姓还爱看《环球时报》呢，他们个个都是联合国主席？"林子洋跷起二郎腿抖了抖手对贝律清笑道，"我觉得律清是对的，小凡呀就不适合炒股投机什么的，小凡最可爱的地方就是淳朴了。"

"哪个蠢，哪个普？"卓新反唇相讥道。

贝律清头也不抬，开口道："卓新，你得寒症了？"

卓新眨了一下眼还没转过弯来，贝律清接着道："要不怎么嘚瑟得这么厉害？"

卓新翻了一下白眼，林子洋"扑哧"了一声，给卓新倒了一杯酒道："得，你非让贝爷开口，怎么样，他开口了，够你喝一壶的吧！你还是谈点正经的吧！"

"那谈正经的，大米的价格要涨……暴涨，两年之内大概会到一元钱！"卓新神秘地道。

林子洋失声道："现在才五毛一斤啊！"

即便是贝律清也不禁抬起头来，卓新一摊手道："现在是上面倒贴钱在稳定粮食的价格，早就稳不住了，你们就看着吧，大米的价格是涨定了。"

林子洋挠了挠眉道："大米涨，小麦大约也一样！"

卓新笑道："怎么样，等咱们从股票里出来，刚好可以够上农副产品上涨这一波！"

贝律清道："那等从股票里出来再说吧！"

卓新耸了耸肩，跟林子洋又议了一会儿别的，几人喝了几杯酒，也没聊到挺晚就散了。路小凡由头到尾一直瞧着那张证券报玩，等贝律清起身他才将那张报纸放下，跟着回去了。

贝律清去书房的时候，路小凡立马给乡长家打了个电话，隔了一会儿就听路妈的声音传了过来，路小凡小心地看了一眼浴室的门，才道："妈，咱家的麦子有没有播种啊？"

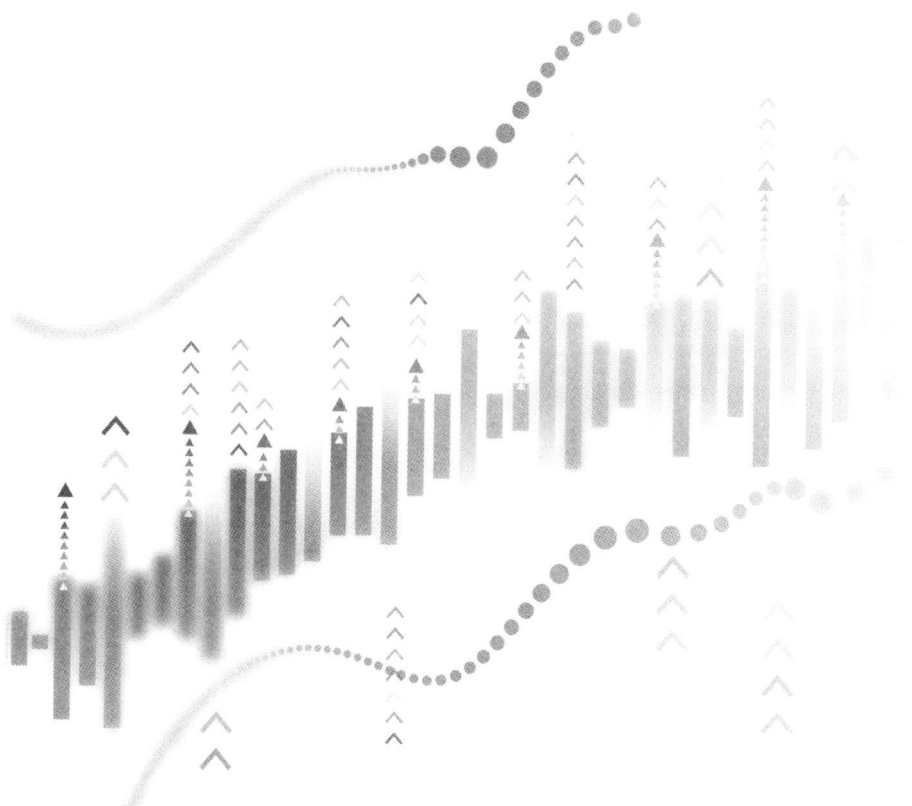

第五章
亏本买卖

路妈"嗐"了一声，道："你这傻孩子半夜三更打电话就问有没有种麦子？！种什么麦子啊，现在种麦子每亩地都要赔上几十块！谁种麦子？村里现在就没人种麦！"

路小凡连忙问："咱家吃的都没种吗？"

路妈道："以前你在家的时候是有种麦子，但你爸现在嘴刁，爱吃黄龙的小麦，家里便索性把麦子扒了，今年就会种上苹果树！"

路小凡又不好明说，只好道："妈，你怎么连家里吃的都不种呢，回头你要买不上麦子不是麻烦了吗？"

"哪能买不上？"路妈道，"现在村里就有的卖，都不用赶县城！"

路小凡急了，道："咱家一年不是要吃上四五百斤麦子，这要是涨到一元钱一斤，你们一年不是白忙了？"

路妈惊诧地道："一元钱一斤，小凡你不是说真的吧？啊，你是不是得到什么风声了啊？"

她这么一说，旁边刘老太的声音就传来了，道："小凡那边有消息了，说是麦子要涨到一块啦！"

刘老太家一向热闹，因为他们家有着村里唯一一台电话跟电视机，既是村里的文化传播中心，也是各式消息传播中心。

她这么一开口，在她家看电视的人都听到了，一下子便群情激涌了起来。

路小凡的头皮都麻了，连忙道："不是，不是，我是说如果，如果！"

那边一片乱糟糟的，哪里还有人有心思听他的话。

农村人一年到头在那几亩地上能刨出来的也就那么几千块钱，扣除养儿糊口、生老病死、种子、农药，不算劳力也就能挣上几百到一千块钱，听说粮食一涨要把他们那点微薄的利润一口气都涨没一半多，一下子都乱了起来。

路小凡还要再说，却看见贝律清的身影出现在客厅，他一下子手忙脚乱，匆匆地道："妈，我挂电话了！"

他挂了电话，见贝律清坐到了沙发上看书，便小声道："哥，你要不要喝汤？"

贝律清没吭声，只是深吸了一口气，路小凡跟个犯错的小学生一样低下了头。

隔了好一会儿，贝律清才道："路小凡，你能不能出息一点。"

这么一条原本价值很多万的消息就这样被路小凡以几百块非常低廉的价格给卖了，路小凡自己也觉得挺惭愧的。

直到贝律清好像已经把这事忘了，路小凡才算松了一口气，但从那以后他便很少在卓新跟林子洋他们那里久坐了。

对于贝律清、卓新，无论是粮食的暴涨还是暴跌都是获利的喜讯，但对于田地里的路家则有可能是一场灾难，路小凡觉得还是耳不听为净比较好。

而在贝律清看来，这根本就不是什么大事，如果路家因为没有收到消息少种两亩地的麦子而多花了几百块钱，那就给他们几百块就好，他不会因为这种事情而觉得内疚。

隔了几天林子洋请他们去吃一桌火锅，火锅是路小凡的最爱，贝律清便带他去了。

这是一家私菜馆，老板一天只开三桌火锅。

卓新本来是不大愿意去的，说一顿火锅有什么吃头，还私菜馆，火锅再装也是火锅。

林子洋笑笑说："你来了就知道了。"私菜馆的地方不大，但每个隔间都布置得挺有意思，石桌石凳，墙壁上挂着弓箭铁矛，倒颇有一点忽必烈挥军北上、埋锅煮肉的粗犷。

底汤是用一只传统的大黄铜炉端上来的，老板介绍说汤都是用最新鲜的大牛骨配上很多种药材煨出来的，然后经过过滤才能弄得跟白开水似的澄清，只微微透着一点油黄。

这样的汤才能恰到好处地提味，又不会把后面放进来的食材的味道给遮住。

然后便是一大盘牛肉端上来，红白相间，白色的部分如同玉脂一般润泽细腻，每片牛肉都是手工切制，所以片片如同纸薄，弄一片把书放下面，摊开来都能看见肉片底下的字，这样的肉片只要稍稍在滚汤里一晃便可食，有着汤料的香味，还有牛肉自有的甘甜。

老板介绍说这牛肉也可生食，他推荐了半天也只有林子洋赏脸尝了一片。

路小凡吃到一半，林子洋的手机响了，他挺气派地把那砖头拿出来这么一听，眼睛诧异地转向了路小凡，然后把砖头递给路小凡道："你妈电话！"

"妈！"路小凡匆匆地把电话接过来。

原来路妈是急着要向他借点钱屯麦子，因为家里把所有钱都用来买新栽的核桃苗跟苹果苗，她给路小凡的宿舍打了好几次电话他都不在，最后只好给贝律清打，贝律清的舍友便把林子洋的手机号码了她。

林子洋的手机传音效果不错，尽管路小凡连忙往外走，路妈说话的声音还是清清楚楚。

路小凡挂完了电话，进来小声跟贝律清说了一声："哥，我先走，家里有点事。"

他匆匆一走，卓新便悠悠地说了一句话："出身决定眼界，眼界决定取舍！"

当时没人接他这句话，等吃完了饭，贝律清走了，林子洋才叹气道："你这做什么呢，非挤对路小凡，他好歹也是贝家的女婿，你多少给律清点面子。"

卓新指着门前那对石狮子，道："瞧见没，朱门配石狮，木门配竹马，路小凡就是个农村人，难道你也想让律清跟他一起纠结于那些细碎利益？"

路小凡把路妈之前给他的钱，再加上这两年存的，零零碎碎八百块钱一起汇给了路妈。

隔了几天，家里又有电话来，却是路小的，才知道路爸听说粮食要涨，就贪心从黄龙多贩了点小麦回来，也想做回生意人赚个差价。

哪里知道这里的粮食根本没动静，他们买得急，路爸没经验买贵了，现在想卖个更高价谁理他们。

路妈一着急雇了辆三轮平板车将小麦装上，想去县城沿街零卖，哪里知道半道上叫农用车"蹭"了一下，不但平板车翻沟里，连人都被车子压伤了。

那个开农用车的也是一个不好惹的人，一口咬定了是路妈没遵守交通规则。

交警过来一调查，路妈再精明的人也蒙了，农村人压根儿没听说过交通规则，这规则到底是个什么样的规则她完全说不上来。眼瞧着麦子没了，人伤了，得不到赔款还要赔平板车，路妈急了，只好让路小的回去给路小凡打个电话。

路小凡先给路小平打电话，让他赶紧寄点钱回去。

路小平听说路妈叫车撞了，也挺着急，可一说钱就支吾了，反复讲自己在天津有多么不容易，别说剩余的钱，就是连平时吃都要省着点。

"要不然妈怎么会问你借买麦子的钱呢……"路小平最后说了一句。

路小凡唯一的办法就是快一点找到贝律清，可贝律清的行踪哪里是他知道的。他找了一大圈，才从林子洋那里联络到了贝律清，他急匆匆地赶到贝律清那里，对方正在跟人谈话。

路小凡等了老半天，贝律清才回转过头来，路小凡大致把情况一说，贝律清略略皱了一下眉头，路小凡本能地觉察到了贝律清的不耐烦。

其实路小凡也在检讨自己的行为，他为了几百块钱，导致此时要向贝律清借上上千块的钱来解决路家的麻烦，怎么算这都是一笔亏本的账。

贝律清给路小凡钱的时候，路小凡的头都快低到腰了，等他接过钱，贝律清才挺平淡地道："你走吧。"

路小凡"哎"了一声，走了几步又回过头来道："哥，我给你煲汤好不好？"

贝律清回了一句："不必了，我最近都不太爱喝汤。"

说完他就走了，路小凡其实挺想在他背后问一声"那给你熬粥好不好"。

可是他还没酝酿好语句，贝律清就已经走得老远了。

路小凡也知道贝律清有一点不太高兴，贝律清不高兴也通常是憋着的，因为他是一个硬气的人，所以只要他回来，路小凡就讨好得格外小心，等着他像往常那样憋顺了就好了。

这个局面一直维持到贝律清一个香港朋友的到来。

路小凡兴冲冲地跟着林子洋一起去接风，吃的地方挺清静，在一家咖啡馆里。路小凡跟着林子洋胡吃海喝了一年，心里还想这会不会太慢待朋友了。

而等他看到李文西才知道，那是人家根本就对那些肉食横溢的地方不感兴趣。

因为李文西的第一句话便是："不好意思啦，地方是我定的，清静点说说话。"

等大家都落座后，李文西的第二句话便是："我去非洲玩了一趟，在那里带了点新鲜的咖啡豆，已经让店家给我磨上了，等会儿大家尝尝。"

贝律清转头笑了一下，道："你喜欢咖啡别喜欢上瘾了。"

李文西冲贝律清做了个鬼脸，如果别的男人做这个动作，路小凡一定会觉得有一点娘，但李文西不同，他好像做什么都很自如，做什么表情都俊美不凡，这点有一点像贝律清，但贝律清的表情远没有李文西的表情来得生动。

路小凡看了一眼贝律清，能感觉得到他今天的心情不错，在李文西面前，他是风趣的、开朗的、亲切的，和在自己面前那个话少自闭的样子截然不同。

他顿时便心虚了，也是，自己带给贝律清的只有无尽的麻烦，谁会三天两头因为处理了贫困村的事情而心情好。

咖啡很快就送上来了，贝律清浅尝了一口道："不错，你去的地方是哥斯达黎加吧！"

李文西欢快地笑道："被你猜出来了。"

林子洋喝了一口，也夸道："确实够香，够醇。"

路小凡见他们都夸，便喝了一大口，结果是闻着挺香的，喝着又苦又酸涩，他一口便呛着了，放下杯子边咳边说抱歉。

李文西笑道："不好意思，我喝惯了咖啡，早就不习惯放糖，就忘了给你放糖。"

贝律清招手叫来服务生，指着路小凡的杯子道："给他换杯卡布奇诺吧。"

"那不是女生喝的嘛！"李文西笑道，"开玩笑，开玩笑，因为我一直听律清提起你，便有一点好奇。他说了你不喜欢喝咖啡，我还是非要把你请来，认识一下，以后多关照啊！"

他说着把手递给了路小凡，路小凡连忙擦了擦手上的咖啡沫，跟他握了握，那只手跟贝律清的一样，也是修长、白皙、指腹粗糙。

路小凡顿时从茫然里又找到了方向，精神振作起来，但是后面的谈话确实没有他能插得上嘴的。

李文西跟贝律清显然有很多共同话语，天南地北谈得很欢，一旁的林子洋好像也不讨厌，对那些话题也非常熟悉。

"律清，你现在还弹钢琴吗？"李文西笑问。

"回来就没弹过。"

"这多可惜，你弹了那么多年。"

贝律清不以为然地笑道："总算可以不弹了，你不知道我根本不喜欢弹钢琴。"

林子洋插嘴笑道："主要是没有知音啊……"

路小凡单手握着咖啡杯，另一只手拿着勺子一直顺着一个方向打转，无聊得像是要把咖啡打成奶酪似的。

贝律清接着话锋一转，道："你最近不是在忙着相亲吗？"

李文西笑道："是的，但不太满意，我想要的女人是不啰唆，不会多管闲事的，我不想到时她给我添什么麻烦。"

贝律清端起咖啡笑了笑，不置可否。

吃完了晚饭，路小凡站在咖啡馆的台阶上，来接他的车子是林子洋的，林子洋冲他招了招手道："上车，上车。"

路小凡犹豫了一下，道："等会儿哥……"

"就是你哥让我来接你的。"林子洋道。

路小凡上了车，林子洋一脚油门飙出老远，很快就将他送回了家。

回到家里的路小凡躺在床上努力运转着自己的脑袋，觉得自己除了给贝律清带来麻烦以外，什么忙都帮不上。

也许人生就是一场打不完的战争，路小凡反复思考了两天，认为自己无论如何要奋发图强，报答贝律清的恩情。

于是，他只要找到机会就会给贝律清做饭，给贝律清夹菜，吃完了饭就送贝律清回家，就只差把贝律清这三个字贴在脑门上了。

可能是路小凡太过卖力了，贝律清有些无奈，只好找借口让李文西帮他挡一挡。

李文西也识趣，放了几个行李在客厅里，他微微笑道："我要在律清这里借住一阵子，小凡，这里房间够吗？"

贝律清坐在那里静静地看着他也不作声，路小凡在贝律清的沉默中离开了。

路小凡事后也总结了，他之所以能待在贝律清身边是因为自己的长处：识趣。

李文西见状很快也就回香港去了，但路小凡跟贝律清的关系却像是从此变淡了下去，一是因为路小凡在某些方面显得太过识趣，二是贝律清开始出国了。

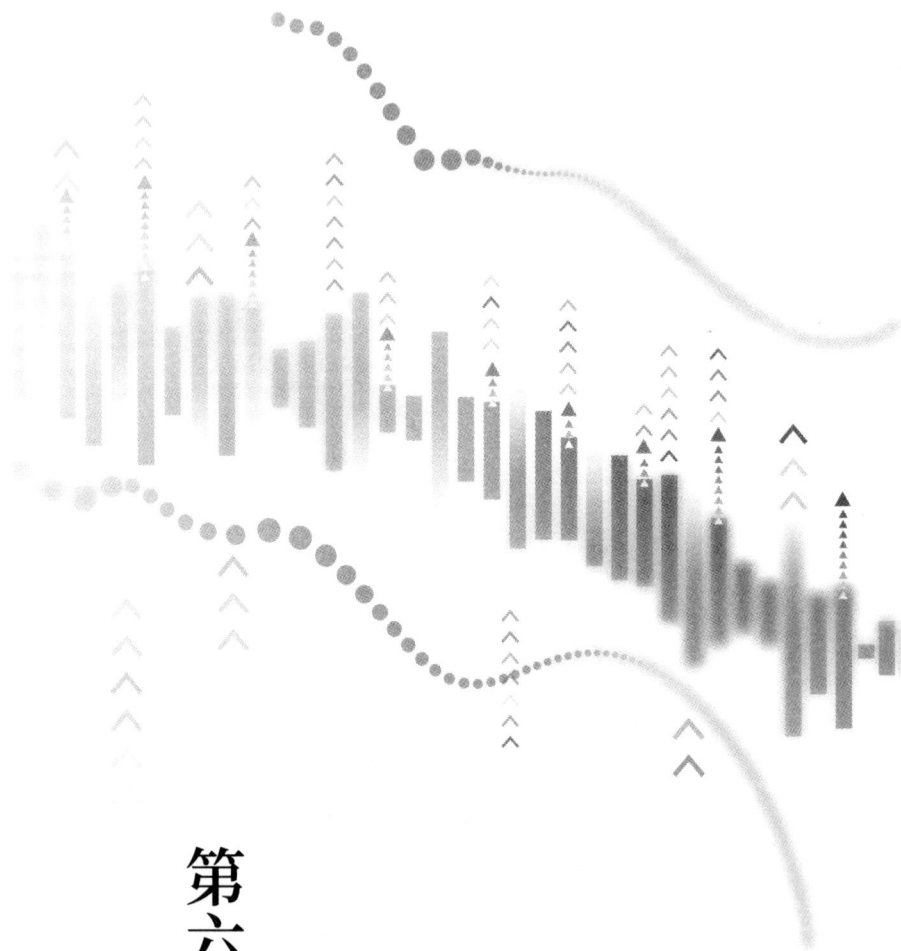

第六章

家庭危机

"小凡！"路小凡面前突然停下了一辆车，贝律清摇下车玻璃道，"上车！"

路小凡稍稍犹豫了一下，但既然贝律清都把车子开来了，大概他说送也不是客气话。

贝律清不是客气，就是命令，路小凡弯腰在公交站乘客们羡慕的眼光下坐上了贝律清的私家车。

"麻烦哥了。"路小凡客套地说了一句。

"不用客气，我顺路。"贝律清也挺冷淡地说了一句，乍一声听上去，他们更像是最熟悉的陌生人。

贝律清开车非常地快，所以送路小凡回家也没用多少时间。

路小凡下了车照例目送贝律清离开，他看见贝律清的车子很快消失在了街道的尽头，这才回屋。贝家的灯光在晚上永远是暗的，没人回来吃饭，林阿姨乐得早点走人，除了给贝律心炖点甜汤，其他也就是随便炒两个菜。

路小凡将菜全部送进冰箱，然后又拿起今天的证券报仔仔细细阅读了一遍。

读完报纸，路小凡也没什么事情，就走到大院里租录像带的地方瞧瞧。基本上大院里什么都有卖，从百货到各类娱乐，俨然就是一个小型的商业区，不用出去想买的东西都能买到。出租录像带店的老板是一个挺白净的年轻人，个子高高的，人挺和气，见了路小凡便笑道："新的港片到了，你要不要看？"

20世纪90年代正是港片佳片不断的时间，那时的人租录像带，十个有八九个是来租港片的。

"这个要看不？武侠片，林青霞女扮男装。"年轻人指了指边上的海报。

路小凡最喜欢林青霞，而且只喜欢林青霞演的武侠片，可惜这种片子不多，他每次来都会问上两句，年轻人也就记在心上了。

路小凡看着那海报，只觉得林青霞很妖艳，但又透着一种英姿飒爽，妖艳跟英姿飒爽完全是两码事，但在她的扮相上偏偏能够统一起来。

"好啊！"路小凡一看这海报就中意上了。

年轻人手脚利落地将盘片递给路小凡，道："我也喜欢林青霞，尤其喜欢她跟张国荣演的《白发魔女传》，嗒，往那儿一站，比男人更像男人，比女人更像女人！"

路小凡肯定地道："除了林青霞就没人能演好练霓裳！"

名门正派的卓一航与魔女练霓裳相爱，但爱情怎能抵得上现实，练霓裳对爱情的执着也只是换来爱人卓一航的一剑，跟满头的白发。

路小凡拿起了录像带回了自己的屋子，将盘片看到快结尾的时候，有人开门锁，路小凡揉了一下眼睛，心想谁这个时候回来？

进门的是贝律清，他手里提着一个蛋糕盒子，路小凡惊讶地道："哥，你怎么回来了？"

"朋友生日多订了一个蛋糕，我就顺便拿回来了。你去切一切吧。"

"哎！"路小凡进厨房拿来碟子跟刀，拆开蛋糕盒，仔细一看居然是某家五星级酒店的私房蛋糕，这蛋糕只提供给来承办酒宴的客人，从不外售，且要提前一周预订。

路小凡特别喜欢吃这种蛋糕，因为跟那些蛋糕房的蛋糕相比，这种蛋糕没那么香但口感更醇，奶油吃在嘴里也会更厚重一些，却不会叫你感到腻味，当然这是贝律清教会他吃的。

路小凡切了一块给贝律清，然后自己拿了一块吃，路小凡觉得很好吃，能吃到好吃的，再不好的心情也会雨过天晴。

他拿着蛋糕，录像带正放到关键的时候，令狐冲大声问男扮女装的东方不败："那晚到底是不是你，是不是？"

林青霞扮演的东方不败淡然一笑，一掌将令狐冲拍上了悬崖，然后自己悠悠然向着崖底飘落，路小凡看着坠落着的那抹红色的影子，跟片中的令狐冲一样走神。

"看港片哪。"贝律清将手搁在沙发上道。

"嗯，就快完了。"路小凡转头道，"哥，你是不是要看晚间新闻？"

"没事！"

115

路小凡则连忙将录像带按停，道："反正后面也没什么好看的了，我给你调过来。"他走过去把录像带退了出来，将电视台转回了晚间新闻上。

两个人一人坐沙发的一头看起了晚间新闻，贝律清看新闻，路小凡用陪太子读书一般的慎重陪看新闻，所以客厅里都没人说话。

其实最早的时候路小凡还是从贝律清那里学会看港片的，贝律清的房间是全家条件最好的一间，不但有音响，还有彩电、录像机，甚至有一个小冰箱。

贝律清回家的时候，就会让路小凡到他的房里看录像带。路小凡跟他一起坐在地毯上看港片，喝一些古古怪怪但很好喝的饮料，两人肩并肩坐着看港片，这曾在路小凡看来简直是生命当中最大的期待。

两人这样无声地看着晚间新闻的男主播面无表情地念着新闻，看了差不多有十分钟，贝律清终于拿起沙发上的外套道："我走了。"

"哎！"路小凡连忙放下手中的碟子，将贝律清一直送到门口，然后替他将门打开，道，"哥，你回去开车小心……"

贝律清回头看了缩着脖子的路小凡一眼，道："你不用送了，外面风大。"

"哎！"路小凡答应得挺爽快，人就站在门口恭送贝律清，但是贝律清没有像以往那样一直走到不见人影，而是走了几步又回过头来道："你明天有空吗？"

"嗯？哥你有什么事？"

"哦，也没什么太大的事情，不是你妈要来了吗，我想买一些礼物给他们，你帮着看看。"

"不用，不用！"路小凡连声道，"他们已经够麻烦你了！"

"要的，那就明天下了班，我老地方等你。"

贝律清说完这句话就真的头也不回地走了，路小凡照样看到他没人影才回家里。

蛋糕确实好吃，他吃完了自己的那份，才看见贝律清的那份原封不动地放在茶几上。

这种事情在他们之间是经常发生的，路小凡常常吃够了意犹未尽，会惊喜地发现贝律清的那份还没有动。

路小凡把贝律清的那份吃完，看着剩下的蛋糕犹豫了一下，他有一点舍不得动，想留着给路妈尝尝。他在乡下的时候总以为有钱就好，到了京城才知道有的时候有钱也有未必买得到的东西，比如像这样一个蛋糕。

他想将蛋糕盒放回自己房间，贝家的任何东西，如果隔了夜还没吃完，到了第二天都会被林阿姨拎回家去的。

他刚拎起蛋糕，想了一想，又切了一块放在了贝律心喝甜汤的汤锅旁边，这才拎着盒子回去睡。

也不知道是不是路妈要来给了路小凡很大的压力，他做了一个晚上的梦。

先是梦到路妈路爸跟贝律心碰面之后，路妈变成了一头老虎，贝律心变成了一头豹子，虎豹大打出手，他只能手忙脚乱地上前阻止，后来却又梦到他自己不知道何时变成了一条狗，而路妈的老虎跟贝律心的豹子都在后面撵他。

他正在生死关头，被清晨一阵铃声闹醒，醒来一看既没有什么老虎也没什么豹子，不过是一场梦，趴在枕头上呼出了一口气。

也许是因为没睡好，路小凡一天班上得昏昏沉沉，还差一点发错了货，被科长一顿埋汰。

下班铃一响，路小凡也顾不上科长高不高兴了，急急忙忙朝着跟贝律清约定的地方走去。

以前贝律清跟路小凡约好见面，都在一家港式的茶餐厅里，那家茶餐厅里有路小凡最爱吃的虾饺，位置离 R 大的专科学院不远。

路小凡赶到茶餐厅的时候，贝律清已经在了，虾饺也点了。路小凡坐下来，贝律清给他倒了一杯茶道："先吃点，垫垫肚子再去吧。"

路小凡说了一声"谢谢"，茶餐厅的虾饺还是老味道，路小凡很快就吃完了，贝律清还没有扬手，他就道："我来买单！"说着连忙从兜里掏出一只皮夹子，将桌面上的单付了。

贝律清也没跟他争，出了门贝律清没开车，而是打了一辆出租车。逛商业街，如果不想把一半的时间花在找车位跟停车上，最好的办法还是打车。

路小凡跟着贝律清一路坐车到了翠微路上，当初他的第一身衣服，就是贝律清在这条路上帮他买的。

因此，有很多时候，路小凡不允许自己有责怪身边这个男人的念头，有什么呢，人生就是如此，你不能因为你凑巧跟天鹅在一个湖里洗澡，凑巧天鹅对你的态度还算友善，就要责怪天鹅没跟你这只鸭子做朋友。

"想什么？"贝律清停在了一个衣柜边。

"没……没什么！"路小凡下意识地看了一眼贝律清手里翻的东西，他颇有一点担心贝律清买的东西太贵，因为那样他又会觉得欠了贝律清的。可别欠着贝律清的，不知道什么时候起路小凡的脑子里常有这样的念头。

好在贝律清买的东西虽然都不算便宜，但他也没挑什么让路小凡要掉下巴的东西，几身羊绒的打底衫，倒也是既体贴又体面。

只有给路小的买东西的时候，路小凡稍稍有一点争议，因为贝律清给她买了一条手链，这条手链是一个国外专做水晶首饰的牌子。

国外的水晶很多都非天然品，就是这么一个用料平常、产地普通的首饰牌子，愣是在国内被追捧成了超一级的首饰大牌，一款假水晶的手链能卖得跟黄金手链一个价格。

最后路小凡还是拗不过贝律清，眼睁睁地看着贝律清买了这一款漂亮却贵得离谱的琉璃水晶手链。

买完了这些东西，贝律清出去的时候突然看见一条围巾，跟他自己用的款式有一点像，一面是羊毛的，一面是丝绸。

贝律清这一次没跟路小凡商量，直接走过去把那款围巾买了下来，贝律清打车把路小凡送到了门口，然后把东西递给他道："这些东西就拜托你给路妈了，我可能不一定有空见他们。"

"没事，没事，我会和我妈说的！"路小凡连声道，他岂会不明白贝律清的意思。对于贝家来说，路家这门穷亲戚就像是头上的虱子，不时地要挠一挠，能不见面自然最好不要见面，因为谁也想不出来路家又会有什么其他的无理的要求跟想法。

贝律清把礼物买好，没让路小凡觉得难堪，又解决了贝律心这件事情，路小凡已经算得上很感激贝律清了。

路妈来的那天早晨，贝律心纵是一千个心不甘情不愿，但也还是坐着老吴的车子接路妈去了，虽然一路上她都沉着一张脸，从头到尾不搭理路小凡。

路小凡不敢让路妈路爸自己找出站口，所以买了一张站台票出去接，车子一停他跟着那节车厢跑，大喊路妈路爸的名字。

回应他的是脆生生的一个女孩子的声音，路小凡一看路小的正兴奋地冲他扬手呢，他不禁一愣，妹妹也跟来了是他想不到的。

路妈跟路爸扛着大包小包在乘客们的一路埋怨声中下了车，路小凡提着沉重的行李道："爸，你们提这么多东西来做什么？"

路爸不满地道："问你妈！"

路妈瞪了他一眼，才道："你第一次到人家家里去，空着手去好意思？到店里能拿钱买的东西有什么稀奇的，你以为贝家什么买不到，要拿自然要拿他们买不到的。"

路小凡生怕他们当众吵起来，连忙转移话题道："妈的眼睛怎么红了？"

路爸"嘿"了一声，道："她知道自己要坐火车，兴奋得几晚没睡着好觉了！"

路妈也有一点不好意思，道："你这老家伙胡说八道，还不是这车摇啊晃的，又这么多人睡在一起，哪里睡得着！"

路小的插嘴笑道："我就喜欢坐卧铺，感觉跟睡在摇篮里一样，摇啊晃啊，一会儿就睡着了！"

"死女子，这么大个人了还睡摇篮，看把你美的！"路妈笑骂了一声。

他们一出站，就看见老吴的车子停在了那里，原本他们的车该停在广场上，但老吴的车子自然能停得更近一些。除了老吴，难得贝律心也站到了车外面迎接路爸路妈他们。

老吴是一看到他们就上前来拿东西，贝律心也过来帮着提东西，路小凡连忙把路小的手上那些轻东西塞到她的手里。

老吴一拿东西，笑道："好沉啊，都是些什么啊？"

路爸有一些自豪地道："都是今年刚结出来的核桃！"

"嘻，好东西啊！"老吴笑道，"这城里头，可买不着这么新鲜的核桃！"

路爸谦虚了一声，道："嘻，都是地里种的，不值钱！"

"值钱的东西有什么稀奇的，这个年头能拿钱买到的都不稀奇，这些地道的农家产品，你有钱都买不到！"老吴两三句话一说，把路爸乐得都笑开了花。

路妈则是上下看着贝律心，这个媳妇在路妈的心里评价不

121

算高，可是人家要是评价高了也不能凤凰落鸡巢，进了一家门就是一家人，这个路妈心里是懂的。

因此，她挺温和地道："娃儿，这些年身体好些了吧？"

贝律心其实挺不喜欢路妈的，一来是因为路妈有一种天然的气场，总让贝律心觉得她好像镇着他们贝家的人似的。

二来，就是路妈临走那一手话里有话地揍路小的，让贝律心敏感地觉得路妈并非对自己的情况一无所知，而且说不定在心里面很瞧不起自己，他们认为路家吃了个哑巴亏，没准别人早就想好了怎么秋后算账。

要说女人其实很多思维是共通的，贝律心倒也真的把路妈猜得个八九不离十。

因此贝律心本能地对这个婆婆很警惕，她听了路妈的话便笑笑道："还成！"

他们也没能顾得上说什么太多的事情，就匆匆上车了。总的来说这一场接车还算是顺利，贝律心比起来的时候脸色也缓和了许多，路小凡心里压着的大石头算是稍稍挪开了一点。

老吴一路将他们拉到了一处宾馆安置，路爸一看，脸上有一点变色，道："为啥不住家里？"

"家里挤！"贝律心道。

路小凡连忙道："怕你们睡不好！这是大宾馆，是律心特地挑的！"

其实他也不想让路爸路妈住贝家，最主要的原因是，他不知道怎么解释他跟贝律心结婚四年了，两人还在分房睡。

老吴笑道："你们呀来一趟京城不容易，这晚上要休息好，白天才有劲到处玩。"

路妈笑道："傻孩子，你爸你妈都是睡硬板床过来的，上哪儿打个地铺不行，你们的钱不就是我们的钱？糟蹋在这种地方根本没意思！"她回头就跟老吴笑道，"咱们是来看孩子的，哪能住在外面，还浪费孩子们的钱！"

不等贝律心跟路小凡再说什么，路妈已经招呼全家拿行李走人了。

贝律心就想忍一忍，忍到宾馆就可以了，没想到路妈完全不听从她的安排，非要住家里，不由得脸色就有一点差了。

路小凡只觉得有一种祸事即将来临的感觉，但事到如此也只好硬着头皮上车把路爸路妈拉回了家。

林阿姨看见一群人大包小包地进门，不禁脱口道："这是怎么了？"

老吴连忙跟老婆使了个眼色，笑道："是小凡的爸爸妈妈来看他了！"

林阿姨反应过来，连忙热情地道："原来是凡凡的爸爸妈妈，快点进来！"

路妈进来还算镇定，路爸见到贝家带西式风格的装修，脸都红了。

林阿姨赶紧把拖鞋给他们拿来，路爸连忙摇手，道："不用，不用，我赤脚就好！"

路妈推了他一把，道："让你换就换，你哪里来的那么多

123

话呢！"

一行人进了屋子，路爸路妈跟林阿姨他们聊闲话，路小的是雀跃得上下乱蹿，不停地下来报告她的新发现。

路小凡听到贝律心深呼吸了一声，便道："小的，别乱跑，林阿姨才打扫过。"

路妈连忙回过头来道："死女子，下来，别人家里能这样蹿来蹿去吗？！"

路小的挨了妈妈的训，有一点不服气地道："什么别人家，是我哥家！"

路小的素来是路爸的掌上明珠，两个大儿子不在，路小世从小就寡言少语，整天不见人影，路小的包揽了所有孩子承欢膝下的事情，所以更是路爸的心头肉。

路爸一听路妈训斥就连忙道："小孩子好奇，就让她看看呗，律心跟小凡还能跟他妹妹计较！"

路小的一听再也不理睬妈妈的训斥，又兴冲冲地上楼去了，路小凡看见贝律心的脸色又绿了几分，便道："爸妈，你们中午想吃点什么？我让林阿姨去买点菜！"

林阿姨当然能看得出来贝律心的脸色很不好，便笑道："就是就是，吃好饭，还要回宾馆休息来！"

"我们不住宾馆，就在家里打个地铺算了，不浪费那点钱！"路妈稳稳当当地笑道。

这下子轮到林阿姨的面色也有一点变了，道："格……格哪能困觉啦……"

124

路小凡想了想道："要不，我给哥打个电话，让我爸妈住哥的房间你看这么成不成？"

其他的人还没反应过来，贝律心就断然地道："不行！"

她的语调很高，透着一种不容商量的态度，路爸脸色顿时有一点不太好看，路小的刚好从楼上冲了下来道："哥，怎么上面都是姐的东西？"

她一开口，路小凡只觉得头皮一阵发麻，其他人没吭声，路妈倒是很平淡地道："凡凡，你晚上住哪里？"

路小凡哪里敢在路妈面前说谎，道："我住下面……主要是晚上还要工作，怕吵着律心……"

路妈听了没吭声，路爸则不满地道："哪有夫妻分房睡觉的，这像什么话，我跟你妈在家还说呢，怎么你们四年了还没有一个孩子……"

他还想往下说，路妈已经打断了他，道："行了，行了，人家都是大人了，什么事情自己会想，再说工作也是大事情。咱们就住凡凡的房间吧，那凡凡你就搬回律心的房间，这两天晚上暂时也别工作了，免得吵着律心。"

贝律心深吸了一口气，林阿姨自然晓得她的意思，便笑道："哦哟，不是我说，凡凡的那张床很小的，睡两个人没办法睡的！"她说着便领着路妈将下面那间房间打开，道，"你看，你看，这是一张单人床，怎么睡得下两个人呀，所以他们才会安排你们去宾馆的呀，那是律心的一片好意……"

路妈将东西往里面一拎，笑道："你放心，我说能睡就能

125

睡，我跟他爸睡地上，小的睡床上，咱们都是过惯苦日子的人，你不用为我们操心！"

林阿姨回过头对着一脸气恼的贝律心做了一个无奈的神色，路小凡则小声道："妈，这晚上凉！"

路妈摆摆手笑道："行了，你爸妈又不是什么娇贵的人。"

路小的挤进来道："这个房间好小哦，跟姐的房间根本没得比！"

路妈呵斥道："你姐的房间要住哥哥姐姐两个人，当然要大一点，没事别到处乱蹿，不懂规矩！"

路小的皱了一下鼻子，回过头抱住路小凡的胳膊道："二哥，大哥呢？"

路小凡顿了顿，道："他最近有一点忙，等有空了会来的。"

"我们难得上一次京城，他也不过来陪一下。"路小的有一些不太高兴，她一向跟大哥比跟二哥要好，但长大了又隐隐觉得二哥跟大哥比起来要靠得住得多。

"你是什么太上皇，别人都要排着队来晋见你？"路妈冷声道。

"你就是偏心大哥，大哥在你心里就是太上皇！！"路小的回嘴呛路妈道。

路小凡见路小的拉长了个脸，便拍了拍她的手，道："你律清哥给你买了一件礼物，要不要看？"

路小的的眼睛顿时亮了，道："好呀！"

等路小凡把手链拿出来，路小的整个人都兴奋了起来，戴

126

起手链问他们道："看，律清大哥给我买的手链，漂不漂亮！"

路妈也很高兴，道："真是漂亮，律清这个孩子真会买东西。"

路小凡见路妈高兴，连忙把贝律清给他们买的礼物也拿了出来，道："哥还给你们买了礼物！"

路小凡把礼物一翻才发现那条围巾还在自己包里，贝律清好像忘记拿走了，就把它单独拿出来放在边上。贝律清的礼物总算把刚才的那点阴霾吹得烟消云散，路家人在贝家吃了一顿开心的午饭。

林阿姨得了不少土特产也挺高兴，基本上除了贝律心有一点不快之外，大家都算心情不错。

午饭过后，路爸跟路妈坐了一天的火车也累了，就先回房睡了。

贝律心回房生闷气，看见路小凡进来狠狠地瞪了一眼，路小凡站在门口道："谢谢。"

听到这句谢谢，贝律心不知怎么，本来火冒三丈似的，突然也就没声了。

路小凡见她不说话，就将门带上，客厅电话铃响，他一接，是手机维修部打来的，让他去拿手机。

"这么快？！"路小凡不禁有一点吃惊，他送去的时候，维修部还说这种新机子还没在国内上市，要到国外去调配件，没想到不过两天就又打电话来说修好了。

路小的不肯睡，她的兴奋劲还没过去，听说路小凡要出门就缠着跟去。路小凡带着路小的去了摩托罗拉的维修部说来取手机，那个维修人员上下看了他一眼，笑道："你手机在经理那儿呢，我去给你叫经理啊！"

很快，他便领着经理来了，经理手里拿着一个挺精致的手机包装盒，笑道："都怪门市没经验，叫你久等了！"

路小凡打开包装盒，见里面是一部新机子，不禁道："跟新的一样。"

旁边的维修人员"扑哧"笑了一声，经理瞪了他一眼，回过头来跟路小凡笑道："这壳子一换，可不就像新的，您看看还满意不？"

"满意，满意！"路小凡连声道，"多少钱？"

"什么钱不钱的，我哪能收您的钱！"

路小凡一愣，经理又笑道："这部机子还在保修期内，不收钱！"

路小凡"哦"了一声，再三道谢拿着机子出了门，路小的看着那部小巧精致的手机眼都直了，玩得不肯松手，一直到了家门口才爱不释手地把机子还给路小凡，问："哥，这部小电话得多少钱？"

路小凡道："我也不知道，是你律清大哥弄坏了，他不要了送给我的！"

"这么好！"路小的眼馋地道，"要是他还有弄坏的机子就好了！"

路小凡一愣，路小的道："那就可以送给我了！"

路小凡摇了摇头道："这电话费贵着呢！"

路小凡一推开大门，就见自己的大哥路小平正坐在沙发上滔滔不绝地给路妈路爸上课呢。

　　"哥！"路小凡吃惊地道，"你不是没空吗？"

　　路小平叹气道："我没空也得来啊，你办事我也得放得下心啊！咱爸妈又是第一回来京城。"

　　"凡凡比以前会做事多了！"路妈替次子说了一句话，道，"他到底是成了亲的人，人稳重多了！"

　　路小平难得听见路妈夸路小凡，但是自从路小凡嫁进了贝家，好像兄弟两个在一块儿，路妈每次都是夸路小凡。

　　想到这原本是自己该有的际遇，路小平心里颇有一点恨天公不平的心情，但他脸上的笑容也只是一敛，便道："妈，我刚跟你说了，最发达的国家都是搞金融，这钱生钱来得最快！"

　　"那多不实在！"

　　"实在？！妈，以前咱们搞农业够实在了吧，农民够实在了吧，你看农民哪个富过当工人的，这当工人的哪个及得上这些玩金融的。"

　　路妈倒也同意路小平的比方，点了点头。路小凡坐了过去，路小平又道："比方说凡凡，他要是机灵一点，让他大舅子给一点消息，他早就发达了！我们办公室就有这么一个科员，不过是有一个亲戚在证券所当前台的，前台就是看门的啊，就得了一个消息。一个星期！爸妈你知道他赚了多少，三万块哎。"

　　路爸跟路妈都倒抽了一口冷气，路爸道："这么多！"

　　路小平靠在沙发上，跷起二郎腿操着一口京片子的调道：

"相信你儿子吧，我呀有脑子，但咱就是没这个机会！"

路爸不禁看了眼二儿子，路小凡没说话。

路小平的身上发出了一声"嘀嘀"声，他伸手一摸，拿出了一个挺大的呼机，道："哟，你看，这科里的事情多得我都走不开。"他收起了呼机，笑道，"小凡，你那还是数字机吧，我早跟你说换个中文机！"

他将呼机递到路妈的眼前道："这别人有什么事，就直接往呼台一打电话，我这儿就显示了！"

"这不跟传声筒似的！"路爸啧啧称奇。

"那是当然，我这个能显示不少内容，小凡他那个也就只能显示一个来电号码！"

路爸拿着呼机笑道："这老大的脑袋是要比老二强一点，来城里的日子短，这武器倒混得比老二还好！"

路妈含笑道："他做大哥的，混得好一点有什么稀奇的，再说他不靠小凡，能混到现在这样的工作？"

路妈前半句还好，后半句路小平就有一点不爱听了，道："妈，你别总提这事，这小凡还天天待在贝家呢，怎么混到今天还是一个小供销员呢，人家给机会，这自个儿也得能抓住啊！"

路小的小声道："有个呼机有什么了不起的呀，二哥还有电话呢！"

路小平见路小的帮着路小凡，道："哟，小的这是大了呀，知道看人说话了，有电话啊，你二哥有电话！"他说着哈哈大笑了几声。

他大笑着，贝律心从楼上下来了，路家全家人当中最让贝律心讨厌的当属路小平了，她一看见他就自然而然地暗了下脸色，偏生路小平对这个阴差阳错飞了的"老婆"有一种挺朦胧的好感。

那仿佛是一种错过的缘分，当事人便仿佛也带了一种错过的隐痛。

"哟，律心，好久不见啊！"

贝律心当着路爸路妈的面，自然不好给路小平脸色看，只好微微颔首往厨房倒水去了。

路小平的眼神在律心的身上黏了一会儿，又掉过头去谈证券行业的门道，里面各种暴富的机会，说得天花乱坠。

路爸不由得有一点心动，这好比就是一个聚宝盆嘛，而且看盆的人还是路小凡的丈人。

贝律心一过来，路爸就道："律心，你过来，爸有事问你。"

贝律心迟疑了一会儿才走到路小凡的身边坐下，路爸道："这股票真这么赚钱？"

贝律心淡淡地道："哦，会投资的人是很赚钱的。"

她说的是一个活口，但在路爸听来就是对路小平的说法肯定的答复了，不禁对路小凡道："你这娃儿一定是太笨了，人才不带着你赚钱！"

路小凡跟路小平比起来口本来就拙，而且这种事情跟路爸解释，也是一两句话说不清楚的，他也就没吭声。

路小平在一旁连连摇头，这不但是肯定路爸的评价，更像是对当年两家挑了路小凡当女婿的一种遗憾，道："爸，凡凡哪块料子你不知道？也不能怪人家不带自己妹夫发财！弟弟不是贝爸中意的好女婿吗，不如让贝爸教他。"

他话音一落，贝律心就很呛地道："我爸自己都不炒股票，又怎么会带小凡炒股票！"

路小平被心目中的女神冲得一愣，干笑道："你看，小凡，我说你，你家媳妇急了呢！"

路妈打岔道："好了，把自己的事情做好，凡凡做什么不用你管！"

路小平有一点讪讪然，林阿姨刚好买了菜回来，路小凡就自然地过去帮忙拣菜去了，路爸见贝律心倒是气定神闲地坐在那里捧着杯子喝茶，显然一贯如此，不禁给路妈使了个眼色，但路妈一直不吭声。

路小平则摇了摇头，轻笑了一声，像是有一点不屑。

晚饭吃毕了，路小平又高谈阔论了一会儿，眼看夜深了，路小凡道："哥，你回吧！"

"我不回去！"路小平道，"我昨天专门请了两天假，陪着爸妈在京城玩！"

路小凡精神紧张了一天，也有一点累，道："那家里没地方，你出去住个宾馆啥的吧！"

"这多不……方便，我明天还想要一大早带爸妈去看升国旗呢，这一来一去的，就来不及了！"

路小凡有一些疲惫地道："家里就这么点地方，我想留你也没地方啊！"

路小平道："律清哥不是买了新房子出去住了嘛，他的房间不空着，你干吗非让自己的哥哥出去住啊！"

"你干吗非住别人家里啊！"贝律心习惯了白天睡，晚上起，昨天晚上没睡着，白天下午才睡着就被路小平的高谈阔论弄醒了，正心里憋着一团火，没处爆发呢！

路爸的脸色有一点不太好看了，本来白天贝律心说不允许睡在她哥房里，他就认为有可能贝律清要回来睡，也没往心里去，现在闹了半天人家根本就买了房子住外面了。

家人的房间就算空着，这个媳妇也不打算让他们睡，而是让他们老两口跟女儿在一个小房间里打地铺！

路爸沉声道："律心，你是不是不想让我们住你家里啊！"

路小凡连忙插嘴道："爸，不是那意思，主要是律清哥他房间里有一些数据，律心……她怕人进去，给弄乱了，回头不好交代！"

路小平举起手道："得，我知道律心是怕我们弄脏他们家房间，爸你别管了，我在院子里待着，一大早咱们就出去玩。"

路妈犹豫了一会儿，道："你就不能找个招待所住住？"

路小平苦笑道："哦哟，妈，我哪里知道来弟弟家还会没地方住，我根本就没带身份证，怎么住？"

路妈不禁犹豫了，道："律心，你看让你哥凑合一晚成吗？屋里的东西我什么也不准他碰！"

贝律心生硬地道："我哥的房间绝对不能让外人住的！"

路爸的脸黑得都快跟煤炭似的了，刚想开口就被路妈一把拦住，道："那就让他睡沙发吧，谁让他出门不带证的！"

　　"随便！"贝律心几乎是从齿缝中蹦出这两个字，在她看来，她已经是让了很多步了。而在路爸看来，贝律心这是赤裸裸地瞧不起他们家的人，气得直喘粗气。

　　路小凡正焦头烂额，有人进来了，路小的的眼睛最尖，兴奋地道："律清大哥回来了！"

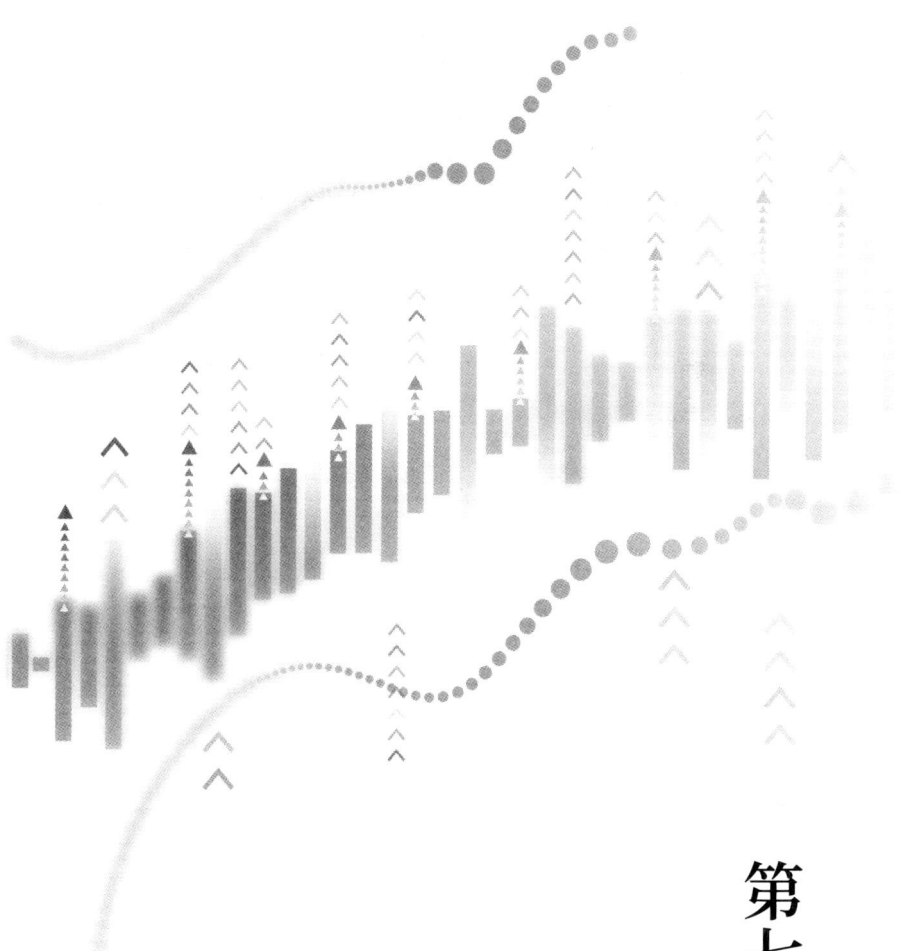

第七章
全新手机

路小平看到贝律清还是有一点发怵的，道："哟，律清！"

贝律清也不理会他，道："路爸，路妈，你们来了！"

路妈笑道："律清啊，你饭吃了没？"

贝律清淡淡一笑道："吃了，这不，还给你们带了一点夜宵！"他笑着提了提手中的盒子。

贝律心见了自己的哥哥，刚才的盛气凌人也顿时没了，一声不吭地去厨房拿了碗筷出来。

路家人又回到了桌边，路小的睁大了眼睛道："好大的蘑菇呀！"

路小平瞪了她一眼，道："你胡说什么呢，这是鲍鱼！"

路爸路妈虽然从没吃过鲍鱼，也听说过参茸鲍鱼是最贵的食物，先是吃了一惊，又听路小的道："就是像蘑菇啊！"

大家都发笑了起来，贝律清笑道："确实挺像的。"

路小的得意地冲四周扬了扬眉，对贝律清道："律清大哥，谢谢你给的手链！"

看到路小的撒娇的样子，贝律心深吸了一口气，拿起杯子坐到一边喝茶去了。

"爸妈，鲍鱼可贵了，像这种鲍一只要抵得上咱们村一头猪的价格呢！是吧，律清！"路小平显得见多识广地道。

路爸倒抽了一口凉气，拿着筷子倒有一点不敢下箸，没想到自己几筷就能吃下一头猪去。

"没那么贵！"贝律清随口回道。

路小平说破了鲍鱼的价格，大家吃起来也认真多了，似要努力品出滋味，又似要记住鲍鱼到底是个什么滋味。

这顿饭把气氛又吃好了，回到了住宿的问题上，路小凡喃喃地道："哥，小平他……忘了带身份证，开不了招待所……"

贝律清看了一眼又习惯性把头低下的路小凡，顿了顿笑道："我回来主要是给大家送个优惠券，今天朋友吃饭，店家送了他们一张饭店的免费券，可惜我们都是当地人用不上。两张五星级饭店豪华标间的票，浪费了又挺可惜，所以就送回来，看看谁愿意去……"

路小平一听心就热了，连路小的的眼睛都亮了起来，五星级的大饭店，做梦都没见过。

路小的跳起来举手道："我要去！"

"正好路爸路妈住另一间！"贝律清笑道，"小凡的房间刚好给小平，可惜了，他没带身份证！"

贝律清显然好人做到底，不但送来了两张免费赠券的票，还将路爸路妈送到了宾馆。

路小凡也跟着去了，贝律清让他坐前面，后面本来刚好坐上要住宾馆的路家三个人，但路小平非说挤一挤，四个人挤在后座上，弄得路小的一直给路小平白眼。

路爸路妈真的从来没想过能看到如此金碧辉煌的地方，只觉得那些水晶灯金灿灿的灯光照得他们眼睛都睁不开，路小的都忘了大呼小叫了。

贝律清把登记给他们做好，又领着他们看第二天早上用餐的地方，自助餐厅里现在正在供应自助晚餐。路小平看着那几百平大的餐厅，数十张银色的供菜台，后悔得"啧啧"了一声，自嘲道："唉，运气真不好，谁让我没带证呢！"

他回头见路小凡好像全然也不惊奇的样子，跟路家其他人目瞪口呆的样子相比，他好像没太大的表情变化，似乎这种地方他常来，看来已经不能引起他的兴趣。

大堂经理过来跟贝律清寒暄了几句，然后送了一个不知道是什么东西，说是今年庆典的嘉宾礼物，因为贝律清没来，他一直替贝律清收着。

贝律清接过来看了看，微笑着转手送给了路小凡。

路小平伸过头去一看，原来是一条领带，上世纪九十年代中期，品牌的领带对内地人而言，就像身份的象征。

路小平顿时便有一种失落之感，家世这种东西，有的时候是从人的外表上看不出来的，而能从他的眼界上看出来。

路小凡看起来似乎还是乡下那个口拙目呆的笨小子，可事实上他就是京城的女婿，有像贝律心这样漂亮的千金做媳妇，有像贝律清这样有身份有背景的人做大舅子，像他们这种人可望而不可即的东西，在像贝律清这样的人看来，不过是个随手送人的小玩意儿。

这原本应该是属于自己的机会！路小平不禁对路爸路妈都心生出一种怨气来。

安顿完路家人，贝律清带着路家兄弟回去，路小凡上了车才道："又麻烦你了，哥！"

贝律清看了他一眼，简单地道："顺便而已。"

路小凡自然知道贝律清如果不是知道路爸路妈非要住到家里，又怎么会送来宾馆的免费赠券。

原本以为他不喜欢自己的家人肯定不会露面，而他也根本用不着讨好路家的人，更不用勉强自己有一丁点的为难，可他还是来了，也许仅仅是因为路家是自己的家人。

路小凡不知道怎么，好像心里已经堵塞了的东西又渐渐疏通了似的，觉得心里有一点酸涩，但又暖洋洋的。

路小平在车后拍了拍路小凡的肩道："你看你律清哥对你多好，唉，律清，我弟弟真是麻烦你了啊！"

"小凡倒是不太麻烦……"贝律清淡淡地道。路小平见他修长的手指挡着方向盘，说得很无意，但他听起来却像是话中有话，也不敢开口往下说，只干笑了一声。

晚上，路小凡自然住在了贝律清的房间里。

贝律清从包里拿出一张卡片递给他道："你手机修好了吧，这儿有一张试机卡，你拿去吧，不用交电话费的。"

路小凡犹豫着接了过来，道："哥，我看那部手机修过后挺新的，你拿回去用吧！"

贝律清淡淡地道："我换了一部新的。"他转头见路小凡还在犹豫，便道，"你拿着，回头我找你也方便。"

原来是为了传唤自己方便，路小凡一听对贝律清有好处便收下了，他转身拿出围巾道："哥，你上次忘了拿走围巾了。"

贝律清拿过围巾，叹了口气说："这是给你买的。"

路小凡微微有一点吃惊，嗫嚅地道："哥，还是你用吧，我也用不上……"

贝律清坐在房间的单人沙发上冷淡地道："你不喜欢就扔了吧！"

路小凡见贝律清突然好像有一点不高兴，最后还是收了下来，路小凡戴在脖子上，只觉得羊毛很软，很暖。

这一天，路小凡被家人累得够呛，再加上精神高度紧张，所以他稍微冲洗，过一阵子就睡得人事不知，早上醒来时已经不早了。

路小凡慌忙起来，林阿姨告诉他贝律清已经带着路小平跟路爸路妈去看升国旗仪式了，因为他睡得熟，就没有叫他起来了。

路小凡的心情突然就好像外面停了黄沙的天一样，变得一下子明亮了起来。

路家人看完仪式吃完了早饭，贝律清才把他们送回来。路小的围着贝律清不停地问东问西，路家的人都笑呵呵地看着他们一问一答。

进门的时候，贝律心刚巧起来吃早饭，见到路小的差不多整个人都吊着贝律清的手臂，脸立即就变色了。

贝律清被路小的纠缠了好一会儿，才在路小凡的干涉之下离开。

路小的还兀自兴奋地道："二哥，律清哥说明天要带我去看皇宫呢，他要让我看看以前公主皇妃住的地方！"

虽然路小的的衣服穿得不够时髦，身穿一件浅藕色的小棉衣，但是她胜在长得漂亮，皮肤虽然在乡下晒得有一点黝黑，反而衬得她亮丽，眉飞色舞起来很能吸引人。

路小凡见贝律心的脸色都快青了，连忙道："律清哥忙得要命，哪里有空陪你这个小丫头，我陪你们去吧！"

路小的一仰头，朝沙发上一坐，道："才不要跟你去，我都跟律清哥说好了！"

路小凡威胁道："那我们可去皇宫啦！到时可别怨没人带你去！"

路小的头一别，跷起腿做了个鬼脸道："那我跟律清哥两个人去！"

路小凡转头道："妈，你看小的……"

哪知道路妈也笑笑道："没事，他们说好了，就让他们去好了！"

路小的扬扬得意，路小凡不禁有一点目瞪口呆，凭着他对路妈的了解，路妈要是没有其他目的，绝对不会同意路小的做这么出格的事情。

不知道家里又会找出什么其他事情来，一路上路小凡都有一点心事重重。半路上路小凡的包里突然有了响铃声，他掏出一看,才知道贝律清不知道什么时候已经替他把手机卡装上了,还给他充好了电。

"哥!"路小凡开口道。

"你爸妈玩得还好吗?"

"还好……哥,你是不是答应了小的,说是要带她去故宫?"

"嗯?她是这么要求的,不是等会儿有你带吗?"

路小凡只觉得脑袋嗡嗡作响,想也不用想就知道,贝律清不过是一句敷衍之词,是城里人的客气,但路家人似乎都把他的话当真。

他也不敢跟贝律清讲,路小的正等着他回去带她去皇宫玩呢,手机收线了之后,见路小平眼热地看着他,道:"哟,哪儿弄来这么小的手机?!"

路小凡被他的热切吓了一跳,道:"是律清哥在国外买的,他不小心弄坏了,就送给我了,我拿去修了一下!"

路小平接过手机"啧啧"一阵羡慕,道:"妈,看到了吧,这贝家真有钱,这种东西恐怕要上万块了吧!"

路小凡跟路妈都吓了一跳,道:"哪有这么贵!"

"唉,妈,你不知道,我们领导就有这么一部小手机,就是今年人家在国外视察工作的时候买的,可贵了。"他翻来覆去地看那部手机,道,"唉,我们的工作就是乡下村里四处跑,有的时候为了回一个电话,要跑上三四里地,不像小凡坐在办公室里拿拿条子,发发货,我要是有这么一个电话就方便喽!"

路妈笑道:"快别没出息了,你弟弟一有个什么好东西就眼馋！"

"不，真的，妈，有的时候我搞一个什么宣传，有什么变化那都要时时跟领导汇报的。你也知道，这当中搞错什么精神那是很麻烦的一件事情，小事可能是丢了工作，往大里说就不好说了，嘿嘿！"

路妈一听路小平这么说也就不吭声了。

路爸从小就跟三兄俩弟一起过日子，家里什么东西都是统一分配，也是到了这两年才刚分开，那脑子里还没有各家人吃各家饭的观念。

路小平在他的眼里就是光宗耀祖的希望，他一听说没这部手机都能影响工作，便掉头对路小凡道："凡凡你用不着，就把这部手机给你哥吧！"

路小凡的脸涨得通红，隔了半天才道："这手机是律清哥的呀！"

"律清哥不是送给你了吗，他还能管你！"路小平笑道，"给你哥，嗯，就当哥跟你买，不过哥现在没这多钱，我分批给你成不？"

路爸摇了摇手道："都自家兄弟，还什么你的我的，回头你能买了，再买一部新的还给凡凡就好了！"

路小平便笑着将那部手机放到了自己的公文包里，路小凡站在那里半天不动，路爸路妈招呼他，他也不动，路小平笑道："怎么了，快走啊，这不要赶路呢，你不是买了后天爸妈的机票吗！"

路小凡也不抬头，把手伸出来道："把手机还给我！"

路小平嘴一撇道："你的不也是律清送的嘛，做什么这么小气。我跟你说，这部手机对贝律清来说就是毛毛雨，不提他爸，你知道他妈是谁，回头你再让他送你一部多容易的一件事情，你做什么不能支持一下你哥的工作。"

路妈犹豫了一下，道："小平，把手机还给小凡，他想送你就送你，他不想送，你不能强让人家送，这不是干土匪嘛！路爸也真是，凡凡的东西你怎么能拿来随便送人！"

路爸不服气地道："凡凡弄一个手机也是弄来玩的，小平拿来是为了工作，我这么分配有什么错！"

两人正说着话，电话铃又响了，路小平拿起手机打开"喂"了一声，里面顿了一顿，便传出一个微带磁性的声音道："小凡的手机怎么会在你这里？"

路小平听到责问声一愣，他有一点蒙，还没反应过来对方是谁，但不知道为什么对方仅仅凭着一声"喂"，就能知道他不是路小凡。

"你是哪个？"路小平愣了愣道。

对方的声音冷冷地道："我是贝律清。"

"哦，哦，律清啊……"路小平打着哈哈道，路小凡急得连忙上来抢手机，路小平讪讪地把手机往他手里一塞道，"看你小气的！"

"手机叫路小平抢去了？！"贝律清的语调很平淡，但拿着手机的路小凡不由得低下了头，嗫嚅地道："我没叫……他抢去。"

"这样最好，如果这部手机你今天叫路小平抢去了，明天我就叫路小平永远滚蛋！"贝律清似乎上了一点肝火，路小凡吓了一跳，贝律清会为了一部手机而生气是他想不到的，而且是一部要丢垃圾桶的手机。

路小凡走到一边小声说道："哥也是开玩笑，他不会真拿去用的！"

贝律清似浅浅地一笑，他笑得很轻，但熟悉他的路小凡几乎在脑海里立时便浮现了他微微露齿的轻笑，透着一种蔑视，每当这个时候路小凡就知道，这才是他对自己家人真正的想法跟态度。

这种态度是不是也包括自己，有的时候路小凡也会不由自主这么想，可每当他挣扎着想要离贝家那些特权远一点的时候，路家就会有各式各样的事情需要自己去向贝律清低头索取。

那部小巧的手机有一点重，路小凡顿了顿，轻柔地道："哥，你有什么事？"

贝律清沉默了一会儿，才道："本来是想问你，要不要一起吃午饭！"

"不……不用了！"路小凡连忙道，"跟律心说过了，会回去吃！"他怕饭局上路小平再出什么毛病让贝律清生气。

贝律清顿了顿，也不勉强，淡淡地道："那就算了。"

"律清没生气吧？"路妈见他挂完了电话连忙问道。

"没。"路小凡道，"不过这部手机真的不好送给哥哥……"

"行了，妈知道，你哥看见什么好的都想要！"路妈回过头去瞪了路小平一眼道，"以后可不许这样！"

路小平讪讪地看着路小凡很珍视地把手机收了起来，道："得，我这是标准的羊肉没吃着，弄着一身羊膻味，兄弟两个至于这么计较嘛，他和律心结了婚还真的就跟贝律清当兄弟了不成？！"

路爸也有一点不太高兴，心里也觉得路小凡好像现在跟贝家更亲热了似的，媳妇家有地方不让他住，路小凡不训媳妇也就算了，还帮着说话。

现在他哥哥也就是为了工作，跟他要个东西，东西再稀罕能比他哥哥的前途稀罕？

路爸本来就看重路小平，现在路小凡入赘了别人家，那当然在他的心中分量更加不如自己的长子了，所以有些什么好东西，自然而然地就想多帮着路小平争取一点。

毕竟他也知道贝家的条件，要钱有钱，要权有权，再稀罕的东西对他们来说，又算得了什么，九牛身上落一毛，拿走一毛再落一毛，那不是眼皮子眨一眨的事情？

老头子往大马路上一蹲，点起烟袋道："不走了，不走了，没什么好看的！"

路小凡因为驳了路爸的面子，所以就讨好地道："爸，我带你去吃烤鸭好吗？"

路爸不理他，路小平在一旁笑着道："爸，那可是北京的稀罕东西，你回去要说没吃过，别人都会怀疑你没来过北京！"

"一只鸭子有啥稀奇的，你爸乡下人，也吃过鸭子！"路爸一翻眼呛了大儿子一句。

路小平也不以为意，道："这北京的烤鸭可不一样，你知道北京的烤鸭只吃皮！这肉还不稀罕呢！这皮烤得金黄金黄，全世界各地的人，别说咱们自己人，就是老外还在排着队等着吃呢！"

路爸听着稀奇不由得心动了，道："就算真有这么好，那么多人排队等一只鸭子皮吃，这等到天黑也轮不到咱啊？！"

路小平笑道："贝家是谁家，他们家的人要吃鸭子还需要排队？你放心，只管大摇大摆地去，小凡自然马上就能给咱们弄到桌子。"

路妈踢了一脚路爸，道："快起来，在家吵着要到京城玩的是你，来了发怪的也是你！"

路爸只好收起烟袋上了路小凡打的车，向着烤鸭店而去。

第八章

离婚协议

路小凡自从带路小平没排队就吃上烤鸭之后，路小平每回跟人来京城都会找机会让路小凡露这一手，让陪同而来的人肃然起敬。

大堂经理一看见路小凡果然很客气，笑道："哟，您才来！"

路小凡有一点弄不明白他话里的意思，道："您看……还有包厢安排吗？"

"别人没有，您来能没有？放心吧，早给您安排好了！"大堂经理笑着一手把路小凡一群人引到里面，把包厢门一打开，里头是古色古香的桌椅、洁白的骨瓷餐具、红色双面绣的椅套。

路爸路妈在包厢里转了一个圈才坐下，路爸评价道："这可比贝家还上档次了！"

路小平"扑哧"一笑，道："爸，人家那是西式，这是中式，不是一码事！"

几人说着，菜就流水一样地送了上来，路小凡有点蒙了，他没点菜啊，可路小平已经招呼路爸用上了。

他们除了路小凡结婚那一次以外，这还是几年以来第一次在饭店用餐，路爸其实心里也挺稀罕，尤其是配上路小平天花乱坠似的说辞，路爸路妈把全部心神都放到了吃食上。

几个人正吃得起劲，门外传来一个声音道："包厢里怎么这么吵？"

那声音带着南方的口音，听上去有一点绕，挺脆也挺动听，随着那声音紧接着门被打开了，两个男人出现在了门口。

其中一个大家自然认得，正是贝家的大少爷贝律清，另一个年轻的男子也非常俊美，跟贝律清比起来，他的俊美显得更活泼一点，穿着一身很时尚的粗针编织毛衣，浅米色的西裤，显得时尚又有气质。

他们看见路家一行人正举着筷子大吃特吃有一点发愣，路家人看见他们突然冒出来也有一点吃惊。

路小凡看见出现的这个年轻人好像顿时有一点明白了，原来中午贝律清说请他们家吃饭又是一次客气。

路小凡当然对这个年轻人一点也不陌生，他就是李文西，贝律清在香港从小长大的朋友。

路小凡猜想大约是贝律清订了这里的包厢请李文西，结果经理误打误撞把他们送来了。看着满盘子狼藉的冷菜盘，路小凡也挺无奈的，你最不想在谁的面前丢脸，通常还偏偏就是十次里有九次要丢在他的面前。

众人愣了一会儿，还是李文西先反应过来，笑道："我说呢，你怎么会请我来这里吃饭，原来是早请了客人，只不过顺道请我吃个饭而已！"

路妈听说是贝律清的客人，连忙招呼他们入座，李文西也就满面堆笑地入座了。

贝律清坐下来问路小凡道："小凡，你不是说要回去吃午饭吗？"

路小凡不似当年，不会因为梦编织得太大，碎的时候好像遍地的玻璃碴子无所适从，所以他只不过收拾了一下自己的情绪就回道："我想起来没带过爸吃烤鸭，就来了。我还说呢，怎么大堂经理一开口就说我来晚了，原来哥你早订下包厢了，不好意思，打扰到你们了……要不，我让经理再安排一个包厢看看？"

贝律清顿了顿，道："麻烦什么，这包厢本来就是订给你们用餐的，因为订制了几个菜，不好退。你说不来，我就带朋友过来了，既然来了正好一起吃吧，要不浪费了。"

其实按路小凡的想法应该是立即分席的，但路小平笑道："就是，朋友你别怪，我们家小弟就是内向得很，一见生人就害羞！"

李文西微笑了一下，笑得挺特别，道："我跟小凡是老朋友，可不是什么生人！"

路小平一听哈哈笑道："你是我弟弟的朋友，那就是我路小平的朋友，来来，我先敬你一杯！"

一桌饭吃下来，路小凡几乎不太说话，倒是路小平热情地招呼李文西，尤其听说李文西在香港也是做证券一行的，那就更热情，奉承的话一套接着一套。

他说得越多，路小凡的头低得越厉害，后面贝律清问他下

151

午去哪儿，他也只是嗫嚅地道"没想好呢，附近逛逛吧"之类的。

那边的路小平是劝李文西的酒，没想到李文西脸色都没变，他自己倒喝得语无伦次。

路小凡跟路爸换着路小平，路小平还兀自拉着李文西不放，大着舌头道："我这个人没有别的……本事，就是眼毒，我一看你……就是个贵人，你说我说得对不对！"

路小凡赶紧将路小平的手从李文西的手臂上扒下来，连声道："不好意思，不好意思，打扰你们了！"

贝律清替他扶住路小平道："我看你哥醉成这样，我送你们回去吧。"

"不用，不用！"路小凡掉头道，"真不用，我一出去就能打到车，你送李先生吧！"他说着硬是把路小平的胳膊拽到自己的脖子上，路爸也臭骂了一句："这死毛娃，喝得这么醉！"

路妈看着一个儿子醉醺醺地跌跌撞撞，另一个儿子勉力扶着他也跌跌撞撞，有一点心疼便忍不住道："就麻烦一下律清好了。"

路小凡还没来得及反对，贝律清已经扶起路小平道："就这样吧。"

路小平被贝律清一扶似乎人也清醒了不少，不由自主地随他而去，架着他的路小凡也只好被他们拖着向停车场贝律清的车子走去。

路小平总算还算争气，一直到下了车才在贝家门口吐得个稀里哗啦，好在没弄脏贝律清的车子，路小凡才算松了一口气，连忙从屋里拿过笤帚簸箕打扫门口。

他见贝律清皱眉看着，便道："哥，不好意思了今天，你有事就先走吧。"

贝律清隔了一会儿才淡淡地道："成，那我先走了。"

路小凡"哎"了一声，看着贝律清的车子离开大院，才一笤帚一笤帚地把路小平吐在大门口的污物清干净。路小平吐光了，人也好受了不少，倒头就在路小凡的小房间里呼呼大睡去了。

路小凡收拾完了，一进门路小的就连忙问："律清哥呢？"

"他走了。"路小凡道。

"走了？！"路小的满面失望，道，"不是说要带我去皇宫玩的吗？"

路妈道："别孩子气，你律清哥今天有朋友在。"

路小的气呼呼地道："我看人家是叫大哥闹反胃了，律清哥才不是那种说话不算数的人！"

路妈瞪了她一眼，道："去照看你哥哥去，一个女孩子也不知道脸面！"

路小的被母亲一训，只好委屈地扁着嘴去看路小平去了，路妈看着她的背影叹了口气道："真是女大不中留啊！"

她见路小凡给她倒了一杯水，便拍拍身边的位置道："凡凡，你过来坐。"

路小凡"哎"了一声，路妈拿着水杯道："是妈不好，妈让你在这里受委屈了……"

路小凡一听路妈这么讲，连忙道："妈，没有的事，我挺好的！"

　　路妈叹了口气，道："妈其实当年把你入赘到别人家，就是想着有一天能靠着这条绳索，把你所有的兄弟姐妹都从咱们那个贫困的土坑里吊出去，本来我是想让你哥去的，他是老大，这是他应尽的义务，但没想到人家挑了你……我事后想想，幸亏挑了你，凡凡你吃得了苦，容易跟人相处，又不像小平那样心比天高。"

　　路小凡听着路妈的肺腑之言，想起这四五年，忍了又忍才没掉下眼泪。

　　路妈沉默了一会儿才道："其实我这一次来……是为了你妹妹而来的。"

　　路小凡一愣，路妈道："她年纪不小了，因为城里这点关系，在乡村里便谁也看不上，高不成低不就的。凡凡，你这个妹妹不解决，往后迟早也是你的一个大麻烦。我想着你帮忙看看……京城里有没有什么样合适的人家想娶媳妇，又愿意娶小的！咱们也不图什么多好的条件，能是个普通人家，不亏待你妹妹就成。你放心，只要能说得上人家，我一准回去把她调教得像个样子！"

　　她这么一说，在一旁不吭声的路爸急了，道："这有什么要找的呀，我看小的跟律清不是挺合得来的，律清对小的不是一直都不错，你不也说过律清可能对小的有那么一点意思？"

　　路爸这么一番话出来，路妈连堵都堵不住，一脸尴尬，只道："凡凡，路妈不是非要律清有那个意思，律清这个孩子当然不用说，没什么可挑的，咱们小的根本配不上……你也就帮

154

着看看，律清是不是真对小的有那么一点意思。女人上嫁，男人下娶，女方条件比男方差一点也是常理之中的事情，如果别人根本没这意思，咱绝不勉强，那就看看有没有其他的人家……"

路小凡只觉得四肢冰凉，整个人的力气好像都被抽空了一样，有气无力地道："妈，我明白你的意思，我知道了……"

路妈歉疚地看了一眼儿子，道："那我们回去，你看看能不能把小的留在这里住上一些时间，两人经常接触，才能看得明白一点！"

路小凡还没说话呢，就听有人冷笑道："做梦！"

听到背后那人的话音，路小凡连忙回头，只看见贝律心跟林阿姨拎着菜站在门口，贝律心是一脸愤怒，林阿姨的脸色则是有一点奇怪，既像是好笑又像是轻蔑，但看在路小凡的眼里远比贝律心的愤怒还要刺目。

"律心，你回来了！"路小凡走近给了一个哀求的眼神，但是贝律心不理会，她把手中的一大堆菜往地上一抛，指着路小凡道："请马上把你们家里的人从我家弄走！"

路妈原本见贝家刚好没人，正好把此次来的大事给办了，没想到自家人说的体己话却让人家听见了，不由得也挺尴尬，但只一会儿就过了，道："律心，我们是说笑话呢，来来，坐，别往心里去！"

贝律心好像怒极反笑，道："笑话，你说的是笑话，我说的是真话，请你们马上走，再也不要来我们贝家！"

路爸本来对贝律心从来就没有好感过，也知道她一贯盛气

155

凌人，但没想到她居然会撵自己的公婆出门，气得跳了起来道："你现在撵我们走，那当初是谁到我们家去求婚要跟我们家成亲的？"

贝律心乌黑的眉毛微微上挑，道："觉得委屈你可以不要结这门亲啊，你们心里想的不也是要巴结我们家吗？你们家这许多年，因为这门亲事捞的好处也不少啊，要不你们家的垃圾怎么能一个接着一个进京城呢！"

她这么一说，路爸气得嘴都哆嗦了，一直偷听路妈跟二哥说话的路小的冲了出来，指着贝律心道："你骂谁垃圾呢！"

"骂谁？"贝律心拢了拢头发道，"谁垃圾骂谁！专骂那种厚颜无耻、不照镜子的垃圾！"

路爸气得手直抖，道："我早就知道不能娶你这个破鞋，没过门就怀了别人的野种，自己不要脸，还骂别人不要脸！"

路妈大声道："路爸！"

贝律心红了眼，狰狞地一笑道："没错，我是大着肚子找个人顶缸，但也要有人肯顶，有人肯卖儿子。别整得自己好像多委屈似的，我大着肚子嫁人无耻，你知道我怀了野种，还把儿子嫁给我们家，不要脸这三个字原数奉回！"

路小凡只觉得自己的脑袋里像钻进了千万只蜜蜂一样嗡嗡作响，头昏脑涨，大脑里被震得一片空白，路小的捶打着他的肩道："哥，你还不揍你媳妇，你看她这样对爸说话！"

贝律心本来上了楼，听到这句又掉转过头来冷笑道："揍我？告诉你，就你哥哥给我们贝家当看门的，我都嫌他不够资格！没让他从我家滚蛋，那是我贝律心不愿意做过河拆桥的事情！所以别嘚瑟了，以为你们家真是我们家什么亲戚！"

林阿姨也摇着头道："好来，你们家也知趣一点，供着你们老二读大学，帮你们老大找工作，做人不要一点骨头也没有，现在被人这样骂到脸上来，这是活该！"

路小的冲着嚷道："你这老太婆不过是一个仆人，你有什么资格在这里讲话啊！"

林阿姨从来自视极高，仆人这两个字简直是她的逆鳞，何况贝家没有女主人，她一向把自己当贝家半个做主的人，贝家什么事情她都会点评一番的，路小的这句仆人气得她也直哆嗦，掉头看贝律心道："你看，你看，这种素质快点滚！"

贝律心挑眉道："听到没有，快滚！"

路小的气得冲了上去，揪住贝律心道："你这只破鞋，敢叫我爸妈滚！"

两人扭成一团，路小的多多少少在家干点农活，很有一把力气，林阿姨连忙上前帮忙揪住路小的的头发，路妈看见了连忙上去拉架，几个人扭成一团。

忙乱之间，路小凡突然大叫道："都给我住手，住手！听见没有！听见没有！听见没有！"

他一嗓门震得几个扭成一团的人都一愣，然后发现叫的是路小凡，大家就愣得更厉害了。

路小凡走上前去，一把将这些纠缠在一起的手拉开，然后低声对路妈道："妈，我送你们走吧！"

路妈嘴唇颤抖了一下道："好！"然后回过头来对路爸道："路爸，你还愣着干什么，回屋收拾东西，把路小平给我叫起来！"她转身又踢了一脚路小的，道："快去，收拾东西！"

没过一会儿，路家的人就把东西收拾好了，路小的是一边掉眼泪一边收拾，路小平被路爸从床上拖起来，还迷迷糊糊地道："做什么呀，爸，人家正睡得好呢！"

路爸上去就给了他一巴掌，道："喝什么马尿，还不快走！"

贝律心跟林阿姨冷冷地看着路家人又大包小包地从家里面出去，路小的刻意地狠狠摔了一下门，把四周的墙壁都震得颤抖了一下，门后面一个西式的陶瓷挂衣钩"扑通"从门背后被震了下来，算是寿终正寝。

路爸的嘴巴一路就没停过，道："你看看你，怎么窝囊成这样，这媳妇能把你爹妈撵出门去，这样的老婆你不打，还供着她？！"

路小凡拖着行李一声不吭地上了保安帮忙叫来的出租车，然后在路上拿出手机给人打了个电话，托了个人，一直快到机场，才算是把机票改签到了今天。

路小平由头到尾也没提付飞机票的钱，路小凡自然也没什么心思跟他计较。

路家人的装扮在机场里显得特别怪异，尤其是他们的行李，以至于不少人包括老外，都在打量着他们一群人。路小的正气不过，冲着坐在旁边的年轻老外仰着头道："你瞧什么，滚一边去！"

年轻的老外被她吓了一跳，连声用不太连贯的中文说对不起，挪了一个位置坐一边去了。

　　路小凡换了机票回来，路爸见了他又开口数落道："你说你在京城待了这么多年，不能像你哥那样体面也就算了，家里连个女人你都治不了，你有什么用！"

　　"够了！"路妈呵斥了一声，道，"你有完没完！"

　　路妈的眼睛有一点红红的，她不太想让儿子看出来流过眼泪了，所以稍微眼睛里有一点湿意，就装作不经意一般，拢拢头发，眨眨眼睛，但次数多了眼圈还是有一点红。

　　路爸看到路妈的眼圈，更是恨得吸了一口气，但不言声了。

　　路妈红着眼，看着路小凡道："凡凡……妈跟爸把你的日子给搅乱了！"

　　路小凡知道路妈一生要强，除了不识字，断事干活没一样不是跑在别人的前面。

　　她不是不知道廉耻，但是在艰难的生活面前，廉耻又是一件极为昂贵的东西，更何况在子女们的前程面前，好像一个母亲的脸面就显得不太重要了。

　　只是她不但消费了自己的自尊，更是消费了她儿子的自尊，也许到现在她才隐隐能意识到这件事情。

　　"你不要为我担心。我没事，你们回去自己小心。"路小凡回答了一声，帮母亲把包背上。

　　路小凡回到家里，林阿姨看到他就叹了口气，路小凡也没跟她说话就回了自己房间。

房间里还是一片狼藉，林阿姨基本上不大收拾他的房间，他自己把东西整理好，便坐到了书桌前发愣。

贝律心跟他的关系虽然说不上太好，可是其实这四五年来也不算太差，贝律心顶多也就是不高兴的时候给他几个白眼。当年贝律心流产以后，因为不受家人的重视，冲着他大喊大叫，告诉他别以为跟她结婚他能得什么好处，路小凡才知道了贝家的秘密。原来贝律心根本不是贝沫沙的孩子，是沈吴碧氏在外头遇难被人强迫生下的孩子。

同样地，路小凡才算明白了贝沫沙对贝律心基本上不管不问的原因。

有那么一刻，路小凡觉得贝律心好像突然就跟自己近了，也不是没有在一起共度余生、相濡以沫的可能，尤其是当他帮着卧床的贝律心用热水烫脚的时候，真真实实地觉得是有这种可能的。

直到今天，路小凡才知道自己在贝律心的心目中原来是这样的，他拿出纸笔铺平，想了想才在上面慢慢地写下了四个字：离婚协议。

路小凡的离婚协议写了撕，撕了写，反反复复修改了好多遍才算写成功。

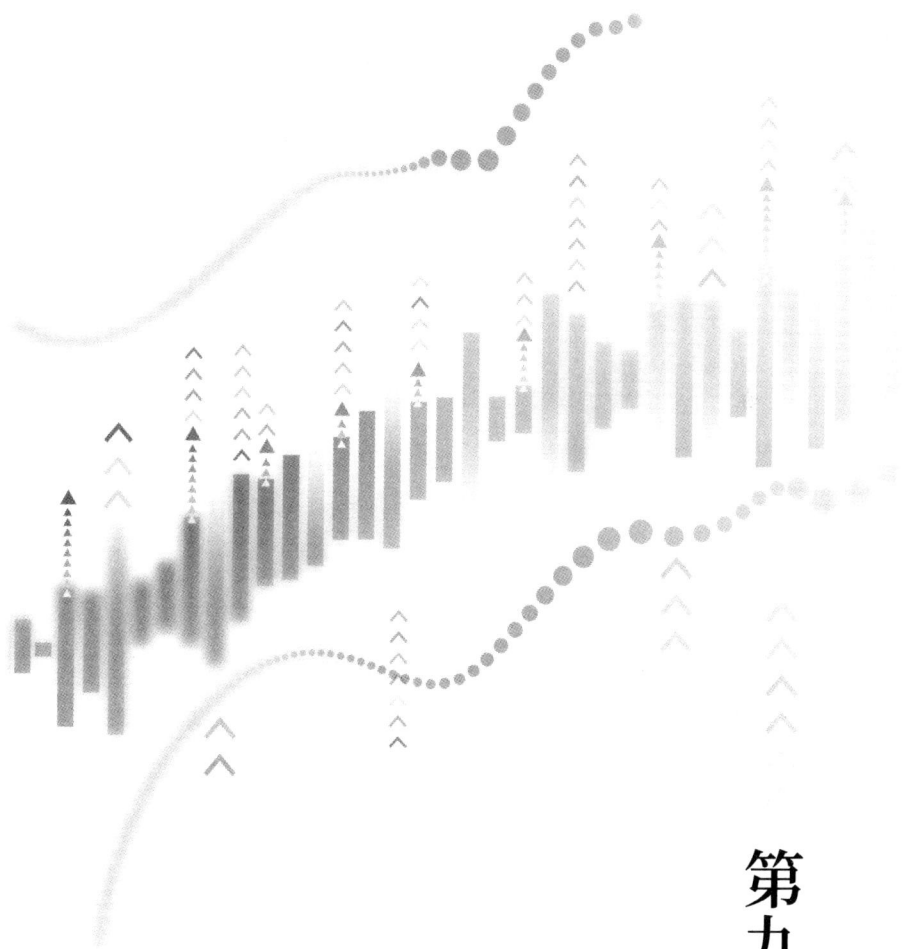

第九章

证券风波

其实他们的离婚协议并不难写，因为他们两个至今都还住在贝沫沙的家里，没有什么夫妻共同财产，几乎是各过各的日子，各花各的钱，但是路小凡还是仔细地斟酌每一句的用词用语。尤其是写离婚理由的时候，路小凡更是考虑再三，才写下夫妻性格不合，协议和平分手。

他写好了离婚协议书，却找不到跟贝律心谈的机会，因为贝律心突然变得比以前更难见面了，即使路小凡晚上等到两三点，也不见人回来，早上就更不用说了，从来就见不着贝律心。

他等了几天，终于挑了一天早上，敲了敲贝律心的房门，里面没人回，路小凡握着信封道："律心，前两天的事情真是对不起了，打搅到你的生活了，我给你写了一封信，你有空就看一下，如果觉得有什么不满就跟我说，或者给我写信回复也可以！"

路小凡说着，便弯下腰将那封信从门缝里塞了进去，这才拿起自己的公文包出门。

到了公司，路小凡跟科长说："科长，你不是说想派一个业务员去天津那边吗？"

科长眼皮跳了一下，道："是啊，有这么回事，不过这个位置至少有几个厂级领导打过招呼了，我正头痛不知道安排谁的亲戚好呢！你就别给我添麻烦了，啊！"

路小凡笑了一下，道："不是，我是……想自己去！"

"啥？"科长一时有一点回不过神来，道，"你办公室不坐，要做外勤？"

路小凡道："我想出去锻炼锻炼！"

科长皮笑肉不笑地道："咱们这儿可是一个萝卜一个坑，出去了可不一定回得来！"

"知道，知道！"路小凡连忙道，"我自己打申请，有什么绝不会埋怨科长您的！"

科长一关抽屉，道："小凡，你考虑好，咱可把话说在前头，回头你要是跟我抱怨，科长我也没办法，我们的情况你也知道，就那么几个位置，你回去跟你爱人商量一下，再打报告吧。"

路小凡"哎"了一声，道："那我先谢谢你了啊，科长！"

科长走出了门，摇了摇头道："也不知道是谁把他弄进来的，副科长不当要跑出去当业务员，真是脑子有病！"

路小凡又把纸打开，写了几个字手机响了，这个手机号现在还只有贝律清知道，路小凡顿了顿才接通电话。

贝律清的声音倒是不急也不缓，开口便道："爸要跟你通电话！"

路家的人来，贝沫沙也是刻意躲着，这么转了几天回家，瘟神们总算走了。

哪里知道，他一回家就看见贝律心坐在那里大叫大嚷要找路小凡算账，仔细一问才知道路家人来了闹了一番，现在女婿要跟女儿离婚。

贝沫沙清楚地知道，像贝律心这样的女孩子，能接受她的男人只怕也没几个，路小凡配贝律心其实是很合适的，他够包容，性子也绵软，又不会惹事，比起偏激起来能发狂的贝律心，他省心多了。

离了婚的贝律心能怎么样，还真没人知道，贝沫沙一阵头痛，想要联络路小凡，却发现他对这个"便宜女婿"一无所知，不知在哪里上班，也不知道怎么联络，无奈之下只好用最管用的一招，就是找自己的儿子贝律清。

贝律清听说路小凡居然提出离婚，像是一下子就愣住了，然后才说"等我回来"。

贝律清一回来，贝沫沙就轻松了，家里的人从上面的沈吴碧氏，到下面的路小凡，统统都能搞得定的人只有贝律清。

贝律清一回来就把情况都问清楚了，当听到路家想把路小的介绍给贝律清时，连贝沫沙也摇头无语了一会儿，可是贝律心说到后面越说越小声，等听完了全部情况，贝律清才沉着脸道："你太过分了，你有什么权利去贬低一个从没指责过你过去的人？！"

贝律心再大的脾气在贝律清的面前也是不敢发的，但是贝律清也从没有对这个妹妹如此口气严厉地说过话。

他这么一说，贝律心的嘴角动了一下，但到底没有流眼泪，只低下了头。

"你呢，就跟小凡道个歉！"贝沫沙叹气道，"小凡也就是缺一个台阶下，你道了歉，小夫妻哪里有隔夜仇？"

路小凡进门的时候，贝家就是处于这么一个说教贝律心的状态当中，贝沫沙一见路小凡进来，就连忙招手道："小凡，来来，快进来！"

路小凡"哎"了一声，走过去，两张单人椅子贝律清坐了一张，贝沫沙坐了一张，他只好跟贝律心在那张三人沙发椅上一人坐一头。

"我们今天就开个家庭会议！"贝沫沙道，"首先呢，我要批评律心，第一，你对待长辈没有礼貌，公公婆婆也就是你的爸爸妈妈，天底下哪有把自己的父母往外头赶的？第二，你没有尊重你自己的丈夫！"

贝律心不出声，贝沫沙又叹了口气，道："也怪我平时工作太忙，又念及你妈妈长时间不在你身边，对你太纵容了一点，这一点我也自我批评一下！"

路小凡见自己的岳父都自我批评了，也连忙道："不，不，爸，跟您没关系，我也不是埋怨律心才提出离婚的！"

贝律清靠在沙发椅上，修长的手指按在自己的腮旁一直没吭声，听到这里突然发问道："那你到底是为了什么想跟律心离婚？"

路小凡冲他们点了点头，露出一种谦卑的笑容道："其实我想过了，律心……也没有说错，我配不上她，我的各方面都很平凡，相貌、才学、能力……背景，无一是处。我只是想……不想再浪费律心的时间了，还有……我挺感激你们这么多年来给我的帮助，可是我不想再给你们添麻烦了！"

贝律清看着路小凡，脸上也没什么表情，但是路小凡在他的面前从来不敢把头抬得很高，所以他有没有什么表情就显得也没那么重要了。

贝沫沙不禁皱起了眉头，按照他的想法，路小凡也是因为贝律心太让他没面子，所以才提出离婚，不过是找个台阶下。可事实上是，他终于明白路小凡是真的要离婚。这样一来，他反而有一点不太好开口说话了。

贝律清隔了一会儿，才微动了一下眼眸，微微坐直了一下身体，道："这事路妈知道吗？"

路小凡听到路妈两个字，也沉默了一会儿，道："我家人都不知道，这是我一个人的主意。"

"就是嘛！"贝沫沙立刻接过嘴道，"你先跟路妈商量商量，也听听自己长辈的意见！"

"爸……"路小凡抬起头，有一点涩然地道，"我跟律心结婚就是听长辈的意见，离婚……就算了吧！"

贝沫沙还要说，贝律心突然抬起了头，那双眼眸好像要喷火一般道："他要离就离，难道我贝律心还会稀罕他路小凡！"

路小凡用抱歉的目光看了一眼贝律心，转头看了一眼贝律清俊美的脸，道："哥，我有一些东西要还你！"

贝律清的眼眸微微一动，便跟着站了起来。

路小凡的房间里有两个大塑料袋，他指着那些东西絮絮叨叨地道："哥，这是你从法国给我带回来的围巾，还有这是你送给我的 CD 机，这些……都是你送给我的，还有……"他从包里拿出手机道："手机，我跟律心离婚，不好再收着这么多好东西！"

贝律清看着路小凡，路小凡有一点紧张，他不时地推一下自己的黑框眼镜，低着头好像在跟自己说话。

隔了很长一段时间，贝律清才淡淡地道："我明白了，你不是要跟贝律心离婚，你是要跟贝家一刀两断。"

他说得很平淡，但是路小凡却好像心生愧疚一般，语带哽咽地道："我、我、我……"

但还没等他完整地表达他的意思，贝律清便轻描淡写地道："这些东西对我来说都是一些不值钱的东西，你要是不想要，就找个垃圾桶丢了吧。"他说完就走了，没一点遗憾跟纠结。

路小凡害怕贝律清会生气，但事实上他觉得自己又高估了自己，跟每一次一样，来去似乎都是他自找的，贝律清从来不会纠结他是来是去，自始至终挣扎的似乎都是他自己。

路小凡低了一下头，将自己简单的行李收拾好，走出门去，嗫嚅地道："那、那、那我就先搬出去了……"

贝沫沙实在没想到事情会演变到这个地步，本来在他看来是一件很容易解决的小事，路小凡也是一个很容易拿下的人，但没想到路小凡的态度会这么坚决。

他思忖了一下，道："小凡，你们离婚我是不同意的，你想分开一段时间也可以，正好大家的情绪都冷一冷，好吧？等大家都冷静了，我们再谈！"他说这话似乎全然没有考虑到路小凡跟贝律心一直都是分开冷静居住的。

当然路小凡也是考虑不到岳父的疏漏，他只是愧疚地看了一眼贝沫沙，道："爸，那我走了！"

路小凡提着行李跟两大塑料袋的东西走出了贝家的大门，他站在垃圾桶跟前良久，才把那两大袋子东西放进去。放进去，他又怕里面的垃圾弄脏了袋子里面的东西，又弯腰将袋子扎紧，然后才一步一回头地离开，走了几步还是流了眼泪，东西是他丢的，眼泪也是他流的。

路小凡去天津让路小平大吃了一惊，又听说路小凡提出要跟贝律心离婚，他更是惊愕得似乎下巴都要掉下来，一通训斥，还赶紧打电话回家通报了路小凡的傻瓜举动。

根据路小平的描述，路妈一听到这个消息似乎就晕了，直骂路小凡的脑子坏掉了。

通常路家人都很怕路妈的，路妈要是反对的事情，路家的人都没什么胆子说可以，但路小平没想到的是，路小凡这一次出乎意料地坚决，怎么劝说都不听。

路小平急得都跟什么似的，好像离婚的人不是路小凡倒是他似的。

为了这件事情，路小平再次打电话跟家人取得联络，然后特地去了京城跟贝沫沙座谈了一次，又据说彼此得到了一个统一的看法：那就是离婚是不可能的。

路小平从京城回来看着路小凡就叹气，而且言谈当中甚是可怜那位不幸当了路小凡妻子的贝律心，但是既然他得到了贝沫沙不同意他们离婚的信息，路小凡住哪儿他也就不担心了。

最近路小平也很忙，因为他所有的空闲时间都拿来奉献给这个身高只有一米五五、体重却超一百三的家伙了。

因此，路小平也实在抽不出空来操心弟弟的事情，骂过几顿之后也就算了。

路小凡才算开始了新的生活，每天蹲在客户的厂里，有什么消息通报一下公司，其实也没太多的事情，他没事就翻看翻看证券类的报纸。

几天后，他才想起来他在天津的 WD 证券行开通了账户。

1994 年春天正是股疯的年头，证券大厅挤得水泄不通，连插脚的地方都没有，路小凡挤了一身的汗才算搞定了户头。

他开完账户出来，意想不到的是遇到了一个人，那就是林子洋。

林子洋毕了业倒是没有留京，他老爷子对自己这个幼子期望挺高，所以刻意把他下放镀金来了，这个下放的地方在哪里呢，倒也不远——就在天津。

路小凡怎么也没想到，就这么巧能在这里撞上他。林子洋跟着一个西装革履的人从二楼下来，一眼便看见了在大厅门口的路小凡。

"哟，这不是小凡嘛！"林子洋一如既往地热情打招呼，如果不是路小凡在贝家大门口听到了他的话，真的很容易会认为林子洋非常喜欢结交自己当朋友。

"这位是……"西服男人看着路小凡问道。

"这是律清的妹夫呀！"林子洋转头对路小凡笑道，"这是 WD 的总经理路涛，你们本家，认识认识吧！"

路涛将手伸给路小凡，笑道："我说今天门口怎么有喜鹊叫呢！"

林子洋笑道："给他安排一个大户室吧！"（大户室：是指内地证券行只供给资金比较雄厚的一批散户专用的办公室，配有专用的计算机。）

"不……不用了！"路小凡连忙摆手。

"那是必须的！"路涛笑道，"要不然我们见了律清，那也不好交代啊！"

"真不用！"路小凡慌忙道，"我还有事，不好意思，路总我先走了！"

路涛看着他慌慌张张的背影笑道："你刚才没说笑话吧，真是贝律清的妹夫？以贝律清的实力，他妹妹怎么会嫁了这么一个小人物？"

"骗你我是这个！"林子洋做了个手势笑道，"我跟你说，而且他对律清很有影响力，你要想拉律清来 WD，还不如把他拉下水，那会管用，也会快很多，相信我！"

"真不可思议，我还以为贝律清这种人，大概没什么人能影响他。"路涛啧啧称奇，道，"有了好处，绝对忘不了分你一杯羹汤！"

林子洋笑着道："这等小事咱兄弟还算这个细账。"

路涛笑了笑，道："咱做证券的，别的不会，就爱算细账。"

林子洋哈哈大笑着指了指他。

路小凡没隔几天就巧遇了这位 WD 的总经理，他正跟路小平在一家饭店里吃饭。

路小平边吃边用筷子跟他比画如今的形势，跟他讲现在的社会那就是关系，关系，再关系。路小凡跟路小平吃饭通常做两件事最多，一是听路小平说话，二是吃完了饭结账。

路小平最近混得不错，得到了上头的赏识，自然是平步青云，听说就快要转正了，巴结的人也多了，部门将宣传采购的差事给了他，所以吃完了饭，他总是让路小凡要张发票，然后回去报销。

路小平身上的钱一多，行头什么也跟了上来，跟平凡的路小凡坐在一起还真是高下立判。路小平似乎也挺享受跟路小凡在一起那种高人一等的感觉，毕竟路家、全村，甚至全乡来城里的人当中，也只有他跟路小凡混得最好，而他跟路小凡比起来，又显得不是一个档次。那种鱼跃龙门，虽然还没甩脱鱼尾巴，却觉超越自身的优越感，龙门里的龙是很难理解的。

"知道这个人是谁？说出来能吓你一跳！"路小平翻着名片夹，这是他另一个爱好，吃饭的时候会让路小凡看一看自己收集的名片，主要是让路小凡看一下自己又结识了哪一些贵人。

"他是 WD 证券行的业务主任，你知道 WD 吧，国内开十

171

家证券行，里头至少有五家是他们家的。我们领导见了他，那都是赔着笑的，人家只要嘴巴里稍稍露一条缝，你就发了！"路小平合上名片夹道，"说起能生财的门道，这才是贵人哪！"

路小凡扫了一眼那张名片，低头接着吃他的饭，这个时候路涛就笑着进来了。

按理说路涛是不可能进这种小饭馆的，他进来那纯属是开车从门外经过，正巧隔着玻璃就看见了路小凡。

"哎呀，小凡，我刚才还想到你，没想到这么快就见面了！"

路小凡抬头看见路涛，都有一点发呆，他一时想不太起来这个西装革履的男人是谁。路小平一看这个男人的装扮，金丝眼镜，羊绒的西服外套，连忙起身笑道："我是小凡的哥哥，您是……"

"我是路涛。"

"请坐请坐！"

"路涛……"路小凡想起他是谁了，连忙起身道，"路总……"

"坐，坐！"路涛客气地挥了一下手，他在路家兄弟面前不像是客人，倒像是这顿饭是他请客似的。

"小凡，怎么你那天开了账户之后没去呢？"路涛坐下之后笑道，"我都特地让人给你准备了大户室！"

路小凡有一点不太好意思，道："我没多少资金。"

路涛笑了笑道："怎么，是律清不放心我这个哥哥吗？放心，你们的资金在我这里绝对安全，别人休想听到一丝风声！"

路小凡赶紧道："真跟哥没关系，这就是我自己想玩，自己开了一个户头，里面连一万块都没有！"

路小平听着有一点糊涂，道："这是？"

路小凡道："这是 WD 的总经理路总！"

路小平一听，整个人的汗毛似乎都竖起来了，连忙起身将手伸给路涛道："哦哟，失敬失敬，太失敬了，我说呢怎么刚才听着觉得这个名字如雷贯耳，却没反应过来是您！"

路涛更关注的路小凡反应平平，但没想到路小平如此热情，他是一个老江湖，将手伸出来握了握路小平的手，笑道："下次别这么说，都是自己人。"

"自己人，自己人！"路小平面红耳赤激动地道。

"小凡，别管是你哥的，还是你自己想玩！"路涛笑道，"既然给你都准备上了，你就只管用，资金方面也不用担心，不够我先私人给你垫着！"

路小凡嗫嚅地道："真不用……"

路小平拍了一下他的头道："你怎么回事，路总那是一片好意，你用不用得上是一回事，领不领情那是另一回事，怎么这么不上路子！"他转头对路涛笑道，"那我就替小凡谢谢您的好意了！"

路涛见路小凡低头扒饭，根本不热情，甚至有一点冷淡，难免有一点碰一鼻子灰的感觉，好在路小平足够热情，便掏出一张名片递给路小平，笑道："那有空多联系，我还有事就先走了。"

"哎，哎！"路小平捧着那张名片，硬是将路涛送出了小饭店，才连忙蹿回饭桌，对路小凡激动地道："你是不是傻呀！路涛啊，他让你进大户室，他说垫钱给你，那都是看在贝爸的脸面上，那是要挑你发财啊！是要送钱给你花啊！"

路小凡抬头道："我都要跟律心离婚了，怎么能再打贝爸的招牌。再讲，明知道又没什么好处给人家，还拿别人的好处……多不好！"

路小平鄙视地看了一眼路小凡，道："你简直就是……"他拿起筷子反复研究着名片道，"WD 路总……这名片要是拿出去，连我们领导都要羡慕啊……"

路小平在大城市待久了也知道，这个年头想出人头地，赚大钱必须要有强大的关系网。

想有钱，那还是要靠贝家人，就在他头痛从贝家弄不来路子的时候，天上竟然就这样掉下了一块馅饼，他路小平不禁要赞叹真是皇天不负有心人。

路小凡沉默地吃着饭，他一点儿也不想看到这些因为对贝律清敬畏而连带想要巴结他的人。

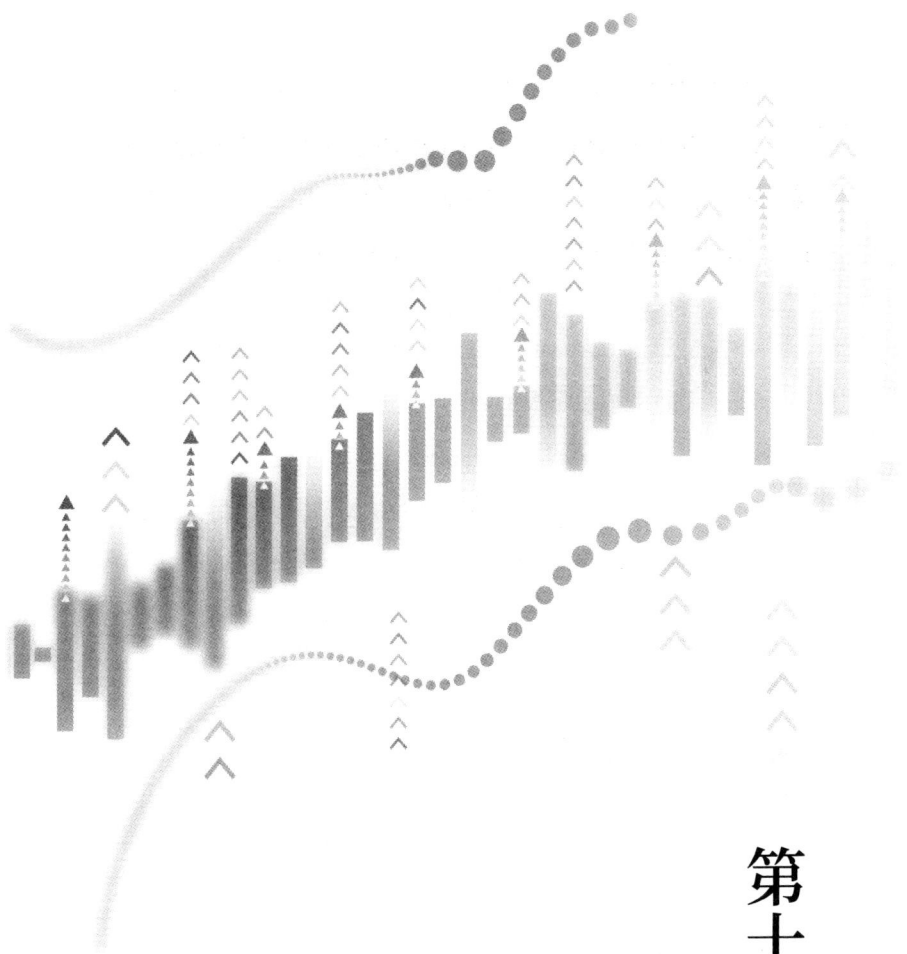

第十章 尘埃落定

路小凡回京城述职报销的时候，还见过贝律清，他穿着一身驼色的风衣，双手插在裤袋里，就站在离他候车不远的地方。贝律清是那种体态修长而高挑的男人，非常引人注目，路小凡一眼就看见了他。他不是没想过花上那么半分钟走上前去，跟贝律清打个招呼。

　　只是想不出来打完了招呼该怎么办，路小凡想了大概有五分钟，贝律清要等的车子已经来了。

　　那是一辆很漂亮的进口车子，跟满大街跑的车子完全不同，以至于路小凡都不知道车牌子是什么。但是毫无疑问，那辆车子也是鹤立鸡群的，如同站在大街上的贝律清。

　　看着车子载着贝律清扬长而去，路小凡低了一下头，公交车便来了。下班的时间，公交车挤得跟沙丁鱼罐头似的，路小凡的身体都快被挤扁了，根本没地方去想巧遇的贝律清。

　　回到天津没多久路小平就来找路小凡了，原来那天分开之后路小平很快就联络上了路涛，而且也顺利地在 WD 弄到了户头，路涛甚至亲自带他参观了大户室。

　　看到那些窗明几净、一人一位的计算机，路小平一阵激动。

想起自己那个破旧的办公室，还有一个办公室里就那么两台计算机，一台是领导的，另一台是打字员的，这要查个什么东西还要看人脸色，他不由得赞叹地道："果然是国内最大的证券行啊，看这炒股的条件就能看得出来。"

路涛一笑，道："其实股票在我们证券行不算是龙头服务，我们在顶层的期货市场，那才是真正赚钱的地方！"

路小平一听说比股票还赚钱，连忙说瞧瞧去，路涛一直把他带到了顶楼的期货交易大厅，跟热闹非凡人头攒动的股票大厅来比，这里清静多了，但每个出入的人都让路小平觉得很有来头，远不是股票大厅里那些人可比。

"期货跟股票有什么区别？"

路涛微笑了一下道："也没太大的区别，不过如果在股票市场赚一块钱，在我们这里至少可以赚十块！"

路小平一听就兴奋了，道："那怎么期货市场的人没有做股票的人多？"

路涛笑了笑，道："期货市场的户头有点门槛，在我们的期货市场开个户头必须至少有三十万的资金。"

"多少？"路小平的眼睛一下子直了。

"三十万。"路涛笑道，"你弟弟要是来，这三十万算我借给你们。"

路小平的眼珠子一下子不会动了，隔了一会儿他才呵呵一笑，道："这可不敢，万一赔了，我们拿什么赔给你！"

路涛做了一个"请"的姿势，含蓄地笑道："我借钱给你，我会让自己的钱亏本吗？"

因此，路小凡几乎是一回来刚躺到床上，路小平就来找他，激动地喊道："路小凡，我们发达的机会就要来了！"

路小凡揉着眼睛，听着路小平滔滔不绝地把 WD 的事情说了一遍，才闷头道："不去！万一赔了怎么办？"

"人家都打包票了，你听说过开赌档的老板赔钱的吗？"

"证券是一种投资，不是赌博！"路小凡受贝沫沙的教育，思想还是相当正统的。

"屁，在我这儿就是赌博！你傻啊！起来！"

不管路小平怎么说，路小凡就是不听，坚决不从，任是路小平把五脏六腑都急坏了，也拿他没办法。

路小凡说不通，路小平自然知道人家卖的是贝沫沙女婿的面子，这个女婿不动，人家凭什么借三十万给他？

他对路小凡可以说是恨铁不成钢，一气之下打了几次电话回家告路小凡的状，并且声称以后这弟弟他是不管了，没法管。

路爸听说路小凡连现成到手的钱都不会赚，也气得在家很是恨铁不成钢地骂了路小凡几句。

路小凡被路小平这么一闹，WD 的那个户头轻易也不敢动了，他不想让贝律清觉得自己还在借贝家跟他的名头在捞好处。

事实上除了那些家里零零碎碎的事情，他从没借过贝家的光，甚至小心地不要让人知道自己是贝家的女婿。这使得他显得非常不合群，他工作两年没有请同事回家吃过一顿饭，同事甚至连他住哪儿都不知道。

有一种人没什么朋友，也没什么人特别喜欢他，人家看不见他，提起来要想一会儿才想得起来，会说"哦，哦，是那个戴眼镜的小个子啊"，可能仍然还想不起来他的名字，这个人就是路小凡。

贝家对路小凡的婚事迟迟没有反应，路小凡自然是做不出来去法院起诉离婚的事，因此这桩离婚案就搁置了下来。

路小凡在天津租了一间大院里的单人间，地方有一点偏，房子也都是老房子，但胜在价格便宜，环境也不错，比起重工业区空气新鲜多了。

路小凡上班挺自由，也用不着朝八晚五，有的时候晚一点出门也是常事，他也乐得在家看一会儿书，再把午饭做好带上。

他外派天津其实不算出差，每天都有二十元的伙食补贴，跟他一样的外派业务员通常都吃盒饭，只有他自己天天带菜带饭，因此别人常笑他，说这么卖力存钱是打算娶媳妇呢。路小凡也只是笑笑，他脸型不大，又戴着一副黑框眼镜，特别地显小，很多人都会错以为他不过是刚刚高中毕业。

路小凡提了饭盒出来，还没走出大街，便看见贝律清同几个人一起走过来，那些人对着这些房子指指点点。

贝律清身上穿了一件修身黑色的短皮夹克，下面是一条靛蓝的牛仔裤，夹克微微敞开着，里面是一件驼色的羊绒毛衣，看上去非常潇洒。

他偶尔会低头跟旁边拿着公文包的矮胖男人说上两句，但大多时候是听他们说话保持沉默。

路小凡提着饭盒想了又想，最终决定不去打搅贝律清。

他略略低着头悄悄地沿着小巷子的另一边向外面走去，可是老天似乎就是偏偏不愿意让他跟贝律清就这么静悄悄地擦肩而过。

一辆车子打他面前过的时候停了下来，车窗落下，林子洋笑着道："小凡，看见你哥没？"

他这么一说话，贝律清自然也就听到了，路小凡能感觉到贝律清从那些人当中转过身来。

"没……没看见！"路小凡吃吃地道，他自然不好说看见了贝律清，却当作没看见。

林子洋从车子上跳了下来，晃荡着把车门关上，搭着路小凡的肩笑道："来，来，看你子洋哥给你大变活人！"

林子洋搭着路小凡的肩一直走到贝律清跟前，笑道："瞧见没，你哥！"

路小凡低着头叫了一声贝律清："哥。"

贝律清没理他，转头向旁边的人道："李总，那回头我们再谈。"

那矮胖的男人笑道："好，好，那我们晚上吃个便饭？"

贝律清微笑道："不了，我今天要跟家人吃饭。"

路小凡的头微上抬，但到底没有完全抬起来又低了下去。

李总倒也痛快，道："好，就当我欠着，你什么时候有空，咱们什么时候喝个痛快！"

"一言为定！"贝律清回道。

等人都散了，林子洋才道："给你妈看地还是你自己买？"

"都有。"贝律清淡淡回了一句。

林子洋笑道："你说你们家买那么多地做什么！这地再便宜也只有七十年使用权，有什么价值。你有那钱，我们还不如在证券上再玩几把大的呢！"

贝律清很淡地道："你要谈 WD 那事就算了，我最近真没兴致。"

"律清，你再想一想，这一笔的收益能抵得上我们过去做好几年的。"

贝律清不咸不淡地道："你也别玩得太疯，小心让别人收拾了！"

林子洋"嘿嘿"了两声，也不吭气了，转头道："小凡，难得律清来天津，一起吃个饭吧！"

路小凡看了一眼贝律清，道："不了，子洋哥，我今天还要去客户那儿有事呢。"

林子洋冷笑了一声，道："你哪个了不得的客户，报一个名，我瞧瞧到底是哪根我不认识的葱？"

路小凡认识林子洋四五年，倒是第一次看见他翻脸，但始终沉默不语，还是贝律清说了一声："算了。"

贝律清说完就头也不回地走了，林子洋拍着自己的车顶道："哎，我说路小凡，你还真想跟贝家一刀两断？"他见路小凡不吭气，就失笑道，"别告诉我你路小凡想起骨气了，我告诉你，好处这种东西，人尝了就不能没有，你们家这些年顶着你这个女婿的帽子，也没少享受。这好处要是没了，那不是回到从前，那就像你从最顶层这样……噗，掉下来！摔了个稀巴烂，还有人上来踩两脚。"

路小凡没吭声，林子洋拿起自己的皮手套往车门上一甩，道："自己想想吧！走了！"

路小凡看着林子洋的车子嚣张地一路快速飞走，低下头长出了一口气。

不过从那之后，路小凡再也没巧遇贝律清，不知道贝律清是不是又出国去了，他跟贝家完全失去了联系。

路小凡现在每个月回一趟京城，除了报销、汇报工作就是领工资，工资一到手，他像往常那样寄上三分之一回家，然后自己再取三分之一作为日常花销，剩下的钱都一分不少地存了起来。

WD 的那个账户他本来是要去退掉的，哪知道他退户的时候，前台服务员看了一下账户，让他稍等。他等了一会儿，竟然等来了路涛。

路涛非常尴尬地说是不是路小凡觉得他热情过度，骚扰到了他，所以要退户，如果是那样的话，他只好赔不是了，因为传出去是他这个总经理服务不到位才导致客户要销户。

路小凡长到这么大，还没让别人尴尬难为过，路涛一连串的抱歉倒反而让他不好意思了起来，这退户的事情就也不了了之了。

从那以后，路小凡买卖股票基本都是通过电话下单，偶尔来交易大厅碰上路涛，路涛也只跟他闲聊一点其他事情，两人相处下来倒有了几分朋友的味道。

后来股价常常飙升，有的时候一只股票短短的两三个月内从几块到上百块，也是平常的事情。越是股价高，股民也越是疯狂，那股价就好像是坐了火箭一样，往上蹿了，就不再回头。

路小凡每天也就是炒炒股票，跑跑客户，做做饭，贝律清似乎完全淡出了他的世界。

天津的夏天都是热得吓人，路小凡将客户们都跑了一圈，便蹲在路边的大树下拿了一沓商品说明书大力地扇着。

腰边的呼机突然响了起来，自从路小凡把手机还给贝律清，也就用回了这个自己买的数字呼机，一看上面的号码，居然是科长的。

路小凡连忙小跑找到一个公共电话亭，回呼过去，科长一接到电话就道："路小凡，你们家人到公司来找你，是不是你媳妇啊？哭哭啼啼的！"

"贝律心……"路小凡一时有一点发蒙，他有一点不能把那个娇贵、傲气，像一朵带刺玫瑰一样的贝律心跟"哭哭啼啼"这四个字联系起来。

"小凡哥！你在哪里，我是小凤啊！"科长的电话像是突然就被人夺了，然后一个带着哭腔的声音清晰地传了过来。

"小凤……"路小凡大吃一惊，跟他路家兄弟一起青梅竹马的小凤，他曾经做梦都想娶的理想妻子小凤，这一惊还真吃得不小。

"别急，别急！"路小凡道，"你……你能不能搭车来天津，来天津再说！"

小凤突然找到了这里，哭得稀里哗啦的，路小凡本能地觉得发生的肯定不是什么小事，又直觉绝对不能让小凤在电话里面说原因。

路小凡挂完电话就去天津站接小凤，等了从京城过来的四五趟车，才算在出站口见到了一脸憔悴、一身浮肿，曾经清秀的容貌全走了样的小凤。

小凤一看见路小凡就伏在他的肩头哭得个稀里哗啦，一直抽泣地喊小凡哥。

路小凡费了九牛二虎之力才能撑住小凤的身子不往下滑，不软瘫在地上，等他把小凤弄到了招待所，才硬着头皮听小凤一边诅咒路家，一边乱七八糟地说事情。

她说得虽然乱，但是路小凡还是听明白了，路小平把小凤的肚子搞大了，却消失得没了个踪影，小凤去路家要路小平的地址，路妈就是不肯透露。

小凤被逼急了，趁着路家没人就溜了进去，撬开了柜子，别的没发现，就发现了路小凡的汇款单。路小凡自从从贝家搬走之后，汇款单一直留的是单位地址，所以小凤才找上了他的单位。

路小凡听了这件事情只觉得头皮顿时发麻，他给小凤买了点吃的，孕妇怀孕前期要么好吃，要么什么也吃不下，路小凡觉得小凤显然不是后者。

他安排完小凤，就连忙给路小平去了传呼，告诉他小凤找到天津来了。

哪里知道路小平到了晚上还不回呼，不要说小凤，就连路小凡都急了，到了很晚的时候，路小凡总算收到了一个回呼。他看了一眼小凤，小凤一个孕妇折腾了几天，似乎睡着了。

路小凡轻手轻脚下楼，在招待所的老板那里给路小平打了个电话。

路小平开口就道："小凤是不是在你身边？"

"不在！"路小凡回答。

路小平似乎松了一口气，低声道："小凡，哥能不能求你一件事？"

路小凡立即道："哥，这事我可没办法。"

路小平急了，道："小凡，我这都快跟微微订婚了，这里上上下下都知道这件事情，我转正也在节骨眼上，她要冒出来，不是要我的命吗？"

"那你怎么会把小凤的肚子搞大了？！"

路小平一连串地叹气，道："我不是存心的，那……那不是回家跟朋友喝多了，你也知道小凤从小就崇拜我，她一纠缠，我一时不清醒才犯下了错误。我怎么可能看得上小凤，她初中都没毕业，我是大学生，她在家里种田的，我是有大志向的，这根本就没可能的……这女人怎么就没一点自知之明，她在家打了胎告诉我一声，我又不是不会给她寄钱……"

路小平一通絮絮叨叨，路小凡突然吼道："是，她是个小人物，配不上你。可你既然从来没有想要跟别人过一辈子，你做什么要给别人梦想！你为什么要让别人以为你会跟她一辈子，你是个浑蛋！"

路小平从来没有被路小凡这么大声吼过，不过现在这会儿他有求于弟弟，也就顾不上了，只好道："是，是，我是浑蛋，小凡你这次无论如何要救你哥哥。你看我这都快结婚了，如果让微微知道这个乡下女人找上门来，还不把我吃了。你赶紧劝小凤打胎，打胎的钱我就给你汇去，啊，我再给她一点赔偿！"

"谁稀罕你赔偿？！"路小凡的耳边突然炸开了一声脆响，他吓了一跳，手中的话筒顿时便掉落了下去。

小凤人生地不熟的，其实心里挺害怕路小凡会偷偷把自己丢下的，迷迷糊糊中见路小凡出去，连忙醒了，她跟在路小凡后面听见他给谁打电话，她也猜得到是给路小平打。

起先，她也不敢走得太近，但见路小凡说话的声音越来越大声，终于走近听到了路小平对自己的处置方案。

她一把抓起话筒："你这浑蛋，我要跟你拼了，我绝饶不了你！"然后她狠狠地举起电话砸到了地上。

路小平在电话的那一头自然毫发无损，但是小凤使出了吃奶的力气摔了一下电话倒是把他的耳朵都震得嗡嗡响。

路小平终于意识到这个女人跟家里那个在自己面前唯唯诺诺的女人是同一个人，但是是两种生物，他从此消失得无影无踪。

路小凡一连给他打了三天的呼机，他都不回，打到单位，也不知道他是怎么说的，同事支支吾吾地说他下乡去了。

小凤倒像是突然平静了，一天小凡给她送吃的，发现她不在房间，只怕她想不开寻了短见，吓得连忙跑下楼问前台有没有看到她走出去。

　　前台回答说，那女子问了一下维权中心怎么走，就出去了。路小凡是连忙出门打了个的就往维权中心门口跑，到了门口见小凤在维权中心门口来回晃悠，他连忙跳下车一把抓住小凤，道："小凤，别闹了，嗯？"

　　小凤抬头对路小凡道："小凡哥，你说小平哥他对我有没有真心？"

　　路小凡不是个会说假话的人，所以也谈不上很会安慰人，只好什么也不说，小凤倒也平静，道："那你说人家城里的姑娘跟小平哥吹了，他还能跟我在一起不？"

　　路小凡知道路小平的眼睛从来只看高处，他就算飞高了碰了天，也不会往地上瞄上那么一眼。路小凡叹了口气，小声道："小凤，你跟小凡哥回家好不好？"

　　小凤倒是听话地跟着路小凡回了招待所，路小凡怕她想不开，特地买了点水果、饮料什么的。路小凡陪了小凤大半夜，说了好多劝她想开点的话才回去。

　　路小凡其实大半夜也没有睡好，到了早上心里还是不放心，特地去了一趟小凤在的招待所，门一推小凤果然不在屋里。

　　这一次连前台都没有发现小凤到底是什么时候出去的，这把路小凡急得眼睛冒火，把招待所附近所有的路、巷子，甚至是海河边上来回跑了好几圈。

整整找了一天，都没找到小凤的踪影。他急得一天嘴里起了两个泡，被海河的风一吹，他的脑海里突然冒出了一个念头，小凤会不会找着路小平的单位了？

这么一想，路小凡只觉得自己背脊上的汗都要流下来了，他打了个出租车直奔路小平的单位，刚下车就看见门口闹得沸沸扬扬。

他一进去就了解到原来今天领导来单位听汇报，刚巧碰上了小凤大闹的一幕。

小凤不知道为什么，怎么说都不听，非要坐在门口闹，把她跟路小平的事情讲了一遍又一遍，他们是什么时候认识的，路小平当初跟她承诺什么，怎么把她骗到手的，跟说书似的，一直到领导亲自露面跟她讲话，她才算消停。

听里面的人说，小凤说得很明白，她此来一不是为财，二也不是为了非要嫁给这个男人，她就是来讨一个公道。

她要这个男人明白，无耻之人必有天收，顺便给其他姑娘一个忠告，嫁猪嫁狗也不能嫁给这么一个狼心狗肺的男人。

领导也单独询问了路小平，怎么说就不清楚了，只听说最近挺得志的路小平出来的时候脸色白得跟个鬼似的，连路都有一点不太会走了似的。

领导出来之后又单独跟下属说了几句话，说什么也不知道，但是对方出来的时候脸色也挺不好的。

小凤在门口一闹，不但吸引了单位上班的工人们，连路人都吸引来了。

这一出"现世陈世美"的大戏弄得这些人兴奋不已，所以直到路小凡去了人还没散透，而且还挺乐意把刚才的事情津津乐道转述一番。

路小凡听到一半的时候就觉得头脑"嗡"的一声炸开了，路小平完蛋了，他的脑海里只隐隐有这么一句话。

果然，一周之后路小平直接被单位提前解除了劳动合同。

本来这种事情不会这么快就得到处理，一是路小平的事情是领导参与了的，二是他的事情还等于是打了上司的一记耳光。

对于这个差点成贤婿的路小平，丁总是恨不得一脚踩死了之，不但提前解除了路小平的合同，还在他的人事档案里落了一笔。

这一下简直是断了路小平大好前程的美梦。

小凤给路小凡打了个电话，谢谢他的收留，希望自己没给他带来麻烦。

路小凡叹了口气说你这又是何必？小凤在电话里回道："他不喜欢我不要紧，我要他这一辈子想起我来就恨，就两腿哆嗦，记一辈子！"

路小凡一时之间找不出话来回，而小凤就只给过他这么一个电话，从此之后再无音讯。

等路妈跟路爸得到消息，匆匆赶到天津，连个粉尘都没能挽留，一切已经尘埃落定。

路小平一口咬定是路小凡带着人来闹的，看见路小凡两只眼睛就发红，指着他对路爸说："是他毁我，是他带小凤来闹的，就是他！"

路小凡见路爸的脸色不太好，急了道："怎么是我带小凤去闹的，我根本不知道她去那里！"

"那你说，她是怎么知道我单位的，不是你告诉她的，还能有谁？"路小平瞪着路小凡，打了个哈哈道，"你自己没出息，跟贝家闹离婚了，你就见不得我也娶一个千金，是不是，是不是，你故意让小凤来的，是不是？"

路妈上去就给了他一巴掌，气道："你还怨别人，我跟你说过多少遍了，别老在那只小母鸡身边瞎转悠，你听了吗？"

路小平被路妈一打，整个人都软了，抱着路妈的大腿号哭道："妈，我算是毁了啊，什么也没有了，我的工作、婚姻都没了啊……我这辈子算是毁了啊……"

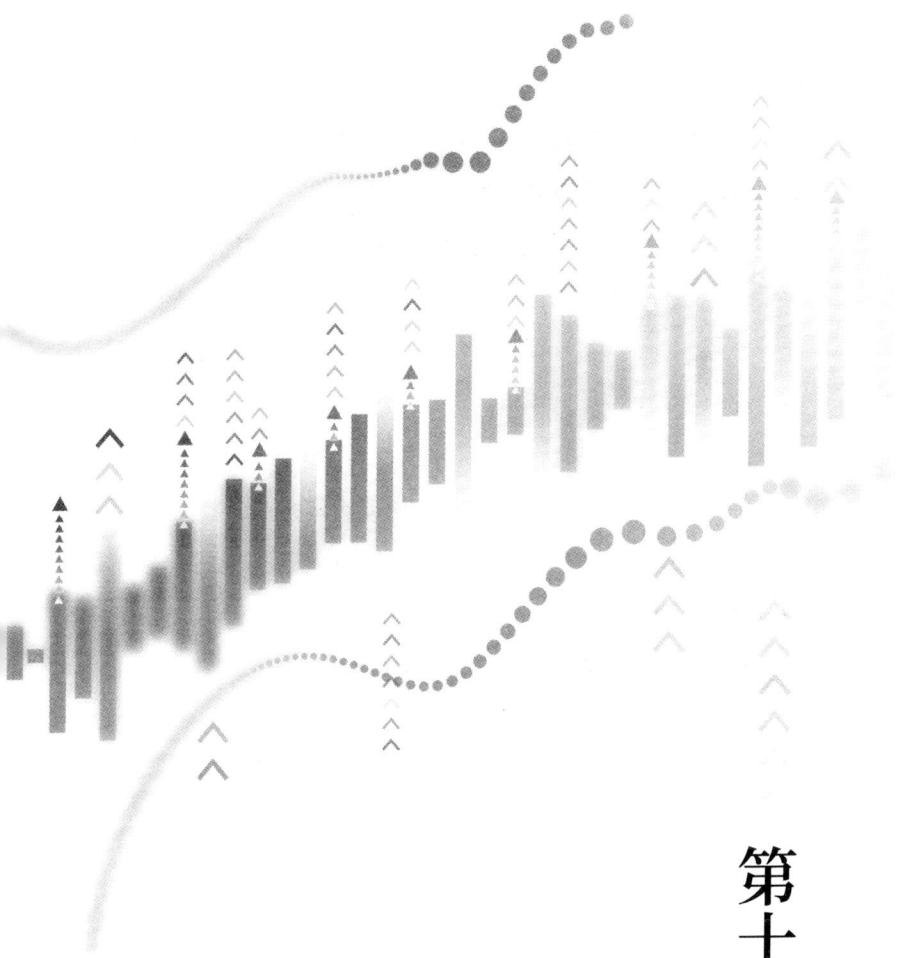

第十一章
再陷困境

路妈被自己的儿子搂着一哭，心也疼得厉害，只摸着他的头发狠道："你活该，不长进，怨谁？"

路小凡站在边上一声不吭，路爸闷声道："这事要说也怨小凡，你说那小凤找到你单位，你就在北京先安置住她不就完了，你为什么把她弄到天津来啊？你又怎么这么不小心让她知道小平的单位了呢？你这不是坑自家人吗？"

路小平一听哭得更大声了，路小凡听着路爸的数落只觉得浑身都有气无力的，闷着头也不说话。

路妈深吸了一口气，道："路爸你别再说了，这事怨小凡什么事，咱们家已经够给他添麻烦的了……要怪，只能怪小平不争气，我们命不好。"

路小平一直是路家的光辉，路小凡虽然有一个富贵人家的女儿当媳妇，但说到底他是"嫁"出去的儿子，所以这也就显得路小平越发是路爸跟路妈的面子，他一失业一落魄，整个路家都仿佛滑到谷底去了似的。

路小平一直住的是单位宿舍，他失业了自然只能搬来跟路小凡住。他每天都去应聘，每天回来都唉声叹气，工厂不想进，公司进不去，好一点的单位一看他的人事档案就摇头了，高不成低不就，一连几个月都找不着工作。

眼看着秋天就来了，路妈再一次来天津，路小凡觉得路妈整头头发都似乎白了，她犹豫再三才用一种挺低声下气的声音道："凡凡，你跟贝家……还有联系没有？"

路小凡低头很久，才慢慢地道："有的……"

路小凡给贝律清打电话是在一个报话亭打的，他特地拣了一个僻静一点的报话亭，打的时候很担心贝律清会不接，因为根本不知道贝律清在不在国内，就算在，也不知道他会不会接这个电话，毕竟这个号码很陌生，但事实上那个电话接得很快。

"喂。"电话一接通，贝律清那种带有磁性的低沉声音便响了起来。

"是……是我，路小凡！"隔着电话，路小凡不由自主地低下了头。

路小凡一连约了贝律清两次，他都很冷淡地说没空。

路小凡隐隐也有点觉得，或许贝律清不想再掺和他们路家的麻烦了。

路小平在家要死要活的，路妈也似乎一下子老了许多。他们以前一直以为跟贝家不过是合作关系，大家平等，直到今天才知道，就算他们跟贝家是合作关系，那也是供求关系，没有贝家的供应，路家就一筹莫展，连生存都困难。

路小凡打过两次电话之后，便再也提不起勇气给贝律清打第三次电话了，所以他很怕见到路妈，或者听到路妈的声音。

他现在的单人小间里住了三个人，他跟路小平睡大床，支了一张单人床给路妈住，全家三人靠路小凡一个人的工资生活。

虽然还过得去，但给路家人的感觉，似乎他们一夕之间又回到了四五年前，那种捉襟见肘的局促、困乏又一次降临到了这个家里。

路妈再要强，也不能点石成金，她本来的拿手杀招是贝家当年的骗婚，可是现在是自己的儿子提出要离婚，那还有什么值得拿出来叫屈的？而且从心里讲，她也不愿意再在路小凡的婚姻上雪上加霜。

她知道路小凡很为难，自己的儿子掉头离开了贝家，结果又回去求人家办事，但这种丢脸的事情最后能变成好事，她也觉得值了。

贝家是不愿意离婚的，路小平上一次回来就很明白地告诉了她，那么路小凡这一次掉头回贝家等于是主动求和，贝家能下台阶，说不定两家就能重归于好，当然路小平也能得利，能获得另外一份工作。

这就是路妈心中的算盘，这也是她一直待在天津的原因，那就是为了盯着路小凡，让他去找贝家。

"凡凡，你有给贝家打过电话吗？"路妈把稀饭热好了端上来，然后把买来的一根油条分开，一半给路小平，一半给路小凡。

路小凡接过油条，又扯了一半给路妈，路妈推了回去道："你还要干活呢，妈闲着，少吃点没事！"

"妈，这饭馊了啊！"路小平尝了一口饭叫道。

"知道！"路妈镇定地道，"一点点而已，我已经拿开水烫过几回了，这里又没有井水，都存不了东西。"

路小平呻吟了一声，道："要拉肚子的啊！"

"哪有那么娇气！"路妈把馊饭喝得"呼噜呼噜"的。

路小平放下碗，只在嘴巴里塞了根油条，道："我出去吃！"他转头问路小凡道："还有钱吗？"

路小凡端着碗道："有啊！"

"给我点钱，我出去吃碗面！"

"你自己没钱啊！"路小凡嗫嚅地道。

"我没有工作哪里来的钱！还不都是你害的。"路小平理直气壮地把路小凡的口袋一翻，把皮夹子拿出来抽了好几张十块钱。

"吃碗面哪要这么多钱啊！"路小凡不满地道。

"备用！我走了啊！"路小平说着就摔门出去了。

路小凡才掉过头来，却看见路妈把头低得很厉害在吃饭。隔了一会儿他看见稀饭汤上面泛起了涟漪，发现路妈在掉眼泪，吓得连忙道："妈，你怎么了？"

路妈连忙用手擦了一把自己的眼睛，说道："我没事！快吃饭！"

路小凡隔了很长一段时间，才打破沉默地道："妈，回头……我再联系贝家看看！"

路妈红着眼圈道："凡凡，不是妈想难为你，妈是怕你大哥要是再没一条正道走，就该毁了！"

路小凡知道合全家之力才供养了路小平这么一个大学生，路妈在这个长子的身上可以说是倾注了所有的希望，这个长子是路妈的生活动力，是她对摆脱穷困生活的梦想，所以路小平毁了，她的梦想跟动力似乎也完了。

"妈，别太担心，等贝爸从国外回来就好了。"路小凡若无其事地在门口穿好鞋子。

路小凡走出这个门口的时候，他在想是不是真得打个电话给贝沫沙，跟他说以后他再也不主动提离婚了，贝家什么时候想离，他们再离。

路小凡在马路上有一点神不守舍，突然听到了一阵鸟鸣之声，鸟鸣了一会儿之后，路小凡才突然意识到是呼机的呼声。

他的朋友不多，一般呼机叫不是科长、路小平就是贝律清，他拿起呼机的时候还在想科长一大早呼他是什么事，却没想到居然是贝律清的手机号。

他拿着呼机一口气跑到了最近的报话亭，却在那里发了十来分钟的愣，拿起放下电话三次，才拨通了电话。

"你今晚有空吗？"贝律清语气挺冷淡地问道。

"有……有的。"

贝律清便说了一个地址，路小凡的记性也很好，所以贝律清说完地址便道："晚上八点那里见。"说完他就把电话挂了。

路小凡拿着电话发了一会儿愣，直到后面一个人想用电话，他才不好意思地挂上。他一直以为自己不打电话，大约贝律清也就乐得不用再敷衍自己了，可是没想到贝律清会主动给自己打电话。

路小凡一整天都有一点心神恍惚，他想了无数个可能，直到晚上也没想明白贝律清怎么突然给他打传呼了。

晚上，路小凡七点半就到了那家饭店门口，也不敢走得太近，在附近一直晃到呼机上刚跳到八点才走进去，那是天津一家带会员制的日式餐厅，他在包厢里见到了贝律清，陪同的居然还有林子洋。

贝律清穿了一件黑色的 T 袖，路小凡进来的时候他正在吃东西，路小凡进来后他仍然在吃东西，连眼皮都没抬一下，倒是林子洋见了路小凡便"扑哧"笑了一声，路小凡顿时脸红到脖子上。

"稀客啊，小凡！"林子洋笑道，"哦哟，快请坐！"

林子洋跟贝律清面对面坐，路小凡自然跟贝律清坐到了一边，他落了座低声叫了一声"哥"。贝律清拿起筷子将寿司中的鱼籽都挑到一边，仿佛知道路小凡相约必定有所求，便冷淡地道："有什么事，说吧。"

路小凡犹豫了一会儿，才道："是……是哥的事情！"

"你哥好得很哪！"林子洋在一旁笑道，"就是来求他的人要排上好几个月才能轮到见一面。"

路小凡看了一下贝律清英挺的侧面，小声道："不……不是律清哥，是我大哥！他失业了……"

"哦……就是你那个把人家闺女肚子搞大了想赖账的哥哥

啊！"林子洋拉长了语调笑道。

路小凡从没指望这件事情能瞒得住贝律清，他低声道："他知道……错了……"

贝律清将撇干净鱼籽的寿司放到了嘴里没说话，林子洋却轻笑了一声："路小凡，你还真是有事有人，没事没人……要么请都请不动，要么一露面就给人出这么个难题。弄份工作什么的，那就是一毛毛雨的小事儿，但你说你们路家这么一个小人，正经人躲都来不及，哪个爷们儿没事愿意踩一脚屎？"

路小凡的脸红了又白，白了又红，他忽然觉得羞惭无比，他每一次出现不过都是为一些不入流的事情，怎么不羞愧？

"对……对不起，我先走了！"路小凡低声说了一句就起身，他想离开这里，离开了以后就不要再回来了，这是不属于自己的地方，不属于自己的朋友，也是不属于自己的人。

他刚半起身，手还没离开桌面，突然被贝律清拦住了。

"先吃饭，什么事情都等吃饱了再说！"贝律清淡淡地又补充了一句，"替我把鱼籽剔掉。"

贝律清吃寿司从来不吃上面的鱼籽，每次都是路小凡帮忙剔到自己碗里，路小凡吃鱼籽，贝律清吃寿司，让路小凡想不明白的是，贝律清如果不喜欢吃鱼籽寿司，可以不点，但贝律清又每回都点。

他从来不问贝律清为什么，贝律清想做什么不需要跟他说理由。

林子洋笑道："喂，你气性可真不小，得，你子洋哥今天特地点了两份海胆刺身，那可都是点给你的！"

"谢谢子洋哥！"路小凡熟练地将剔掉鱼籽的寿司放到了贝律清的盘子里。

"你闹了这么一出，两份海胆就完了？！"贝律清轻哼一声。

林子洋笑道："我这不是侠肝义胆，见不得陈世美吗！谁知道那么巧，那陈世美就是小凡的哥哥呢！"

路小凡的手一顿，林子洋掉头笑道："哥也不用瞒你，小凡你哥搞怀孕的那个到处维权，刚巧我撞上，是我告诉她明天路小平单位有人去视察。你不会记恨你子洋哥吧？"

路小凡愣了一下，低头道："不会，那是我哥自己不对！"

林子洋打了个响指，道："我说什么来着，小凡就是这点好，通情达理，知情知趣，我就说他一准不会生气，这生气多见外！"他说着给路小凡倒了一杯清酒笑道，"来来，今天子洋哥请客，这是今天刚从日本空运来的新鲜货色，听说下轮渡都还没超过二十四小时呢！"

贝律清最喜欢在夏天吃日本刺身，夏天冰镇过的新鲜刺身，有一种冰凉的甜意。贝律清是那种话很少的人，通常一餐吃下来，路小凡知道吃得很贵，却稀里糊涂地不知道自己在吃什么。因此，这一餐托林子洋的福，倒是长了不少见识。吃到一大半的时候，贝律清又打铃，会员制的日本餐厅用的都是日本籍服务员。路小凡听着贝律清用日语点了一些东西，他没听明白，倒是林子洋笑着道："你点这些寿司、天妇罗、干煎带籽做什么呀？"

贝律清平淡地道："这不就是想让你多破费几个的意思？"

"嘿！"林子洋露了露牙，却没多说什么。

两大盘刺身早把三人吃得够够的，后面点的根本就吃不上了，路小凡习惯性地盯着那些吃剩下来的食物，他是那种有着过冬田鼠一样习性的人，见不得食物有剩，有剩的食物都要拖回家。

贝律清也不看他，只拿着纸巾擦了一下手，道："打包带回去？"

林子洋又笑了一声，路小凡惊醒了一般，连忙双手举起来摇了摇，道："不用了，真的。"

贝律清却转头对林子洋道："我怎么从来没发现你这么爱笑！"

林子洋干咳了一声，道："贝爷，我该死，我不该笑！得，我照今天的菜单原样打包一份替小凡送到他家去，行了吧！"

"这么好？"贝律清淡淡道。

林子洋苦笑道："那路小平的工作我安排，得了吧？"

贝律清淡淡地道："小凡，还不谢谢你子洋哥？"

路小凡连忙站起身来，给林子洋鞠了个躬，道："谢子洋哥！"

林子洋"哦哟"了一声，大笑道："小凡，你这是折煞老夫啊，这么点大的事你说你行什么大礼呢！"林子洋挥手打铃叫来服务员。

路小凡道："子洋哥，真的不用，你别点，我也带不了这么多回家！"

"回家？"林子洋看看路小凡："你今天的家政技能没有点亮啊？"

路小凡愣了一下，他觉得自己太久没当跟班，确实把职业素养都抛在脑后了。

三人下了楼，贝律清去开车，林子洋提着个包裹站在门口笑道："小凡，子洋哥跟你说句体己话……"他一指贝律清的修长的背影，道，"律清刚来这边，家里事情正乱着呢，你去帮帮忙，也算搭上了关系，以后有什么事情需要帮忙，还不是他一句话的事。"

贝律清的车子很快就转出了停车场，林子洋拍了拍路小凡的肩，笑道："那子洋哥就给你妈和你哥送吃的去了啊！"

林子洋一开口就是你妈跟你哥，显然路小凡的状况不用说，他跟贝律清也都知道。他们知道路家一家三口挤在路小凡的小破单间里，知道路妈每天早上只买一根油条，也许还知道路小平在家要死要活的。

自己这个要死不活的状况得以改善，可能完全得益于贝律清对自己还有那么一点点残留的善心，路小凡站在那里不知道自己是不是要感到庆幸。

贝律清上了车，很自如地打了个方向盘道："林子洋又说什么怪话了？"

"没……"路小凡小声地说道。

贝律清淡淡地道："你放心吧，替你哥介绍一份工作，林子洋一定办得到。"

"知道……"路小凡低头道，就算贝律清不说，路小凡也知道林子洋替路小平弄一份不错的工作，就像搞掉他一份工作那么容易。

贝律清的车子停在一处公寓楼下,路小凡跟着贝律清上去，看起来这是贝律清在天津的住所，跟北京的住所一样，位处高档住宅小区，相对僻静的位置，不是很招眼却很舒适。

路小凡进去之后，发现竟然跟贝律清在北京的住所一模一样，他不禁有一点愣在那里，贝律清道："愣那儿做什么，随意坐。"

贝律清弯腰拿起了沙发上的钥匙，道："我还有一点事，你在这里自己待一会儿。"

路小凡看着贝律清出门，有些茫然地把房间都看了一遍，不止客厅一模一样，别的地方也都一模一样，这是贝律清能干出来的事。

贝律清回来的时候，路小凡正在摆弄一个机器，隔了一会儿放进去一张 CD，接着电视上便有图像出来了。

"看录像吗？"

"这是录像？"路小凡倒也不惊奇，贝律清喜欢摆弄这些新鲜的电子产品，这些玩意儿在他这里比在电子讯报上的信息还要来得快。

"DVD。"贝律清坐回了沙发上，他修长的双腿搭在一起，路小凡扫视了一下四周，坐到旁边那张单人沙发上。

因此两个人，一个抱着双臂沉着脸坐在三人沙发上，一个半欠着身，歪着脑袋坐在单人沙发上看起了盘片。

盘片出来居然是《白发魔女后传》，路小凡顿时来了精神。

名门正派的弟子卓一航终于发现自己爱魔女练霓裳原来是超过一切的，但头发已经白了的练霓裳却对往事不想再提。她问卓一航："你能让我白了的头发变黑吗？"路小凡想她这句话就跟问"泼出去的水还能收回来吗"一样，是差不多的意思。

练霓裳拒绝了卓一航，路小凡想她大概不是不爱卓一航，只是变聪明了，她没有能够潇洒地来，但挺潇洒地走了。

卓一航在天山上等了六十年的雪莲，只为了能求得令练霓裳头发变黑的花朵，路小凡末了内心还是掉了同情的泪水。

贝律清突然起身。

"明早我要喝瘦肉粥。"

路小凡转过头去，看见贝律清补充道："别放葱。"

"不放葱会腥啊！"路小凡不满地道，贝律清就是这毛病，最恨吃葱，不管是北方的圆葱还是南方的小米葱，他大少爷一概不吃。

"你多放点姜丝。"贝律清声音沙哑，很有磁性。

如果是旁人，也许接下去就不会浪费贝律清的时间，跟他讨论粥里面要不要放葱了。但是路小凡却不同，比起姜丝他更计较瘦肉里面要放一点葱会比较好。

"你想办法！"贝律清坚持道，"不要放葱！"

"那我放芹菜吧。"路小凡妥协道。

贝律清懒散地"嗯"了一声，回房睡觉去了。

第二天一早，贝律清就被外边的碰撞声吵醒，路小凡打开橱柜准备熬粥时，只觉得脑袋"嗡"的一声，以至于一头撞到了橱柜上。

"怎么了？"贝律清在里面问了一声。

路小凡不好意思道："没……没什么，不小心撞了一下。"

贝律清似乎略有一些没好气地道："你怎么总是这么笨。"

路小凡臊得脸通红，以至于贝律清起来喝粥的时候，拿起碗疑惑道："怎么脸这么红？"

路小凡的头几乎趴在了碗里，道："没……没什么！"

贝律清慢慢品着粥，一等一的粥熬来都需要耐性，路小凡无疑极有耐性，每个米粒都将化未化，肉丝也切得极细，像是跟粥融为了一体似的。

"我明天想喝鱼片粥。"贝律清碗里的粥都还没喝光，就又给路小凡下了明天的任务。

路小凡微微一愣，自己住的地方离这里可不近，每天坐上一个多小时的公交车来这里，再熬粥，那班都不用上了。

"像这样的周末行不行？"路小凡低声问道。

"你也可以不来。"贝律清的语调顿时冷了几分，他又不缺一个家政。

路小凡嗫嚅，有一点为难，但贝律清有需求，他也不能不满足，于是便道："那成，哥，我天天早上把粥给你熬好带来。"

贝律清听到这里，突然露齿一笑，道："随便。"

路小凡觉得贝律清的那一笑蛮瘆人的。

贝律清一路上都沉着脸，路小凡自然不敢多嘴再惹他不高兴。等到了目的地，同行的许姑娘老远就看见了他，从后面拍了一下他的后背，见他掉过头来瞧她，便笑得前仰后合地道："哟，凡凡，今天有专车送，这么高级。"

许姑娘是地道的北方人，再加上长年东奔西跑做业务员，个子又高，漂亮得挺粗糙，漂泊在外，快三十了还没有成家。她一见外表木讷、瘦小的路小凡就萌生了一种天然的母爱，明里暗里多次对路小凡表达过她有意思。

路小凡呢，也不是没想过等贝家的事定了，回头跟许姑娘试试有没有可能在一起。所以，路小凡跟许姑娘一直就处于将始未始的萌芽状态，许姑娘亲热的举动也就合乎情理了。

"许姐。"路小凡相对客气地道。

许姑娘看了一眼漂亮的进口跑车，笑道："这谁的车子呀？挺正的呀！"

她说笑着呢，从车子上下来一个男人，许姑娘的笑声都噎了一下，她没想到从车子上下来的男人更正，说话都有一点结巴了，道："凡凡，你……你朋友啊？"

路小凡本以为贝律清心情不爽，会把他扔下就开车走了，他怎么也没想过贝律清竟然下车了，连忙道："我哥！"

第十二章
安生日子

许姑娘连忙伸出手，道："久仰，久仰，凡凡一直都有说起过你，说你在单位能说能写，大才子啊！"许姑娘是错把贝律清当路小平，以为是跟路家人头一次会面，连忙开口奉承以期得到一个不错的开门红。

　　贝律清也没动，只是挺淡地修正了一下，道："他是我妹夫。"

　　许姑娘东奔西跑也算见识挺多，对贝律清这样的男人虽然开头惊艳，但什么能抓得牢什么抓不牢分得挺清，抓不牢的东西她自然也不会太热情，更何况听到贝律清这么一开口，就觉得贝律清对自己没什么善意，便扬扬浓眉笑道："嘻，小凡的事情我都知道，不就是等离婚吗？"

　　路小凡顿时头皮有一点麻麻的，许姑娘捍卫自己地盘的意思太强，却不知道自己在跟谁说话，他连忙插嘴道："哥，我们早上要去拿计划单，先走了啊！"

　　他说完扯了扯许姑娘的袖子，就把她拉走了，贝律清自然不会太高兴，路小凡也是有数的，所以晚上早早地到了贝律清那里准备做饭煲汤。

　　贝律清坐在沙发上一直把脸拉得老长，报纸翻得"哗啦哗啦"

的，路小凡都不知道他到底是在甩报纸还是在读报纸。

两人勉强和平地吃完了饭，路小凡收拾收拾准备走人，道："哥，你还有事没事，没事我走人啦！"

贝律清也不说话，突然把大门钥匙往茶几上一丢，路小凡一看大门钥匙，犹豫了一下，小声道："哥……你是要我明天给你买东西送回来？"

贝律清不答。

"拿东西？"

路小凡只好接着猜测道："给你锁门？"

"配钥匙？"

最后路小凡勉强道："那个……哥你想给我大门钥匙？"

贝律清深吸了一口气，路小凡松了一口气，虽然没有得到答案，但看贝律清的表情似乎这是正确答案了，他连忙道："哥，真不用，你要是想让我来帮忙，给我一个电话就可以了！"

贝律清终于开口说话了，他额上的青筋颇有一点突突地道："路小凡，你别太看得起你自己！你没离婚之前，还是我贝家的人！"贝律清不喜欢既定生活被打破的可能性，就像此刻路小凡。

路小凡从没见过贝律清这么明白地生气，尤其是说的话完全不符合他的性格，重要的是也不符合他的格调，不禁畏缩了一下，嗫嚅地道："哥……"

贝律清深吸了好几口气，好像是努力使自己平静下来，然后露齿一笑，道："路小凡，你要是走出这个门，以后就别再来了。"

路小凡喃喃地有一点为难，道："好吧，我早上过来给你……"他话说到一半见贝律清的神色委实不善，连忙缩了回去，唯恐得罪他，怕将来不知何事求他帮忙而求见不得，小心问道，"那……那我搬过来住，可以吗？方便照顾你……"贝律清不置可否地点了点头。

路小凡弯腰将钥匙放到了公文包里，贝律清的神情总算缓和了许多。把路小凡送到了工厂门口，他从车窗内递了一部手机给路小凡，淡淡地道："拿着！"

路小凡接过来一看，有一点像自己丢掉的那部手机，突然眼睛一热，好像心那么一软，连同着背脊都弯了起来。

路妈听说贝律清现在正在天津，已经托了朋友，会给路小平介绍工作，欢喜得眼泪都要掉下来了，又听说贝律清想喝路小凡熬的粥，便连忙催促道："那你就去吧，搬过去也方便给他熬粥，一定要多谢谢律清！"

路小凡"嗯"了一声，内心复杂。路妈好像从来没有考虑过他寄人篱下的处境。

他跟贝律清又进入了平和稳定期，晚上贝律清就算不回来吃饭，也会回来喝汤。

路小凡假期就带着贝律清四处吃好吃的，贝律清其实对吃一般般，但是路小凡非常热衷，嘴巴也很刁，而且吃到好吃的东西后回家再给贝律清做一遍也是他的乐趣之一。

通常贝律清都会多点，剩下的路小凡自然打包给路妈、路小平送去，贝律清的车子从来都是停在巷子外面不进去，路小凡也不勉强。

路小平每次看到满桌子精致的食物，都会边吃边酸溜溜地道："妈，你看到有钱人的好处没？咱没的吃，人家吃不了！"

路小凡反驳道："这是哥自己掏的钱，跟贝爸什么关系！"

路小平"哟"了一声，道："妈，你听听，哥，他叫我的时候有这么亲切过吗？！"

路妈瞪了路小平一眼，道："这么多吃的还塞不住你的嘴巴，你能跟人比吗？律清伸一根手指头都比你这个人强！"

路小平碰了一鼻子灰，讪讪地道："得，咱知道，咱不就是没有像律清那样的大舅子吗？活该睡在破屋子里，天天馊饭加萝卜干。"

路妈不去理会路小平的阴阳怪气，拉住路小凡的手道："替我谢谢律清啊，你在他那边要好好的，听话一点，别给律清惹麻烦！"她末了又道，"律清爱喝粥，你熬得行不行啊，要不要妈去给他熬？"

路小凡本来听着路妈的话一路点着头，听到这里连忙道："不用，不用，妈，你不知道熬法，可烦了。"

路妈听了点点头，其实她看见贝律清也挺瘆的，这个并不欠他们分毫、从没有给过他们难看，反而一直在帮着他们全家的贝家长子，路妈也是不由自主敬畏的。

路小平在一边，说道："妈你会熬粥，怎么天天叫我吃馊泡饭啊？！"

"吃你的吧！"路妈没好气地道。

路小凡知道路妈想什么，便道："妈你放心吧，哥已经托人在找工作了，很快就会有消息的。"

路妈顿时喜笑颜开，道："哎，哎，那还不是律清的一句话。"

路小凡坐了那么一会儿，就赶紧告别路妈他们。

"你不再坐会儿？"路妈有一点小失望，路小凡每次来都只这几句，连他自己的事都顾不上说，路妈很想知道他既然跟贝家又取得了联系，关系也复合了，那么跟律心的事情怎么说啊，什么时候回京城啊等。

但路小凡可没时间跟她说这么多，门外贝律清等着呢，他可不敢让贝律清等太久，他知道贝律清特别不喜欢他跟路小平在一块儿。

路小凡一走，路小平在他背后道："妈，他每次来连五分钟都坐不到，我早跟你说过，他的心是在贝家的。上次那么闹没准是闹给咱们看的，让咱们以后啊，别上他们贝家去！"

路妈没吭声，良久才叹了口气，道："你以后少给凡凡惹麻烦，咱家够麻烦他的了，你知道不知道？"

路小平道："他不是你生的？你叫他做点事，那叫麻烦？再说了我们家麻烦他们家什么了。妈你在乡下不知道，像他们这样的人家，我们的事情简直就跟毛毛雨似的，他们只要给别人一个眼色，我们能比现在好很多！那不是人家不能做，那是看人家有没有这份心！妈你放心，咱也知道这几年我们家没起来，是要看贝家的脸色，等我们家起来了，咱不求他们！"

路妈顿了顿筷子，道："那就最好了，但要记住了，律清跟凡凡可没亏待你！"

路小平自己夹了一块牛腩放在嘴里，道："知道了，妈，你要说几遍？"

路小凡一路气喘吁吁地跑到贝律清那边，上了车还在喘气，贝律清发动了车子道："路妈还好吧？"

"挺好的……她挺挂念你，还说我熬的粥不好，她要给你熬呢！"路小凡顿了顿，抓住时机给路妈说了几句好话，免得贝律清光记着他们家要把小的嫁给他的事情，这一家两只癞蛤蟆想吃他这块天鹅肉，也怪难为情的。

贝律清看了他一眼，道："什么时候把路妈接出来，我带她老人家四处转转，她来了这里，只怕是被你那哥搅得就没过过几天安生的日子。"

路小凡转头看了看贝律清的侧面，眼睛湿湿的，低声道："哎……"

林子洋办事效率一向挺高，但这次倒是不快，足足让路小凡等了半个多月，才约见了他跟路小平。

路小平唯一见过林子洋的那回，便是他给他们家送了一大盒子海鲜刺身，当时路小平就觉得林子洋的派头不像是他嘴里说的给贝律清当跑腿的，后来从路小凡那得知林子洋的真实身份后，再见面时自然便热情非凡，恨不得能跟林子洋称兄道弟。

林子洋跷着二郎腿笑眯眯的，路小平可不知道正是这位看起来远比贝律清随和的仁兄毁了他的前程。

"路哥，您也甭太客气，咱是替律清办事的，他吩咐我给您找一个工作，我也不能随便找个工作给您，您说是不是？那得尊重您的意愿，您看看，想要什么样的一份工作？"

路小平搓了搓手道："林大哥真是个爽快人……我觉得吧现在这个时代，以后一定是经济当道，我这么看，林大哥您觉得呢！"

林子洋微微一笑，也没回答，路小平道："所以……我想干一份经济工作！"

"经济工作可有很多种啊，你有具体想做的岗位没？"林子洋抬手给自己倒了一杯茶笑道。

"我想做证券工作！我听说 WD 正在招人呢！"路小平连忙道。

林子洋还没开口呢，路小凡连忙道："不行！"

"你这人怎么回事！"路小平急了，道，"你哥跟人说话呢，别人还知道尊重你哥的意思！"

林子洋悠悠地道："可不是，为什么不行啊？"

路小凡鼓胀着脸，他当然不好意思当着林子洋的面，说路小平只怕又是想钻什么空子，只反复地道："他不适合干这个！"

"你又不是我，你怎么知道我不适合干这个！"路小平眼见着路小凡一个劲地挡他的财路，眼都快红了，在桌子底下死命地踩路小凡的脚。

林子洋也不去理会他们兄弟的争执，笑道："WD 的路总我是认识的，关系也不错，让你进去也不是多大的难事儿。不过咱有一句丑话说在前头，证券这行业你进去了，干好干坏都是自己争来的，我可帮不了你！"

路小平连声道："一定，一定。"

路小凡眼睁睁地看着路小平一路赔笑着送林子洋出门，贝律清听说路小平要去干证券工作也皱了一下眉头，但没多说什么。路小平就这么走马上任了，对于这件事情路小凡也无可奈何。

为这事路涛还特地请了路家兄弟与贝律清吃饭，其实路小凡知道路涛请他们俩是假，请贝律清是真，但他既然给了路小平一份工作，又客气地请吃饭，贝律清似乎没有推托的理由。

路小凡本来没指望贝律清会去，毕竟换了他自个儿，大概也不太愿意跟路小平扯上太深的关系，但是没想到贝律清竟然答应了。

路小凡知道贝律清其实很不喜欢沾上这些俗务，再说了他既然明确表示不愿意跟路涛合作，肯那么为难前去，即便是敷衍也很够意思了，所以那两天他对贝律清特别地殷勤。

路涛那天还特地带来了一个助手，指着他笑道："沈至勤，我们期货市场最好的操盘手，我就把小平交给他了，给他下了死命令，务必要把小平调教成一个高手！"

路小凡看那助手，人挺高也算英俊，但好像兴致并不高，路涛说得情致激昂，他都没给托一下下巴。

林子洋笑道："哟，这名字怪亲切的呀！"

沈至勤挺冷淡地道："小市民，不勤快点哪成？"那高傲的程度比林子洋这个大牌还大牌。

林子洋指着他对路涛笑说："有点意思！"

路涛打了个哈哈道："他呀，就那样。"

路小平见林子洋青睐也跟着说了几句客气话，哪知道沈至勤始终有一下没一下的，一点不显得热情，对于其他人就更不用说了，只闷头吃自己的。

路小平见这人这么不善交际，想必也是个死守盘的，也没太看重他，乐得跟路涛林子洋他们一通海吹。

林子洋端起酒杯笑道："路总，我这杯酒得敬你，谢谢你给的就业机会。"

路涛回敬了一杯酒笑道："子洋，咱也都是实在的人，就不用闹这个虚的，我这也不是卖你的好，那是纯粹为了讨好你背后那尊大菩萨。"

林子洋哈哈一笑，也不以为意，笑道："嘻，咱们这是合作，谈不上谁讨好谁。"

路小平举杯道："以后有律清跟子洋哥的支持、路总的指导，咱们必定能财源广进。"

路小凡有一点看不太下去了，道："哥，你还没给你师父敬杯酒吧！"

路小平才"哦哟"一声，连声笑道："还是小凡说得对，这酒得敬，要敬。"

他拉长了语调，像是挺幽默似的，哪里知道沈至勤一点也不领情，只道："路总，我吃饱了，先走了啊！"他说完就拍拍屁股走人了。

路小平不禁有一点尴尬，路涛也不好意思，道："小平别怪，他天生的，整天看盘把人看傻了。"

路小平收回了手，笑道："咱倒没什么，新丁嘛，不过他对路总您也都这么倨傲？！"

路涛笑了笑，叹了口气道："没法子，他技术不错，倨傲就倨傲吧。"

"这哪行啊，他再能，能能过您路总？"路小平跟打抱不平似的，道，"路总，您这人真是太宽厚了啊！"

路小凡本来听着，听到这里忍不住道："人只要有真本事，不爱跟人交际又怎么了？！"

路小平指着路小凡冲着路涛"哈"了一声，摇了摇头，意思是我这弟弟就这白丁。

他们正闲话着，贝律清推门进来了，一进来林子洋就满面春风地道："该罚，该罚！"

林子洋笑道："律清你这迟到迟得，不是吃饭，是结账来了吧！"

贝律清笑道："这客本来就该我请。"

路涛把手伸给贝律清，笑道："律清，咱可有些年头没见了啊。"

贝律清坐在路小凡身边，微笑道："您路总忙啊。"

"哦哟，你这话说得。律清，子洋知道我这都约你几回了，你都推了！"

贝律清笑道："我这不是来了吗，我认罚还不成！"他说

216

着给自己倒了杯酒，一干而尽。

路涛笑道："哦哟，路哥我可没有怪你的意思，我这人就是这臭毛病，殷勤过度，小凡都被我吓得要从我那儿销户呢！"

路涛这人看起来文质彬彬的，但胜在没什么架子，姿态也摆得低，倒是挺容易给人好感，跟人打成一片。他这么一说大家都笑开了，连贝律清都笑道："路总你把谱摆得忒小，故意吓唬小凡，欺负他呢吧！"

路总指着贝律清道："听听，这开口就帮他自家人呢！"

路小平一顿饭吃下来兴致特别地高，感觉自己似乎总算踏入了上层阶级的领域。

路涛跟林子洋他们也丝毫没有回避，他们讲了很多内幕。

路小平听得热血沸腾，这就好比贝沫沙过去只是给聚宝盆当当顾问，可如今就要变成聚宝盆的主人了，这不等于自己离得聚宝盆又近了吗，怪不得路涛这么红的一个证券行总经理，要这么百般讨好贝律清。

路小平连连给路小凡使眼色，偏偏路小凡的那眼神就跟被糊住了似的，完全领会不了路小平的意思，光知道低头吃自己的，路小平一口血差点喷出来，只能恨铁不成钢地看着自己的弟弟。

路小平转念一想，路涛似乎也非常巴结路小凡，即便是林子洋也时不时地冲着路小凡逗笑两句，虽然路小平不知道为什么他们都这么看重这个不识眼色的弟弟，但是对自己总是没有坏处的。

这顿饭并没有涉及太关键的东西，路涛试探了一下贝律清，贝律清既没表示拒绝，也没有明确答应。路涛也不是一个喜欢把事办绝的人，所以这顿饭还是吃得挺高兴的。

贝律清当面没给路涛什么意思，但隔不了多久，他就在WD 的期货市场开了个账户，也进出了几笔，第一笔交易完成后路小平就已经激动得约路小凡见面。

"你知道贝律清一单赚了多少钱吗？"路小平眼睛都红了，激动道，"一百六十万啊，一百六十万啊，小凡，我一个月统统拿到手都只有两千块，一年才二万五千块，我要干六十四年的活才能拿的钱，他眼睛眨一下就拿走了！"

路小凡低头闷吃自己的盒饭，也不吃惊，一百六十万对贝律清来说，也就是个试水吧，看起来贝律清也不是一点没有跟路涛合作的意思。

他见路小平还在那儿喘粗气呢，就抬头道："你怎么知道哥的单子？！"他顿了顿道，"路总不是把哥的单子交给那个沈至勤处理的吗，他不会给你看账户的吧？"

路小平讪讪地道："是，我趁他上厕所偷看了几眼！"

路小凡有一点生气地道："你偷看哥的账户做什么？"

"看看有什么了不起的？！"路小平一脸不满，道，"你整天把贝家说得跟朵白莲似的，闹了半天人家是不愿意带我们一起发财而已。"

路小凡头昏脑涨，大声道："路小平，你省点心行不行？"

路小平还没见过路小凡这么大声，态度这么不恭敬地跟他说话，跟路小凡不欢而散。

路小平思索了两天，决定还是要家里向路小凡施压，他也知道跟路妈说不管用，便给路爸一连打了几个电话。

具体的内容，一是说了证券市场来钱多么多么快；二是说贝律清本人来钱有多么快；三是说自己现在就是干这行，原本十拿九稳可以跟着贝律清发财，人家当着自己的面说了这么多内部消息，也明显没把自己当外人，但现在倒是自家人拦着。

路爸在家里没经过路小平再就业的忐忑，心还很大，也很把路小平的能力当回事，再加上大儿子画的那张大饼，便给路小凡打了个电话，意思是要帮帮哥哥，那才是真正的自家人！路小凡没法子只好前面听了，后面忘掉只当作没听见。

路小平见路小凡那里没动静，急了，尤其是沈至勤是个闷葫芦，十问九不答，动不动就来一句："多看盘。"

而且也不知道沈至勤是不是发现路小平偷看他的计算机，居然在计算机上加了密码，他哪怕去倒个水，也是先密保了再说。

知道别人的钱以百万计地进进出出，自己却看不见，路小平可以说是心痒难耐。

第十三章
熟悉的人

卓新来了天津，林子洋招待接风，卓新看见路小凡后不禁失声道："怎么又是你啊！"

路小凡颇有一种被人当面指着鼻子道"你怎么又做贼"的感觉，贝律清把餐巾摊开，道："你有意见？"

卓新也知道自己有一点冒昧，连忙转移话题道："李文西是不是在你这边？之前还打电话说要一起玩一玩股票。"

贝律清抬眼露齿一笑，道："翻脸了。"

卓新气呼呼道："怨不得上一次我碰见他说合作的事情，他居然说没兴趣。"

林子洋笑道："你就犯贱，能合作固然更好，不能合作也别勉强。"

卓新"哼"了一声，道："就怕他存心来拆我们的台，那也挺麻烦的。"

贝律清喝了口水，露齿一笑道："我会怕人来拆台吗？"

"别忘了，李家再能耐他们的市场也在香港……"林子洋笑着用食指指了指地上，道，"这儿是咱的主场，在这儿玩，他得看我们的脸色！"

卓新也笑了，又道："不过李文西资金雄厚，他有家族背景，真的砸起仓来，我们可未必是他的对手。"

"资金的事你就别操心了。"贝律清拿起餐巾纸擦了擦筷子。

电视里刚好在播股市新闻，国内股市一路暴跌，从一千多点跌到了三百多点，堪比高阶跳水运动，整个直体下落，股民连挣扎一下的余地都没有。

林子洋听了笑笑，路小凡便知道跌得这么惨的人里面一定不会有眼前这三个人。

路小凡跟贝律清吃完饭便径直回去了，两人边吃水果边聊天，路小凡把苹果切成了小块，贝律清翻着文件。

"你觉得维也纳怎么样？"

"挺好的呀！"

维也纳什么的，路小凡全然没概念，大约也只是在一些风景画报上看过一两幅图片，但是贝律清特别提出来，大约总归是不错的。

"我想以后就在那里定居。"

路小凡还没有来得及回答，一阵门铃声突然响了起来，路小凡也不好去开门，小声提醒道："哥，有客人来了。"

贝律清没搭理，不一会儿路小凡的手机响了，他尴尬地看了一眼贝律清，小声道："大……大概是我家人。"

路小凡也知道自己的小手机太显眼，所以几乎不怎么向人展示，会打电话的除了贝律清就是自己家里人，这么晚还会打电话过来的，不是路爸大约就是路小平了。

"小凡，你搞什么啊，为什么不给我开门？"路小平开头就是这么一句。

路小凡顿时蒙了，道："你……你在哪里？"

"在你们楼下啊，你们物业明明告诉我你们在家！"路小平嚷嚷道，"我按了半天的门铃，怎么你们也不开？"

路小凡思虑再三，这个时候说什么大约也没办法阻止路小平上来了，只好按着话筒看着贝律清歉意地道："我哥……在下面！"

贝律清也不答话，只是起身朝着厕所走去，路小凡才对着手机道："门铃不太好，我就来。"

他用可视电话把下面的门打开，隔了一会儿，路小平提着一个大水果篮子笑眯眯地走了进来，道："哟，饭都吃过了！"

路小凡看着那水果篮子，头皮麻麻地道："你买这个想做什么？"

路小平瞪了他一眼，道："你说什么呢，我是来谢律清给我找工作的，能空手来？你怎么就一点不懂人情世故。"他环视了一下屋子，啧啧地道，"看人家这装修，真不错，看上去就特别地悠闲，这是什么风格来着？"

"地中海。"路小凡接过他的水果篮，一时之间想了好多个念头，不知道哪一个才能应付得了他。

贝律清从厕所里出来，路小平连忙笑着打招呼："律清，饭吃了没？"

贝律清淡淡道："小凡刚才不是回答过你了吗？"

路小凡顿时一阵尴尬，路小平略略讪笑了几声，道："我今天是特地来谢谢你的！"

贝律清往单人沙发上一坐，两条修长的腿搭起来，懒散地道："谢你弟弟就好了。"

路小平道："是，是。归根结底，我知道律清也是看在我们两家的关系上才出手帮我的，要不然像您这样有地位的人，怎么可能管我们这种小市民的事情。"他转头对路小凡道，"快把我的水果给律清切一点去，你怎么都还愣着。"

路小凡看了一眼贝律清，见他挺淡地道："不必，刚吃过水果了。"

路小平才掉转过头来搓手笑道："其实早就想来了，只不过在工作上一直也没啥成绩，觉得挺替您丢脸的，所以也不好意思来。"

路小凡连忙起身给贝律清倒了一杯咖啡，贝律清常年在外特别喜欢喝咖啡，日子久了，路小凡也学会了一手磨豆煮咖啡的好技术，家里的咖啡从来不断。

贝律清接过路小凡的咖啡，道："不用客气。"

四个字，不咸不淡，还是收尾句。

路小凡一再给路小平使眼色，贝律清说话不给人留活口，那就是没得谈的意思。

路小平却完全不去理会弟弟的眼神，接着对贝律清讪笑道："律清，像您这样有智慧的人，咱们也不用在您面前藏着掖着，我知道您是 WD 的大客户，我就是想问……能不能让我给您当操盘手？"

路小凡顿时觉得自己的背脊都冒出了一身汗，连忙开口道："哥，你说什么呢，沈至勤那是 WD 的头牌操盘手，你一新丁怎么跟人家比啊！"

路小平滔滔不绝地道："一家人咱不说两家人的话，咱是新丁没错，可是那沈至勤会有我们自己人来得保险吗，谁知道他背后到底有没有什么其他猫腻啊，对不对？"

贝律清轻轻吹了吹咖啡上的泡沫，没有回答他的话，倒是路小凡插嘴道："哥，这事没得谈，你就不能踏踏实实地做好你自己的事情？"

路小平瞪眼道："小凡，这大人说话你插什么嘴，我想替自己人办事，那就是想踏踏实实地办事，踏踏实实地给自己人办事！我这么跟你说吧，沈至勤就那么可信？小凡，这越是看上去没毛病的人，这毛病就大了去了。沈至勤每天看盘，跟人说话从来不超过三句，你就不觉得这操盘手也忒完美了一点？"

贝律清把咖啡放边几上道："成啊……"

路小平大喜过望，路小凡倒是惊得张嘴结舌，连连道："哥，他什么都不懂啊？！"

路小平急了，道："我需要懂什么？律清指哪儿我打哪儿，再说了律清有的是消息，我能亏吗？"

贝律清起身道："那就这样，我还有一点事要出去一下，你们兄弟聊吧！"

路小凡觉得贝律清的语调虽然平常，但是整个室内的温度像是顿时下降了几度，路小凡靠在沙发上有一些发寒。

路小平见贝律清走了才得意扬扬地道："小凡，你说你整天跟在人家屁股后面，做饭，倒茶，把自己整得跟个仆人似的，你混到了啥？得了，哥知道你也就这出息，放心吧，哥混到了好处是不会忘记自己弟弟的。"

路小凡有气无力地把路小平送出了门，贝律清也不知道是几点回来的，路小凡睡着了他还没回来。大清早，路小凡蹑手蹑脚地起床，把粥熬好。

等贝律清洗漱完毕，起来喝粥的时候，路小凡再三观察，觉得贝律清的脸色也还算好，才小声道："哥，你真不用去理会路小平，他说什么你不答应不就完了吗！"

贝律清将碗里的葱挑出来，挺淡地道："那不是没完没了吗，你们路家从来是不达目的誓不罢休的，他既然要试那就试呗。"

路小凡嗫嚅地"哎"了一声，将碗筷放入池中，总有一种大祸临头的感觉，以至于上班的时候一直频频给路小平留言，发消息，叫他千万不要出错。

他拿着手机躲在厕所里打电话，头一抬看见许姑娘从女厕所里出来，这么狭路相逢未免有一点尴尬。许姑娘先是愣了愣，嘴巴动了动，但看到他手里的小手机，都不等他开口就匆匆走了。

事态也并没有路小凡想的那么糟糕，路小平的脑子还是挺活的，替贝律清打理账户似乎打理得也不错，月底分红拿到了百分之一的提成，足足拿了一万多块。

钱一到手他给路妈买了一只金戒指，又给路爸买了一只，给路小的买了一套裙子，给路小世买了一台 CD 机，也没忘给路小凡买一口新出的不锈钢锅子，剩下的钱给自己添了一部手机。路妈几乎是要喜极而泣，路小凡也很开心，不停地跟路妈讲哥有眼光，这锅子买得好，都不起油烟。

路小平在旁边指点道："这口锅子老贵了，知道吧！你说你认识贝律清这么久了，怎么还是一个土包子？他缺钱吗，你知道他多有钱？你还用一口大铁锅子炒菜，把满屋子都炒得油腻味！"

"知道，知道！"路小凡憨厚地笑道。

路妈瞪了路小平一眼，道："买口锅子你了不起，你知不知道你有今天靠谁啊？"

"跟你也说不清！你愿意认为我靠谁就靠谁好了！"路小平把手一挥，掏出手机拨了个号，就在门口大声地通起电话来。

路妈在路家从来说一不二，还没被人这么无视过，不禁有一些不开心。路小凡说了好些笑话哄她，她也只是叹了几口气，拍了拍路小凡的手。

儿子没事，她买了票就回老家了，路爸一得到金戒指恨不得满村跑个遍，弄得人人都知道路小平在城里混得有多好，一个月万把块钱。

因为路小平的发迹，足以证明了他之前的想法跟观点是多么正确，财大气粗的路爸连带着对时常跟路小平唱反调的路妈都有一点轻视了，指点道："路妈，你呀，别整天小凡小凡的，我跟你说，咱家啊有点出息的也只有小平。你说小凡在人家贝家这么多年，还混得个要死不活的工作勉强糊口，你以后多听听小平的，这孩子从小脑子灵活，看问题深刻。"

路爸一篇大论，路妈没有吭声。

路小平继续发财，路小凡继续熬汤，贝律清虽然请了假，但似乎人一直都很忙。

路小平常跟路小凡神秘地道："贝律清他们一定要做一票大的，绝对，你信我！"

路小凡眼皮都不抬，道："你管哥干什么呢！"

路小平不屑地道："跟你真说不到一块儿，我跟你说这农业板块这几个月肯定要出一个大消息，贝律清他们肯定一早就知道那消息到底是什么。路涛贴得这么紧，肯定就是想搭个顺风车！"

路小凡这个时候正在超市准备年货呢，哪有工夫听路小平在电话里叽叽歪歪，嘴里"嗯"了两声，道："你替哥做好盘子就行了，别管这么多！"

路小平差点要被路小凡气吐血了，道："你还真是木头，这么一辆大顺风车别人都挤着上呢，你就不能长个耳朵，你不想搭也让你哥搭一搭啊！"

路小凡道："这开个账户还要三十万呢，你又没钱开账户，想那么多做什么啊？挂了！"

路小凡说着"吧嗒"便把手机挂了，但心里想想到底不太踏实，贝律清晚上回来吃饭的时候，路小凡闲聊了一会儿，找了一个话题问："我哥他做事还行吧？"

贝律清本来神色挺和气，突然听到路小凡提起路小平便皱了皱眉头，道："快吃饭，他的事你不用管！"

路小凡听贝律清好像不太高兴，便嗫嚅地道："我怕他给你惹麻烦。"

贝律清挺平淡地道："我倒不怕他给我惹麻烦。"

这话不上不下，听着挺含糊，路小凡自然不敢接着贝律清的话问，他怕一问更勾贝律清的心火，只好讪讪地闷头吃饭。

贝律清似乎也没了兴致跟路小凡继续说话，饭桌上一下子冷清了起来。

吃过饭林子洋来了，跟在京城一样，他先是笑嘻嘻地道："哟，小凡辛苦了，洗碗哪！"

路小凡从来跟林子洋是不多话的，听他这么一说便点头"哎"了一声。

林子洋照例跟贝律清低声说了几句，他们家的厨房是敞开式的，但林子洋的声音压得很低，贝律清脸上也没什么表情，路小凡无从得知他们究竟说了些什么。谈话不到十分钟，贝律清的目光一直都在书页上，隔了一会儿才听他挺平淡地道："你看行吗？"

贝律清的语调不是太熟悉的人是听不出他到底什么意思的，今天这句话反正路小凡听着挺冒寒气，这令他不由自主想起当年在学校里，他把那高个子打倒，然后也是蛮平淡地问："子洋，你看行了吗？"

林子洋照例阳光满面地笑道："怎么不行？"他起身拍拍

贝律清的肩道，"得了，出去喝一杯酒！"

贝律清将手中的书丢过一边，起身跟着林子洋出去了，林子洋路过吧台的时候，还敲了敲桌面，挺亲热地道："走了啊，小凡！"

林子洋不愿意当着路小凡的面跟贝律清谈事情，这么见外还能摆出一副亲热的样子让路小凡不知道该怎么回答他好。

林子洋明显也没期待路小凡的答复，跟着贝律清一前一后出去了，路小凡看着贝律清的背影又低头刷碗。

碗刷到一半，手机响了，他一看是路小平的电话没接，路小平锲而不舍地又打，再打，路小凡无奈只好接通手机。

"你怎么搞的，现在才接我电话？"手机一通路小平就抱怨了一句，但他显然也不需要路小凡的答复，转而又问，"律清在不在？"

"哥不在。"

路小平立即神秘地道："凡凡，你出来一下，我有要事跟你谈！"

路小凡夹着手机一边洗碗一边道："我忙着呢！"

路小平不高兴了，道："你能忙什么，不就是洗碗、泡茶，出来，哥的事情重要着呢，我在楼下等你，不见不散啊！"他说完"吧嗒"就挂了。

路小凡看了看手机，没办法只好把手擦擦，然后下楼。路小平正在楼道间来回晃悠呢，路小凡一下来，他就拉上人急急地走到了一家茶吧里头。

两人一坐下，路小平匆匆要了一壶茶，然后压低声音道："小凡，我知道那是一则什么消息了！"他见路小凡的表情丝毫不起波澜，便急道，"全球贸易啊！"

"哦，那又怎么了？"

"怎么了？！"路小平没好气地道，"哪个产品开放进口，期货市场哪个农副产品就会大跌啊！凡凡，这可是一个千载难逢的好机会啊！你想一想，要是我们知道开放的是哪个农副产品，我们就空哪个，我们要是能空上十万块，少说也能赚出一百万，运气好，那能翻出几百万啊！小凡！"他深吸了一口气，道，"我呢，也不指望你能弄到什么消息，消息我去弄！"

他压了压到底没忍住，道："我猜这个农副产品多半是玉米……律清最近对玉米的单子特别关注，进进出出做了好几笔，都不大，但点踏得特别奇怪，像在试水。"

路小凡低着头边喝茶水边闷闷地道："菜场上玉米涨了，都快五毛钱一斤了，我听人家卖玉米的老板说今年种玉米的人少，明年的货更加不足……玉米期货怎么会跌呢？！"

路小平"唑"了一声，不屑地道："你懂什么呀，这证券是玩你的菜篮子吗？人玩的是经济，只要进口消息一出，管它缺不缺货，期货市场的价格一定跌！"他摆了摆手道，"就你这个智商也理解不了，不用说了，这绝对是个千载难逢的机会！"

路小凡抬头看着眼睛都在泛红光的路小平，摆弄着汤勺喃喃地道："咱们没钱开账户啊……"

"你放心，我找得到人搭伙，就差十万块，我就能把账户弄上……"路小平喝了口茶，挺云淡风轻地道。

路小凡无奈地眨了眨眼，轻声道："可是……我连十万块也没有！"

路小平瞪大了眼睛道："什么，你没钱？！你在贝家四五年，连个十万块都没弄到？你有没有搞错？你娶了贝家的女儿，贝家再小气，两三万块总要给的吧，你在贝家吃不愁穿不愁，都不用自己掏钱，难道你没攒下钱来？"他说到这里好像知道自己的口气冲了，便软了口气道，"好了，小凡，我知道你小气成性，你小的时候，妈给你一角钱你都能藏三年，我不是借了你的钱不还，这样，我们六四分成，怎么样，我六你四，我们兄弟一起发财！！"

路小凡满怀歉意地道："真没有！"

路小平气了，指着路小凡的鼻子道："小凡，你是故意挡着你哥，不让你哥发财是不是？"

路小凡叹了口气，道："真没有啊……"

路小平一气之下拂袖而去，连茶钱都没结。

路小凡隔了几天便接到路爸的电话，路小平打电话回去把路小凡狠狠告了一状。路爸先是听说路小平有办法成为一个百万富翁，顿时腿都站不直了，继而听说次子路小凡硬是挡着不让自己的长子发财，顿时又急了，挂了电话就给路小凡打了一通电话，开口就把次子骂了一顿。

"小凡，你是不是少根筋啊，你木讷，爹妈也知道，可是现在是你哥带你发财，你也不愿意，你到底是怎么了啊！你是怕你哥借你钱不还？现在你爸舍下这张老脸来问你借点钱，行不行？"

路小凡叹了口气，只好道："我真没钱……"

路爸恨得立即把电话挂了，气哼哼地回去找路妈，道："路妈，你给你小凡打个电话，问他到底是什么意思，他这家是不是以后都不想回了！他哥那是问他借钱吗，那是要带他发财！"

路妈问清楚了事情，拍了拍身上的泥土道："你别问小凡借钱，啊！小平那是脑子热糊涂的，你也跟着糊涂？他能把这一万块钱一个月的工作做好了，那我们就是路家烧高香了。一百万！别心口里撑个辘轳，他心眼大得当磨盘使呢！"说着她掉头掀帘就进屋去了。

但事实不像路妈说的那样完结了，隔了几日，路妈火急火燎地给路小凡打电话，告诉他路爸在路家湾凑了十万块钱给路小平汇过来了，当中有五万还是刘老太的私房钱。

村里所有的人都知道路小平很能耐，能赚大钱，所以路爸一说发财，大家便把家里压箱底的钱都拿出来了。一辈子享够福的刘老太自然对发财这条真理深信不疑，连存的棺材本都捧出来了。

路小凡只觉得自己的脑袋就像被塞了成千上万只蜜蜂一样在不停地嗡嗡作响，弄得他头昏脑胀的。他问路妈，他能怎么办？

路妈哽咽了一句："小凡，我知道他们太不像话，可是妈不求你，我又能怎么办呢？"

路小凡很想找个机会跟贝律清说一下这个事情，可是他能感觉到最近贝律清对他不耐烦了，甚至不大回家了。

他一连给贝律清打了两个电话，贝律清都淡淡地讲没空。

路妈的压力让路小凡不得不越来越长时间逗留在外面轧马路，有的时候数着马路灯，他会发现，咦，城市发展真快，前两天没有竖起来的路灯，有可能这两天就有了，前两天还没修好的马路，几天后就通车了。

路小凡数着天津的马路，心想要是今天能数到一条新的马路，那就再给贝律清打一个电话，但是他没想到的是，他还没数到一条新马路，便巧遇了贝律清。

贝律清跟一个长相漂亮的女子在一起，两人时不时地低头说笑，走进了马路对面一家高档的海鲜饭店内，他们站在一起很是般配。

路小凡站在马路对面的阴暗处，知道自己此刻不能再打扰贝律清了，不论今天能数到几条天津的新马路。

路小凡也不知道是不是因为晚上没睡好，破天荒早上没起得来去上班，听见门铃响以为是贝律清回来了，揉着眼睛出门看，才知道是来打扫卫生的钟点工。

钟点工阿姨挺骄傲地跟路小凡表示，她是贝律清从北京请过来打扫卫生的，一周来这么一次。阿姨非常得意，道："不是我夸自己，像我这种细心的保姆不好找的，人家家里面什么东西放在哪里，我去一次就知道了，绝对不会替人家摆错，有的保姆去人家家里一次，就把人家的东西摆得人家主人都找不到的！"

234

路小凡给路小平打电话，现在是换成路小平不怎么接，他看起来是要跟路小凡赌气，这样逼得路小凡不得不亲自去 WD 找他。路小凡没见着路小平，倒在离 WD 不远处的停车场门口见着了李文西。

李文西挺斯文地笑道："挺巧，小凡。"他笑得轻淡。

路小凡推了推眼镜，干巴巴地道："哎，是挺巧。"

这个时候从里面走出一个挺漂亮的女子，一头长长的波浪头发，两边的头发用发夹夹住，带蝴蝶领的长袖衬衣，外面是一件黑色的背心马甲，神情娇憨中带一点甜美。

"文西哥，你在跟谁谈话？"

李文西笑了笑，挺意味深长地道："倩玉，这是你未婚夫贝律清的妹夫哦……"

那个"哦"字拉得很长，那女孩儿有一点脸红，道："文西哥，你又乱讲。"她说完就把自己白皙的小手往路小凡的面前一递，道："我叫宋倩玉，香港来的，多关照哦。"

路小凡一脸呆呆的，人家抬手，他也抬手，人家笑，他也笑。

"那倩玉你先走吧，可别让你的婆婆等急了，我还要喝杯茶，等个人。"李文西笑了笑道。

倩玉的脸更红了，道："我走了，文西哥，你就爱欺负人！"

路小凡才知道原来沈吴碧氏也在天津，不过他来当女婿的时候，她都没当他是个活人，现在自然就更加不会当他还存在了。

"出去一起喝杯茶吧！"李文西挺云淡风轻地道，"我要等的这个人你也很熟悉呢。"

路小凡的大脑是不想的，不过他的四肢有一点不听使唤，坐上了李文西的车子。

　　几年不见，李文西好像格调不变，依然是咖啡厅。

　　"还是卡布奇诺，对吧？"李文西笑了笑。

　　"哎……"路小凡有一些尴尬地应了一声。他这几年，咖啡的品位高度一直停滞不长，始终在卡布奇诺上。

　　卡布奇诺上来之后，路小凡抱着那一大杯的泡沫咖啡专心地喝着。

　　李文西上上下下看了他几眼，才道："我现在可跟贝律清闹掰了，当初的账你可别算在我的头上。"他说完喝了一口咖啡。

　　李文西搅着咖啡又接着笑道："小凡，你跟我们不属于同类人，别再靠贝律清解决一切了，你只有靠自己才有出路。"

　　路小凡还没有开口，有一个人急匆匆地走进来，挺热络地道："不好意思，不好意思，李老板，我来晚了。"

　　路小凡抬眼一看，不是自己的亲大哥路小平又是谁？

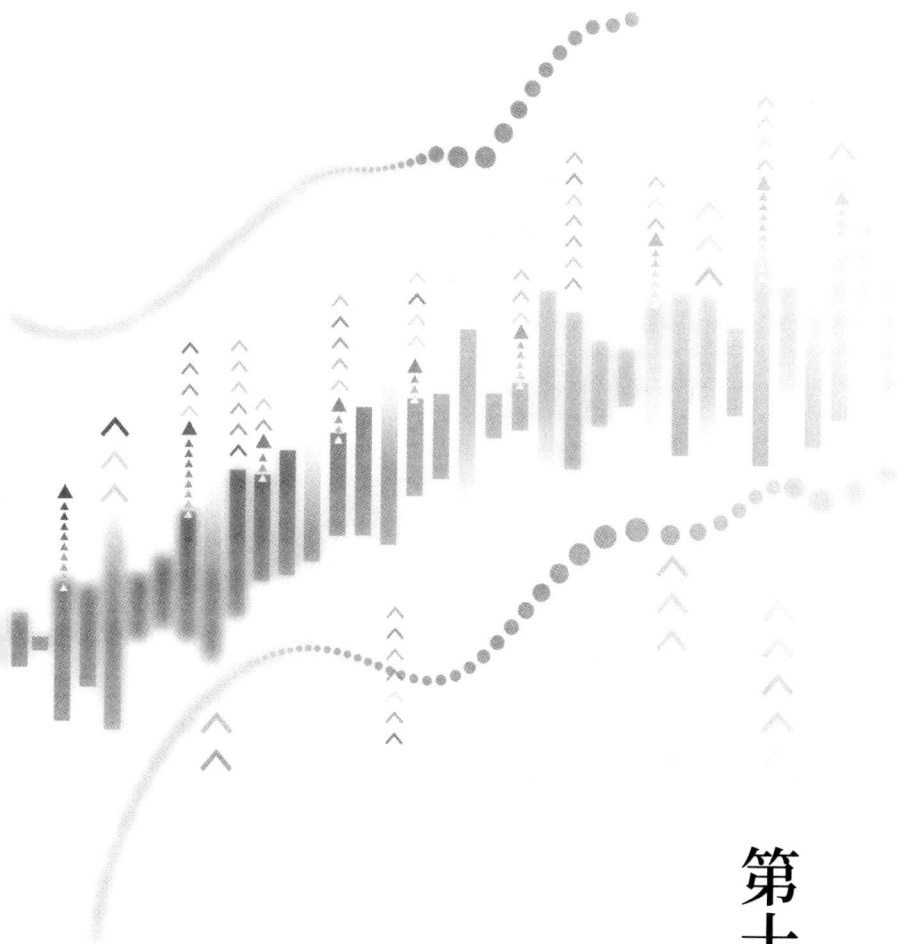

第十四章

揭露真相

路小平骤然看见路小凡，不由得脸色有一点不自然。

李文西倒是挺大方地跟他打了个招呼，笑道："路先生坐吧，你弟弟他不会坏自己哥哥的事的！"

路小平"哎哎"了两声，看见路小凡的表情虽然有一点僵硬，但始终笑眯眯的，他便放下心来坐了下来，略有一些尴尬地道："也不过是大家一起发财……一起发财。"

李文西微微一笑，道："放心吧，我也不是要跟贝律清过不去，在商言商，我李文西还没那么幼稚。"

路小平放轻松了，笑道："哎，这我当然知道，我就是怕我这个弟弟，他呀，脑子不好，会想岔。"

一脸木然的路小凡因为喝咖啡太猛，嘴上沾了一圈泡沫，看起来更加有一种滑稽之感，李文西像是不可思议地摇了摇头，挺有风度地抽过纸巾递给路小凡。

等路小凡接过纸巾，李文西才笑道："我也不要求路先生做什么难事，你只要把贝律清的持仓信息告诉我就可以。"

路小平看了一眼路小凡，快速从口袋里掏出一个信封递给李文西。

李文西也不打开，只微微一笑，从自己的便装西服内袋里也摸出一个信封弹到了桌面上，笑道："这是我答应你的，里面有一张二十万的现金本票，你可以随时兑现。"

路小平连忙弯腰伸手拿了过去，笑道："我相信李老板，像您这样的大老板，那还有什么不可信任的。"

李文西笑了笑，道："不客气。"

路小平一连串的恭维话，路小凡僵硬地笑着，语气诚恳地道："李先生想做哥的那票可以跟他合作，真的……我哥靠不住……"

路小平急了，捅了路小凡一下，把他后面的半截话都捅回去了，道："你搞什么，到底贝律清是你哥，还是我是你哥？！"

李文西端起咖啡悠悠地喝了一口，道："比起这个，我更相信真金白银换来的消息。再说，家族的利益我也不方便太多承贝律清的情，以后大家在商言商，那多方便。"

路小平道："就是，李先生人家大老板之间的事情，他一眼抵得上你看十年的！"

李文西含笑靠着椅子在喝咖啡，像是在远距离地看着自己花了仅仅二十万，便买来的路小凡的卑微与路小平的谄媚。

"好了！"李文西放下杯子，挺含蓄地一笑道，"小凡，也许我们下次再见面的时候，就是跟路先生那样的合作关系了。"

李文西的笑，嘴角微弯，是很淡的不屑、很淡的鄙夷，因为都不愿太费力气，别有意味地道："等你想通了就找你大哥联络我吧，我相信你们兄弟……都是聪明人。"

等李文西走，路小凡还是呆呆的，路小平有一些尴尬地道：

"你放心，他以后要是对律清不利，我肯定不会帮他。说到底谁让律清不拉咱们一把，都是自己人也不带咱们发财，你说是不是？"末了，他像是略带点威胁地道，"虽然咱这事做得是有一点对不起律清，不过你也搞清楚，你毕竟是咱老路家的人，咱路家起来了，以后就不用再被他们贝家压着，这是咱们老路家的大事，你懂了没！"

路小凡夹着包弓着腰出了咖啡厅，路小平在他后面又叫了一句："你口风紧一点！"

路小凡走在马路上，忽然觉得浑身的力气像是被抽走了一般，连喘气都费劲似的。

晚上贝律清回来了，只是匆匆说了一句："小凡，我要回京城一趟……过年再过来喝你煲的粥啊。"

路小凡的呆劲还没过，依然笑眯眯的，贝律清似乎已经无暇仔细看路小凡的表情，直接匆匆地走了。

大年夜的时候，路小凡做了一桌子饭。

手机响了半天，他才听到，可没想到是贝律心的电话，路小凡挺疑惑贝律心怎么会知道他的手机号码，但是显然贝律心喝多了，她口吃着道："路小凡，我跟你说，这世界就是浑蛋待的地方！"

都快一年没通过电话，贝律心一开口就来这么直抒胸臆的一句，路小凡连忙道："你在哪儿呢？"

贝律心嘻嘻笑着，大着舌头道："我在长……城，不到长……城非好汉，我贝律心要从这里跳下去，也是一条好汉。"

路小凡顿时就毛了，道："你别乱来！贝律心，你要跳下去，不是好汉，会变成一堆肉酱的。"

贝律心语无伦次的，路小凡想挂机给贝律清打个电话又不行，他脑子里乱糟糟的，一边跟贝律心通着话一边出门打车，直奔京城。

"路小凡，你说我怎么就这么倒霉，既然我爹都不是我亲爹了，为什么我妈就不能也不是我亲妈！"贝律心叫嚷着，一连问了几十个为什么。

路小凡总算知道贝律心不知道又受了贝律清什么刺激，所以又在这里发疯了。

"路小凡，你是不是觉得我很差劲？"那边贝律心还在大着舌头絮絮叨叨地问。

"没……"路小凡挺真心地道，他站的地方太矮了，从他踏上京城那一天起，所有碰见的人站得都比他高，又怎么会觉得别人差劲。

"路小凡……"贝律心感动了，又时空穿梭了一般，她呜咽地道，"咱俩过过也挺好的……"

路小凡"哎"了一声，他知道贝律心这话是真心的，但又不太真心，醉了是真心，醒了就不真心了。

等路小凡紧赶慢赶，一路催着出租车司机超车，总算在差不多一个小时之后赶到了贝律心在的地方，这个时候他的手机已经打没电了，看着黑漆漆的城墙，他真的是心里一阵发毛。

路小凡差不多跑了一大圈，才总算在一处城墙上找到拿着酒瓶、倒在地上的贝律心，路小凡顿时觉得两腿一软，往地上一坐。

北方的冬天气温很低，尤其是半夜三更的城墙上，风大得能让人身体发抖。

路小凡见贝律心冻得整个人蜷成一团，叹了一声气，把自己的羽绒服脱下，包在贝律心身上，然后喝了几大口酒，才将贝律心连拉带拖弄下了城墙。

他把贝律心弄回家，大年三十的晚上，贝家也依然跟往常一样黑漆漆的不见灯光。

倒是沈吴碧氏每个年头都会在五星级酒店挺气派地请子女们吃两顿饭，就算过完这一个整年了。

路小凡每次去吃饭，都觉得自己嘴巴里好像突然失去了味蕾，吃什么都难以下咽，食不知味。

路小凡把电灯打开，吃力地把烂醉的贝律心拖上了床。

贝律清不在家想必是应召去吃那顿五星饭。

路小凡叹了口气，将灯关上就想走人，哪知道贝律心一翻身就从床上跌了下来。

路小凡只好回去把她又拖回床上，她立时勾住路小凡的脖子，含糊地道："别走，小凡，别走！"

她吊住了路小凡的脖子，路小凡甩又不好甩，扒又扒不掉，只好往她的床上一躺。

贝律心整个人都半搭在他身上，含糊地道："小凡，为什么你也会丢下我？我一直以为只有你不会丢下我的。"她说到最后，音有一点颤，但挺清晰的，不像是醉话，倒像是憋了挺久才说出来的话。

贝律心一会儿哭一会儿说，弄得很晚路小凡才困顿不已地睡着了。早上醒来的时候，是贝律心先醒的，但是路小凡本来也没睡得很实，觉得身边一动他也马上醒了。

他第一个念头是贝律心会大发雷霆，柳眉倒竖冷言冷语什么的，毕竟他们结婚也超过五年了，他都没这个荣幸上自己老婆的床。

哪知道贝律心倒没有发脾气，好像看起来蛮尴尬的，用手背擦了一下自己的嘴角，路小凡才发现自己的胸前湿了一大片，看起来是贝律心流了不少口水在自己的胸前。

贝律心不发火，路小凡也不由得有一点尴尬，毕竟是打算要跟人离婚的，虽然什么也没干，但睡在一张床上好像有一点不太好。

两人在床上正面对面不知道该怎么继续下文，门打开了，林阿姨笑眯眯地道："律心啊，要喝一点豆浆吗？"

她这句话一出口，却看见路小凡跟贝律心坐在床上，不由得脱口"哎哟"了一声。

她叫的声很响，以至于隔壁房间传来一个挺好听的男声问："林阿姨，怎么了？"

家里的暖气开得很大很足，所以贝律清穿了一件黑色衬衣，他修长的手指搭在纽扣上黑白分明，那个扣扣子的动作也只是在看见小凡与贝律心的那一瞬有所停顿，而后便很悠闲地扣好了。

"下来吃饭，下来吃饭。"林阿姨只尴尬了一会儿，便自如地道，"大饼和油条都买好了，快点下来。"

路小凡一下楼就看见贝沫沙放下报纸，挺和气地道："凡凡回来啦，过来坐吧！"

虽然是一顿早饭，但也是贝家的人难得聚在一起，路小凡坐下来贝沫沙什么也没问，只是说了一句"回来就好啊"。林阿姨则满眼可怜地道："哦哟，真是瘦太多了，外面哪里有屋里吃得好啦！"

贝律清神色丝毫不变，贝律心则闷头喝着她的豆浆，路小凡却对这种温馨的局面如坐针毡。他不过是送贝律心回来而已，但在贝家看来就已经确定路小凡要搬回家来了。

这没什么稀奇的，他们已经习惯了那些奋力讨好、努力要贴上来的人，对于路小凡想要回来，贝家的人那是一点也不稀奇的，什么也不问对他们来说似乎就已经是一种宽厚了。

至于这到底是不是路小凡的意思，他们从没想过，也没有认真考虑过，他们很少会想到别人要不要他们，从来是他们要不要接纳别人。

路小凡放下手中的碗，蛮艰难地道："贝……叔叔，林阿姨，我还要回天津，就先告辞了！"

他这么一开口，读报的贝沫沙摘下老花眼镜皱眉看着路小凡，林阿姨更像是吃了一个什么大惊似的，过了一会儿贝沫沙才道："你回天津……有要事？"

路小凡顿时觉得自己的舌头有千斤似的，费了老大的力气才道："不是……我现在住这里不太……方便！"

"不方便？！"贝沫沙将报纸放了下来，挺严肃地道，"小凡，你说这话到底是什么意思？"

路小凡拿出了十二分的胆，硬着头皮道："我跟律心不是正在办离婚嘛！"

贝律心的脸顿时胀得通红，贝沫沙半震惊之余身体慢慢动了动。

路小凡刚匆匆忙忙地起身，身体都还没站直，突然有一只碗飞了过来，贝律心冲他吼道："路小凡，你这个浑蛋！"

豆浆顿时泼了路小凡一身，贝律心挺着胸膛喘着粗气看着路小凡，路小凡真的觉得挺冤枉的。

贝沫沙沉着脸道："好了，林阿姨，去拿条毛巾给小凡擦擦。"

林阿姨"哎"了一声，连忙给路小凡拿来了毛巾，贝沫沙语重心长地道："年轻人有矛盾，那是很正常的一件事情。但是因为那一点点矛盾，你就要闹离婚，你把婚姻、把责任放到了哪里！"他说到这里似乎有一点生气，指着路小凡道，"这事我会跟路妈说，你自己也好好反思反思。"

路小凡沾着一身的豆浆坐到了贝律清那辆挺漂亮的黑色奥迪车上。

贝律清上了车子，把着方向盘道："假如律心……不想离婚，你打算怎么办？"

"那……那怎么办呢？"路小凡不知道。

贝律清缓了口气，道："你先不要说离婚，缓一缓，懂了吗？"

路小凡弯着腰道："懂了！"路小凡觉得确实懂了，而且同一个道理他懂了很多遍，只是一直重复犯错误。

贝律清微叹了一口气，语调挺温和地道："你呀……"

路小凡回了天津，自己一个人待在公寓里，拿着遥控器把电视台从第一台一直调到最后一台，里面在反复回放着昨晚的春晚。

当中有一个港台男星挺动情地唱着："给我一杯忘情水，换我一生不流泪……"这首歌跟春晚简直没有一毛钱的关系，但是路小凡还是觉得整个春晚看下来就属这首歌最动听了。

路小平总算开了大恩主动给路小凡打了个电话，语调很不耐烦地教训道："路小凡，你到底是脑子里面哪根筋不对，嗯？弄得贝爸如此生气，连妈都教训了？！你知不知道，爸因为你的事高血压上来犯头痛，都躺在家里了。路小凡，你一个人不要紧，但不要拖累家里，你懂不懂？"

路小凡怎么不懂，路小平一个月上万块钱的工资，还有路三爸、路四爸，这些人的生活也许都会随着路小凡跟贝律心的关系结束而瓦解。

"下周爸妈会过来，亲自调解咱们家与贝家的矛盾，你到时不要又脑子不清，知不知道！"路小平末了又用得道者的语调道，"当然，咱们也不是非要靠贝家，但是这人要看能力的，有人凭能力，有人靠关系，这就是人生，懂吗？"他言下之意，因为自己有能力，所以就能靠能力而活着，像路小凡这样的，大约就只能靠关系了。

路小平训完了，也让路小凡反省反省就把电话挂了。

贝律清变得非常非常地忙，他现在晚上看数据都要看得挺晚，路小凡给他买了一只小黄鸭的靠垫，难为一直挺有品味的贝律清只是淡淡地笑了笑，没大计较也就用上了。

贝律清似乎对路小凡比往常客气了很多，自从路小凡答应会慎重考虑一下跟律心的婚事后似乎就这样了，路小凡觉得贝律清也许是因为觉得自己还是挺识趣的，难免要和气一点以示勉励。

第二天一早，路小平一进办公室就急急忙忙打开账户，顿时兴奋得脸都红了。贝律清前两日要求他出农业产品的多单，唯独玉米出空单，今天打开来一看，果然玉米整个一根线好像一直要荡到底，C511的合约直接从前期一千六百三的高点荡到了一千三百四十五。

他只觉得整个人兴奋得都要跳起来了，他看了一眼旁边盯着盘面纹丝不动的沈至勤笑道："沈老师看盘呢。"

沈至勤"嗯"了一声，不再多言，路小平心里冷笑了一声，等今天期货市场的交易钟声一响，谁看谁的脸色还不知道呢。

他一直都不太明白，为什么大家都要巴结那个一无是处的弟弟。

"请大家把手机都交出来，把电话线拔了。"路涛照例出来挺和气地说了一句。

路小平心里冷哼一声，慢吞吞地把手机掏出来放到前面的一张桌子上，这么慎重，看起来 WD 是要玩一把大的了。

路小平其实也挺瞧不起路涛的，那种人一点威信都没有，除了巴结贝律清，他还能做什么，甚至连一个沈至勤都能给他脸色瞧。

路小平不是没想过，凭着贝律清的这层关系，没准以后自己能取路涛而代之呢。

路小平长出了一口气，继续面带微笑地看着玉米的价钱一路狂跌，等到收盘的时候，玉米几乎跌破了前期高点九百元每吨。

路小平看到这个数字都快从心底里笑出了声，他刚打开手机电话铃声就响了。

"你玩我？"里面传来的声音是李文西的，那原本挺动听的声音变得嘶哑，透着一种咬牙切齿。

路小平有一点蒙了，道："玉……玉米不是跌了吗？"

"跌？"李文西气极反笑道，"路小平，你的眼睛是怎么长的，难道你不知道 C511 合约创出了玉米两千四百四每吨的天价吗？"

路小平看着盘面，连声道："不可能，不可能！"他还要再说什么，但是李文西已经把电话挂了。

他都顾不上了，跌跌撞撞地冲到外面的客户厅，抢了一台客户计算机打开一个账户，顿时眼睛都傻了，里面一手玉米的合约都没有，唯有爆了仓留下来的那点可怜的资金。

路小平连连摇头，嘴里念着："不可能，不可能！"

他又慌慌张张回了自己的座位，来来去去看自己的盘，道：

"怎么会这样呢！"

旁边的沈至勤走了过来，看了他一眼，用脚把一个线头拨弄了一下。路小平一低头，才发现自己脚下有一根拔了的网线头，他忽然明白自己被人耍了。

他自始至终都没有替贝律清操纵过什么账户，他甚至没有真正地玩过期货，他一直在干的原来不过是玩模拟游戏。

沈至勤面无表情地揭露了真相，就拿起自己的手机走了，也没跟路涛打招呼。

路小平突然起来冲到路涛的办公室里，用一种死不瞑目的表情问道："为……为什么要跟贝律清合伙算计李文西，李文西不是咱们最大的客户之一吗？"

路涛笑了笑，拿起水壶给他的人参树浇了点水，好脾气地解释道："这个市场就是这样，进来的都是鱼，有时大鱼吃小鱼，有时小鱼也吃大鱼，有人亏了才能有人赚了。"他转过脸来挺和气地笑道，"鱼养肥了，就是为了吃的。"

然后他便神态自若地拿着公文包走了，唯有路小平好像瘫了一般倒在地上，头顶上的灯没关，但他已经觉得眼前一片漆黑。

第十五章
早点跑路

晚上，路家、贝家终于再次会合，双方再一次就路小凡和贝律心两人的婚姻进行谈和。

门"砰"的一声被人给推开了，只见路小平醉醺醺的："贝律清，你为什么要耍我？！你为什么要害得我们路家湾家家户户都倾家荡产？！"

他这么一吼，路爸的眼睛都瞪大了，路妈也忘了哭泣，路小凡的头也抬起来了。

贝律清头也不转，只是挺淡地道："我让你私设账户跟着我给你的消息炒期货了吗？我让你把我的消息私底下卖给别人了吗？假如你老老实实的，其实我一点儿也不介意每个月付一万块钱给你玩游戏！害得你们路家湾倾家荡产，一无所有的人不是别人，是你路小平！"

路爸是惊得整个人坐在凳子上不会动弹了，路妈撑着桌子站起来，道："小平……你是不是把那十万块都给搞没了……"

路小平哆哆嗦嗦地道："还有……还有一点。"

路妈站起来走近路小平，看着他的脸追问："还有一点是多少……"

"几千块钱……"路小平全身一软，坐倒在地，抱着路妈的腿道，"妈，这一次你无论如何要救我。"

路妈只觉得眼前一阵发黑，路家的人好像瞬时觉得天翻过来了一样，他们把自己的一个儿子"卖"了才换来了两千块，却陡然间欠下了十万块的巨债。

所有的人都面露死灰之色，贝律心一副解恨的样子，嘴里一直骂着"该"！贝沫沙连连摇头，路爸喃喃地道："都没了，都没了……"

贝律清对这一幕鄙夷至极，他在一边打开了红酒瓶，再给自己倒了一杯酒，然后从怀里掏出一个皮夹子，从里面抽出一张支票，道："不是要赔吗，十万块够不够！"

他说着将那张支票从台面上递过去，一路划到路爸面前。路小凡看着那只手，白皙修长，透着一种淡定跟雍容，配支票真的蛮配的。因为支票通常金额都比较大，所以支票也一直很淡定很雍容。

路爸看着那张支票手都颤了，贝律清道："这十万块就当我们路家买下路小凡了，希望以后你们能跟他一刀两断，以后路小凡是路小凡，但却不再是你们路家的路小凡，同意就拿了。"

贝沫沙似乎也觉得过分，不禁出口道："律清，你这么做……好像不太好……"

贝律清淡淡地道："只要路家的人你情我愿就行。"

路爸想起那些乡亲，想起刘老太，那些人的钱他是不敢欠的，因为失去那些钱等于是要了这些人的命，有多少人会为这张薄薄的纸而寻死觅活,又有多少人会真的没命,他根本不敢去尝试。

十万块卖儿子,大约是一个非常不错的价钱了,更何况这个儿子是已经卖掉的呢。

路爸的肩膀刚刚一动,路妈就厉声道:"路振兴,你要是敢收下这支票,从今以后我就再也不进你们路家的门!"

路小平本来听见贝律清肯出这十万块,还算松了一口气,但又听路妈说不收,连忙跪行了两步:"妈,妈,我知道错了,你救我,你救我!"

路妈含着泪水看着自己这个长子,因为他从小显得机灵,功课好便一直把他当作希望来培养,锅里有一口肉汤都要先供给这个希望,但好肥却长出了一个歪苗子,也许她从一开始就有哪里做错了。

路妈颤声道:"一人做事一人当,谁点的豆谁收成。你做错了事情,为什么要让弟弟小凡替你扛,这一次妈救不了你了,我还不了十万块,所以只好把你这条命拿回去还给大家!"

路小平听了死死地抱住路妈的腿,哭得歇斯底里的,路爸也不禁颤声道:"路妈,不提刘老太的那五万块钱,就单说这十万块里头有一万块是二妹的,你也知道二妹守寡的,在那几亩薄地上省下这么一点钱,就是为了供孩子读书用的,你不还她的钱,难道要她的命吗?还有路三的两万块,那是路三叫人撞了,人家赔的医药费,他腿脚不利索了,没了这笔钱,那这日子还怎么过?他们要咱们娃的命有什么用?"

路小平拼命摇晃着路妈的腿,路妈似乎也有一点被现实所动摇了，想要挺着胸膛做人，有的时候不光有骨气就行的，那还得要有资本。

场面混乱中，路小凡突然拿起了支票，塞给路爸道："拿着，拿着吧！"

路爸倒是没想过路小凡会主动将支票塞过来，一时都有一点蒙，路妈不禁失声道："小凡！"

路小凡努力挤了个笑容，道："这算是我跟律清哥借的，我回头会慢慢还他的……这笔钱可能要还很久，我从小到大也没做过什么让爹妈高兴的事情，以后只怕也不能了。"

路爸看着路小凡似有一点困惑，贝律心冷冷一笑道："听明白了，你们的儿子这是要跟你们断绝关系了，路小凡虽然够讨厌，够贱，但十个他也及不上你们一个这么让人恶心，以后都不用再见到你们了，那真是太好了。"

路爸抖着支票指着路小凡骂道："你是不是这个意思？啊？你是不是这个意思？"

路小凡低着头唯唯诺诺，路爸气得脱下鞋又要扑过来揍路小凡，却被贝律清喝住了，道："你拿了这十万块，路小凡就不算你们家的人了，不是你们家的人便轮不到你动手！"

路爸气得满脸胀红，手上的支票像是烫手山芋一样，想要丢掉却又不能丢，忍了又忍，最终忍不住又想揍路小凡，却被路妈喝住了，她像是一下子被人抽走了脊背似的，有气无力地道："我明白小凡的意思了……路爸，我们走吧。"

路小平生怕路妈反悔不要那十万块，更何况他收了李文西的钱，却害得李文西损失惨重，只怕单单他也不会放过自己，他连忙跌跌撞撞爬起来，道："妈，我们走吧！"

看见他们这副样子，同样身为父母，作为老人的贝沫沙到底还是有一些不忍，道："事情闹成这样，我们各自都有责任，等大家情绪稳定了，我们再谈谈吧。"

路妈低声道："麻烦你了。"

贝律清则纹丝不动地坐在椅子上喝他的酒，路家的人来或者走似乎跟他都没有什么太大的关系，路小凡觉得那也许是因为现在他是贝律清"买"下来的人，因此他也就用不着特别费心去应付烦人的路家了。

路小凡把自己父母一直送到门口，然后匆匆从口袋里摸出一个信封，道："这是我给你们买的机票，还有一点钱，你们拿上。"

路爸拿起信封往地上一扔，道："谁稀罕，以后我们路家没你这个儿子，我们就当没生过你！"

路小平也是红着眼道："搞不准他是故意跟贝律清联合起来算计我，我今天才知道贝律清在期货市场大笔买多了玉米，狠狠地赚了一笔钱，却骗我说卖空玉米！"

他的话才说完，路妈就干脆利落狠狠地给了他一个巴掌。种庄稼的女人手劲之大，一巴掌过去路小平顿时觉得自己的牙都松动了，脸顿时肿胀了起来，可见路妈这一巴掌没有留丝毫的余地，他不禁捂着脸道："妈……妈！"

路妈胸膛一起一伏地道："你没本事却比谁都贪，你连一点点最基本做人的道理都不懂！你三番四次闯祸，是谁把你从泥巴地里拉出来的。你要是懂一点点感激，就不会四处兴风作浪，你不四处兴风作浪会叫贝律清算计了吗？"

路小凡的眼睛陡然就红了，他嗫嚅地道："算了，算了……妈，你带哥回去吧，他放错了消息，只怕在城里待不牢了。"

路妈"唉"了一声，回头又瞪了一眼路爸，道："把小凡的信封捡起来！"

路爸见路妈的眼睛里好像是在喷火一般，想起今天的事情自己也有份，心气也没那么足了，弯腰把信封捡了起来。路妈一把抽过信封，从里面把机票取出来，然后把钱跟信封还给路小凡，哽咽地道："小凡，你以后好好的……我们……再也不会来烦你了。"

路小凡看着路爸跟路妈相互搀扶而去的背影，很久之后他们的背影都还会一直一直在梦里出现。

贝沫沙对于怎么跟子女谈判显然是个外行，因为从小贝律清用不着谈判，贝律心没法谈判。但作为一个商人，他最怕的是不知道如何向沈吴碧氏交代,还有到底怎么来掩盖这件事情，把它对自己及这个家庭的影响缩到最小。

他看着路小凡，将金丝眼镜戴上，沉重地道："家里发生这样的事情，我这个当爸爸的先自我检讨一下，是我没有尽到作为一个看护人应有的义务。"他深吸了一口气，看向贝律清道，"但是律清，你也是马上要成家的人了，我希望你对路家起码的尊重还是要有。至于小凡……我也还是希望你再跟律心尝试一下，如果最后还是不行，我也不勉强你们了。"

路小凡听着贝沫沙的话，抬眼看了一下贝律清，后者静静地听着贝沫沙的训话，没有表示出任何反对的意思。

贝律心本来的脸一直挺苍白的，贝沫沙说到这里，她突然尖锐地插嘴道："我凭什么要跟这个乡下人捆一辈子，他们家的烦心事还少吗，我可不想每天活在这种鸡毛蒜皮的阴影里。"

贝沫沙严肃地道："律心，他们之所以会有今天这个局面，你不觉得你也有责任吗？"

贝律心斜视着路小凡，如同看一个她憎恨已久的敌人，他们没有任何感情，有的只是一点点法律上的牵绊，路小凡嗫嚅地道："我还是跟律心离婚吧。"

贝沫沙皱着眉头，金丝眼镜后的目光反复打量着路小凡，仿佛在考虑路小凡说这句话的诚意，或者背后的目的，他沉声道："如果你要跟律心离婚，那么你就要立即离开贝家，离开京城。当然了，如果你愿意出国，我也可以办理，只是你以后都不能同我们贝家联络，你能不能做到这一点？"

路小凡回答干脆："那我出国。"

"那就这么办吧！"贝沫沙算是为了家庭当中这段孽缘，敲下了最终审判的法槌。

第二天，贝沫沙一点也没有耽搁，很快就有人来送路小凡离开，他的护照几乎以超乎寻常的速度被办理妥当。

路小凡收拾行李，贝律清在旁边看着，那表情就像是看一个无关紧要的人或者家里的阿姨在收拾东西一样，目光看似落在路小凡的身上，但又像是根本只是一个障碍物刚巧挡在了他的眼前。

路小凡把东西一样样放进自己的箱子里，然后去见了贝沫沙最后一次。

贝沫沙看了他一眼，深吸了一口气，道："这是你要办理的护照，这是你要的机票，后天下午三点离开这里前往法国……这里面是给你换好的一点钱，你还有什么其他要求吗？"

路小凡连忙道："没有了，麻烦你了，贝爸。"

贝沫沙听到这个称呼，神情复杂地看了他一眼，道："那就不多说了，你自己保重吧。"

春天对于京城来说是非常好的日子，阳光明媚，干燥少雨，路小凡坐在京城的飞机候机大厅里，手里握着他的飞机票，膝盖上放着手机，灯光一闪一闪的，突然铃声就响了。

他连忙抓起来，道："喂？"

那边顿了一会儿，才挺冷地道："是我！"

"哦，律心啊……"

手机那头沉默了一会儿，贝律心才开口道："你这个人真的很讨人厌，知道吗？"

"抱歉了。"

"一副很没出息跟没有骨气的样子。"

"让你失望了……"

贝律心好像有一点鼻塞，道："你的未来跟我没有一点关系了。"

"是的。"路小凡嗫嚅地道，"你不要觉得心里过意不去。"

"你别做梦了，我为什么要对你过意不去啊！"

"嗯……"

贝律心烦躁地道："我也从来没有想过要跟你做真正的夫妻，你肯离婚那就再好不过了，那份协议书我会签的。"

"哎……"

贝律心隔了很久才道："我爸对你还是很客气的，你不要怨他。"

"我明白的……"

"再见……路小凡。"贝律心飞快地挂掉了电话，路小凡觉得这样最好了，因为他不用说再见了。

他坐在大厅里，看着时间一点点地接近。

这个时候对于贝律清、卓新、林子洋来说，交易也到了最关键的时候，农业板块终于在今天宣布将会开放土豆市场，这意味着国外大量的土豆会涌入中国的市场。消息一出，土豆合约价格一落千丈，大量空单的涌入，使得土豆价格一降再降。

林子洋与卓新互击了一下掌心，笑着说道："真是一年抵十年啊。"

此时路涛踱出了办公室，对外面的沈至勤和气地说道："一切都还正常吗？"

沈至勤没有抬头，只是"嗯"了一声，路涛便好像放心地点了点头，走到窗前给人参树盆景浇了浇水。

机场里，路小凡已经开始拿着登机牌排队，此刻的贝律清

259

看着盘面不停跳动的数据，不知道在想什么。

路小凡最后一个站在飞机的楼梯上端，他站在机舱门口又往回看了一眼，此时离三点还差五分钟，离开往巴黎的飞机起飞还有五分钟，离期货市场收盘还有五分钟。

贝律清微微闭了一下眼睛，林子洋站在一边与卓新在闲聊，路涛抬手像托住什么稀罕的物事似的托了一下人参树的叶子。

然后……期货盘面上的土豆价格突然呈直线快速飙升，整个曲线图如长针破土而出，不停地往上攀升，速度之快让很多交易员都几乎来不及反应，林子洋回过头来惊叫了一声。

贝律清睁开眼睛微微愣了一下，脸色"唰"地一下子变白了，他大声道："快，斩仓！"

林子洋与卓新几乎是扑到了桌面上，打开所有的联动账户，多方的力量根本容不得他们做任何的抵抗，一个接着一个爆仓，快到他们都来不及斩仓。

林子洋眼见着巨额的财富瞬间化为乌有，手抖得几乎握不牢鼠标。

卓新更是坐在椅子上眼见着自己的仓位爆仓，而没有一丝一毫的挽救余地，以至于连坐都坐不稳，"扑通"一声连人带椅狼狈地翻倒在地。

这是谁也没有料到的事情，原本应该一落千丈的土豆价格突然拔地而起。

WD公司在期货市场收市的最后五分钟，以六十个亿的多单轻轻松松一次性击破了所有空单仓位，几乎歼灭了所有空家，成了最大的赢家。

交易大厅一片混乱，贝律清与林子洋顷刻之间遭受了灭顶之灾，而路小凡坐的飞机正慢慢地滑出跑道，他看着窗外在想，不知道一次性所有大小账户都爆仓的贝律清现在在做什么。

这一把应该会把贝律清这几年来从证券市场上捞到的都还回去吧，说不定还要卖上一两块地。

隔着飞机上的小窗户，有一些镜头如幻灯片一样从长镜前滑过。

林子洋笑着道："这等小事咱兄弟还算这个细账。"

路涛笑了笑，道："咱做证券的，别的不会，就爱算细账。"

路小平志得意满地小声道："我猜这个农副产品多半是玉米……律清最近对玉米的单子特别关注，进进出出做了好几笔，都不大，但点踏得特别奇怪，像在试水。"

路小凡低着头慢慢地道："菜场上玉米涨了，都快五毛钱一斤了，我听人家卖玉米的老板说今年种玉米的人少，明年的货更加不足……玉米期货怎么会跌呢？！"

林子洋笑道："哟，这名字怪亲切的呀！"

沈至勤挺冷淡地道："小市民，不勤快点哪成？"

路小凡僵硬地笑着，语气诚恳地道："李先生想做哥的那票可以跟他合作，真的……我哥靠不住……"

路小平突然起来冲到路涛的办公室里，用一种死不瞑目的表情问道："为……为什么要跟贝律清合伙算计李文西，李文

261

西不是咱们最大的客户之一吗？"

路涛笑了笑，拿起水壶给他的人参树浇了点水，好脾气地解释道："这个市场就是这样，进来的都是鱼，有时大鱼吃小鱼，有时小鱼也吃大鱼，有人亏了才能有人赚了。"他转过脸来挺和气地笑道，"鱼养肥了，就是为了吃的。"

假如人生是一部没有剪切过的毛片，让我们看看当中那些被剪切的部分吧。

Part1（片段1）

高个子不见了，路小凡其实也没有觉得太内疚，毕竟他又不是做神父的，没那么多多余的感情来怜悯不幸的人，而且高个子欺负他还欺负得挺狠的。

几天过后，他如同往常一样走过某条巷子，又看到高个子在跟人打架，他本来不想看的，因为他一点也不想惹麻烦。可是他看到高个子脚下有一堆繁体字的杂志，看起来这场架是因为争地盘而引起的。

高个子打架挺狠的，很快就把另一个争地盘的人吓跑了。

高个子弯着腰在寒风里收拾着杂志，路小凡突然想起他过去在学校里面前呼后拥的样子。路小凡走了过去，挑了一本杂志，他当时在想要是高个子认出了他，他丢下杂志就跑，但是高个子只是抬头看了他一眼，也没吭声，继续弯着腰整理杂志。

路小凡就拿出钱买了一本杂志，然后又在某个角落里把杂志扔了，他每天都去买杂志，然后每天都扔杂志。

终于有一天高个子开口了，不是感谢而是破口大骂道："我用得着你来可怜吗？"

他说完连杂志都不要了，背起包就走了，路小凡只好抱着一大堆杂志辛苦地跟在他后面，吃吃地道："我没让哥……打你的！"

高个子被他说烦了，掉头就来了一句："滚！"

路小凡抱着高个子的杂志，想滚也没处滚，只好不辞辛劳地跟在他的后面，嗫嚅地道："真的，我没想过会这样的。"

高个子干脆跑了起来，跑到一片矮房子那里消失了踪影，路小凡问一所房子前面的老太太有没有看过一个高个子，那老太太一指，道："是不是瘸子他家儿子啊，住在后巷子第三个门洞里。"

路小凡一路摸索过去，看着那破旧的门洞，都有一点不敢相信这是平时穿着光鲜亮丽的高个子的家。他敲了敲门，开门的是一个一瘸一拐的男人，听说是高个子的同学，挺热情地就把路小凡迎了进去。

高个子见路小凡进来，眼都红了，上去就把路小凡往外推。

瘸子男人连忙拉高个子，道："至勤，你怎么还是这副脾气，为什么就不长记性？！"

高个子一被瘸子男人拉开，掉头就进屋去了。

路小凡蹲在屋外闲聊，才知道他们家姓沈，这个高个子当然就叫沈至勤，他当年成绩很好，但是不知道为什么高考没考好，正好 R 大学扩招专院生，瘸子又被人意外撞伤，于是用赔款给他买了学位。

那个时候能给学校捐钱的都是家庭富裕的人家，沈至勤又特别好强，所以穿衣服都要穿好的，没钱就去打工、贩杂志。

林子洋逼退他的理由很简单，就是向警察举报他违规摆摊，又因为沈至勤打架记了一次大过，违规摆摊进了局子又是一次大过，二次大过合并退学处理。

路小凡回去的路上突然有了一种深深的内疚，他觉得因为自己让一个人的命运从顶峰一直滑到了谷底，而且好像再难以翻身的样子。他开始三天两头往沈至勤那里跑，一去就会拎点东西过去。

他的零花钱也不多，再说家里常要他贴一点，他就跟着沈至勤卖杂志，但他一副唯唯诺诺的样子特别容易招人来打架，沈至勤没几天就把他赶跑了。

路小凡就开始捡破烂，什么好卖的卖一卖，贝律清请他出去吃饭，他就盯着那些剩下的饭菜，不管有多少一股脑打包带到沈至勤那里。

瘸子大叔就会用这些高档饭店里做的剩菜剩饭煮上一大锅咸泡饭，三个人坐在院子里的小木椅上吃得热火朝天。

沈至勤说什么路小凡都不反对，但说起贝律清不好，路小凡那是会生气的，他生气也不是不来，而是不理会沈至勤。

慢慢地，沈至勤也摸透了路小凡的脾气，知道贝律清就是路小凡的逆鳞，便再也不提了，路小凡也见好就收。

有的时候谈谈出路什么的，路小凡因为到底受到上层熏陶比较多，指点沈至勤道，他认为未来的几年将是经济的天下，证券行业肯定会办得越来越红火。

瘸子大叔的腿被人撞伤了一直没好好医治，不久就开始恶化了，路小凡就会今天塞一点钱，明天塞一点钱。

沈至勤开始不肯要，但架不住形势比人强，于是便给路小凡打借条，路小凡连连说不用，沈至勤就把借条往他身上一扔，道："朋友借钱也是要打借条的。"

所以路小凡是有朋友的，他的朋友就是沈至勤。

瘸子大叔的腿到底没有治好，钱没了，儿子也没读成书，心总是有一点灰的，最后伤势恶化，转化为骨癌去世了。

沈至勤在他爸爸灵前跪了三天，便把房子卖了，四处去寻找炒股的机会。

他自己开过账户，还亏了不少，当中有不少是路小凡的钱，但他每次都会认真地给路小凡打借条，他四处漂泊了挺长一段时间，终于在天津 WD 碰到路涛才安定了下来。

隔了好两年，沈至勤才又跟路小凡联络并告诉路小凡，他借路小凡的钱在期货市场开了个账户，赚的钱是路小凡的，亏了算他的。

路小凡连连道："没必要的。"

沈至勤骂了一声"屁"，道："记得把借条还我！"

所以路小凡去天津，不是去找路小平，而是去找沈至勤。他也不是没账户，只不过他账户的名字叫沈至勤。

Part2（片段 2）

李文西来找路涛谈合作，沈至勤告诉了路小凡，道："你

265

自己决定，你要不想卷进去，就别吭声；要想帮贝律清，就告诉他李文西要对付他。"

路小凡吃着碗里的咸泡饭，道："李文西对付不了他！"再捣着咸泡饭道，"他对付不了我哥，加上路涛也不行。"

沈至勤冷哼了一声道："别把贝律清看得太高，李文西有资本，出手也狠，怎么就对付不了贝律清，你等着贝律清变成穷光蛋吧。"

路小凡拿起可乐吸着，隔了很久才开始说话："我哥还在玩游戏吗？"

"嗯？"沈至勤反应了一下，才知道路小凡嘴里的哥这次是指他的亲哥哥，道，"看样子贝律清倒不是照顾你哥哥的面子，先让他熟悉熟悉，他大概就是想你哥玩游戏……不过他大少爷有的是钱，每个月花上一万多块钱看你哥嘚瑟成那个样子，开心开心也挺值的。"

路小凡好像突然就没了喝可乐的兴致，他小声地道："我哥不是这么肤浅的人。"

沈至勤白了他一眼。

"上一次路涛跟我聊天的时候，提起一种可能，那就是如果能准确地知道我哥买进什么样的期货品种，买多少手，在什么点布仓，那么他们在理论上可以以有限的资金，在很短的时间一举令他爆仓。"

"嗯？"沈至勤掉转过头来。

"他不是在说可能，他其实挺想那么干的吧，他想让我哥

266

也尝尝一落千丈、一无所有的滋味！"

"虽然，要我哥一落千丈挺难的，但是他一定会很受打击。他现在这点资产都是他自己赚回来的，而且里面还有很多其他朋友的资产，而且你知道，我哥做事情从来不失败的。"

"几个意思？"

"假如慢慢地弄，我哥很容易就发现了，他特别聪明。"

沈至勤涨红了脸，道："你到底什么意思啊……"

路小凡慢吞吞地道："我有办法知道他会买进什么样的期货品种、买多少手、在什么点布仓，如果你能一次性让他爆仓，我就帮路涛……因为只有那样，咱们才有可能赢我哥。"

沈至勤把头扭转过来道："你说真的……"

路小凡抬头道："真的……不过你们做完了这把，要想办法快点逃走比较好。"

沈至勤冷笑了一声，断然道："你想太多了，你真以为他们是一手遮天的。更何况，我们也有靠山！先收拾一下贝律清，就算是给上头一点敬礼。"

Part3（片段3）

路涛拿起一只黄小鸭靠垫放到了路小凡面前，指着它的眼睛道："你看，微型摄像头在这里，不过你确定一定能让我们收到吗？贝律清他们约定的计划也许只有最后一次是正确的，如果你不能保证它一直在贝律清坐的那个位置上放着，那么我们就看不到了。"

路小凡双手抱着黄小鸭，道："没有事的，他家阿姨的习惯很好的，从来不会乱摆东西，哪里放的东西永远只放在哪里，一点差距都不会有。"

路涛点了点头，微笑道："我相信小凡的眼光。上一次你对玉米的判断让我们可是大有收益，没有那一单，我都未必能对贝律清动手。这样吧，你到了国外把账户告诉我们，事成之后，我把你这次的提成划拨过去，相信你在国外能过得很自如了。"

"不了，不了！"路小凡连连摇头，转头对沈至勤道，"至勤，你把我的账户都清了吧，我要把钱都提出来。"

沈至勤略微惊讶地道："你真要清？这可是千载难逢的机会！你玉米赚的那几百万能滚成好几千万啊！"

路小凡不好意思地道："我哥很厉害，我要早一点跑路。"

沈至勤跟路涛都有一点神情古怪地看着路小凡，末了，沈至勤长吐了一口气道："随你的便。"

路小凡晃了晃自己的脑袋，回过神来。

飞机攀升着离开京城，越飞越高，由高及远地看下去，那片土地是如此辽阔，多少小人物在上面匍匐着艰难地前行，他们努力生存着、渴望着，梦想着会有一个华丽的转身。

灿烂的阳光下，京城静默地看着人来，又无声地看着人走，那些巍峨的建筑、沉默的宫殿，它们自有傲慢。

第十六章
重回故土

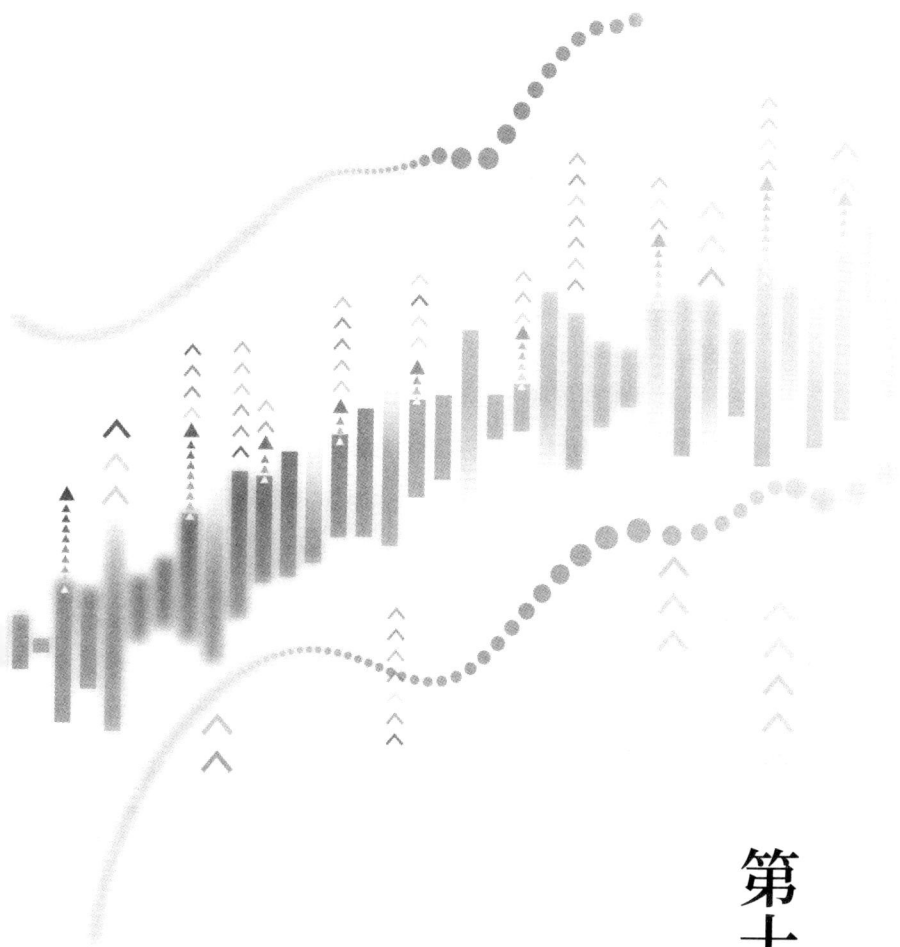

路小凡死死地看着越来越小的土地，他一点也不觉得自己能一次性收拾完贝律清。他没有路涛跟沈至勤那么乐观，他几乎是用马不停蹄一样的心情在逃跑，并且知道自己再也不能回来了。

　　如果没有贝家，路小凡现在也许就是一个像路爸那样的普通农夫，不会那么好，不会那么坏，他会有一个像路妈那样勤俭泼辣的媳妇，生上一群孩子，贫穷但热闹。

　　他不想恨路妈，也不大愿意恨路小平，更加不会恨贝律心，但是他要恨这个数次给了他梦想，又如同对待蝼蚁一样随便碾碎的人。

　　路小凡在法国落地，又坐大巴车到了马德里，最后在葡萄牙的一个小镇上落脚长期居住了起来，他隔了差不多两年才敢联络沈至勤。

　　出乎意料的，沈至勤跟路涛没能打赢贝律清，甚至远比他预想的要糟糕。

　　证监会裁定路涛最后六十亿的砸仓行为是扰乱证券市场，并予以撤销。

这样做的后果就是，红极一时的 WD 证券公司破产，路涛被以扰乱证券市场的罪名判刑五年。

路涛倒台，沈至勤自然也无法在这个行业里混下去，而且他也跟路涛一起破了产，没有工作，他不得不做一些短工来弥补生活所需。

路小凡跟沈至勤说过好几次让他来国外，他都挺淡地道："你过你的吧，别人的事你就别操心了。"他每次就那么两句，两句之后就主动把电话给挂了。

路小凡觉得沈至勤说得轻描淡写，但一定不是这么简单，贝律清他不知道，但是林子洋那伙人的脾气他是一定知道的，不弄得沈至勤半死不活，他们是绝对不会收手的。

沈至勤也许不是不想来，是不能来。

路小凡当然不敢回国去探望自己的朋友，他在葡萄牙的小镇上花了一笔钱，买了一个身份，又买了一个小门面，开了一个只卖粥汤的小中餐店，每天从早上十一点做到晚上八点，过着轻松悠闲的生活。

欧洲大多的地方都是这样，尤其是午后，仿佛时间被凝滞了一般，拉得很长。

冬天来了，路小凡的店里变得很忙，他的店有一点像日式面店，一个长排的吧台后面便是他的小厨房。这一天路小凡如同往常一样在吧台后面忙着，突然听到有人打铃道："One bone soup,one sea food porridge,no scallion.（一份骨头汤，一份海鲜粥，不要葱花。）"

271

他的声音挺好听，尽管说的是英文，但是不知道为什么特别地亲切，让路小凡的手顿了一下，那种声音他太熟悉了。

"哎，就来！"路小凡也仅仅是顿了一顿，也许他最精彩的生活之页已经翻过去了，但以后的日子总要前行。

"那放点芹菜好吧！"他抓了一把芹菜，转过头对来的客人道。

那是一个挺俊美的男人，黑色的头发，穿一件黑色的便服夹克衫，虽然神情平淡，但看上去依然非常有吸引力。可是路小凡一看到这个男人就吓得把手里的芹菜朝着对方身上一抛，然后直接从小厨房的后门逃了出去。

路小凡拼命地跑，他能听到那个男人很生气地在身后道："路小凡，你给我站住，站住听见没有！"

路小凡用了很大的力气，才没有本能地服从命令，他卖力地跑着，却一下子被巷子口的另一个人截住。

"路小凡你小子还想跑？！"一个清瘦的男人咬牙道，不是林子洋又是谁。

路小凡这下挣扎得更厉害了，本来林子洋倒没想打他，但是他那反向的几肘着实打疼了林子洋，气得林子洋实实在在也给了他几拳。

几拳下去，路小凡连忙抱着头蹲在地上老实了。

"律清，这小子先打我的！"林子洋对着跑过来微微喘气的贝律清恨声申明道。

路小凡只看见一双很新款的旅行鞋出现在他眼前，他不用看，也知道上面一定是一条靛蓝色的牛仔裤。

那双鞋停在了路小凡的面前，隔了半天，它的主人才挺平淡地道："看来之前是我小看你了。"

路小凡的眼睛突然一酸，地面上就有两处小地方湿了。

"你说你是不是蠢啊？你拿自己葡萄牙的账户给沈至勤汇钱，你根本是通知我们你在哪里吧？你还跑什么跑？"林子洋踢了踢他道，"起来，别装死！"

路小凡作为一个俘虏还是很合作的，他闻言起身，小声跟贝律清反驳林子洋的指控道："我不是故意的……我不知道你们还在查沈至勤的。"

贝律清深吸了一口气，道："先回去！"

路小凡低着头跟着这两个人又回了自己的小餐店，林子洋一副大老板查店的派头，进去大模大样地转了一圈，便找了个舒适的位置坐下了。

路小凡客气地把客人们都请出去，然后把店门关了，等着贝律清他们的发落。

贝律清与林子洋各坐吧台的一个位置，路小凡躬着身弯着腰，低着头站在他们前面，一副坦白从宽、抗拒从严的合作模样。

林子洋不停地"扑哧"笑，然后就道："我说律清，弄死他得了！"

路小凡忍不住哆嗦了一下，抬头飞快地看了一眼贝律清，见贝律清那张俊美的脸蛋上完全没有什么表情，既没有对林子洋的意见表示赞同，也没有反对的意思，连忙把头低得更下了。

贝律清略微皱了一下眉，道："我的粥跟汤呢？"

路小凡恍然反应过来，贝少爷一进来就点了一份骨头汤跟海鲜粥，连忙殷勤地道："哎，哎，哥你等着。"

他很快就把粥熬好了，端到贝律清的跟前，还很体贴地拿勺子来回搅拌，凉了凉粥，才给贝律清盛好放到他的面前，道："哥，你嘴巴有点干，我给你切了点梨丝在里面。"

林子洋啼笑皆非地道："我说路小凡，你先是害得我们差点倾家荡产吓得不轻，后来又让我们找你累得不轻，现在又哥前哥后套近乎，你说你怎么就这么会变呢？"

路小凡没吭声，贝律清搅着自己碗里的粥，像是想着到底该怎么处理路小凡。

路小凡只觉得背脊一阵又一阵发凉，林子洋见还有一碗汤放着，便伸手拿，想解解乏跟解解渴，碗却被路小凡连忙拖了过去。

林子洋简直被气噎住了，指着路小凡道："我就该让卓新来，他一见你立马把你砍了，什么屁话都没有！"

路小凡一直低着头承认错误："是是是，我真知道错了。"

骂归骂，气归气，但好在贝律清是带着任务来的，喝完粥后他将路小凡带回了国。

路小凡跟着贝律清回国之后，立即便承受了各方面的压力，有贝家的，也有卓新的，他一一赔礼道歉，才算告一段落。

事情平息之后，路小凡悄悄联系上了沈至勤。

沈至勤在一栋别墅的围墙外面抽烟，差不多抽到第三根烟

274

的时候，围墙上才冒出路小凡的人头。

"对不起，让你久等啦！"路小凡讨好地道。

沈至勤没好气地抬头道："你到底是为了什么把我约到你们家围墙外面啊？"

路小凡不好意思地道："那个……我哥看见我们，难免会想起那档子事。"

沈至勤道："那你不会另约别的地方，非约在狗屋的外面！"

"我现在一出门……就有保镖。"监视他呢。

"不是吧，这都两年了！"

沈至勤点了一根烟，皱眉道："那你找我来做什么？"

路小凡趴在墙头上，道："就是……想要谢谢你。"

沈至勤皱眉道："你谢我什么！"

路小凡还想说什么，就看见贝律清在门口的信箱前挺悠闲地取信封，他连忙把后面的话都咽进肚子里。

路小凡从围墙上缩了回来，慌慌张张回了客厅，贝律清拿了信回来好像脸上也没有特别的表情，路小凡的心刚放下，就听贝律清转头吩咐道："找个泥瓦匠来，把围墙再架高一点，连只野猫都能进进出出，这围墙有什么用？！"

路小凡顿时怕了，觉得流年不利，他一下子得罪了两个人。

贝律心自从路小凡与贝律清回来之后就离家出走了，从此杳无音信，家里冷冷清清的，连林阿姨都唠叨不起来了。

贝沫沙有一天早上起来突然心脏休克，九死一生才按下了床头上的报警按钮。

家里人把他送到了医院，然后立即通知了贝律清，等贝律清跟路小凡匆匆赶到的时候，贝沫沙已经送进了手术室。

　　毕竟是快八十岁的老人了，医生下了几次病危通知，一贯只在五星级酒店里见家人的沈吴碧氏，立即坐着飞机连夜匆匆地赶来了医院，听说贝沫沙不行了，她好像也挺平淡的。

　　她只在贝沫沙的床边稍稍坐了坐，便趁人不注意坐到了防火通道上无声地掉眼泪。

　　等她哭完了，想擦擦眼泪，装作没事人似的再回去，却发现没带包，没有纸巾擦脸，而要命的是脸都哭花了。

　　她正难堪的时候，突然发现自己的包就放在门旁边的台阶上，她吃惊之余打开包，发现里面什么也没少，而且多了包纸巾。

　　等沈吴碧氏把脸擦干净回到贝沫沙的病房里，却听儿子跟路小凡道："我妈的包呢，刚才她不是忘在这里了？"

　　路小凡回答："贝妈刚才回来拿过了。"

　　贝律清忧心父亲的病情，刚才也不过是随口那么一问，听了路小凡的回答也没有细想，只是"哦"了一声。

　　生离死别的夜晚通常都是很漫长的，有的时候会像跟这个人所有的缘分累积起来的时间那么长，因为会有回忆。

　　贝律清从病房里出来的时候，沈吴碧氏坐在门外的凳子上对他道："你爸爸是一个很浪漫的人。"

　　贝律清微笑了一下，道："妈妈也是。"

　　贝沫沙从鬼门关绕了一圈又活了回来，沈吴碧氏坐在他的病床上问道："你还怪我吗？"

贝沫沙吃力地握着沈吴碧氏的手道："我一直以为你因为我不能保护你而怪我。"

沈吴碧氏的眼泪只在眼眶里打了个圈就回去了，但她的人却没再回去。

后来，路小凡被解禁，回了一趟老家。

贝律清将车停下，开口道："喏，路家湾到了。"

路小凡看着那新盖的瓦房，有一点挪不开脚步，里面有一个姑娘开门出来说道："我听到汽车声了，是哥他们回来了吧！"

"小……小的！"路小凡看着那时髦漂亮的女孩子。

"是二哥，二哥回来啦！"路小的看到路小凡便连忙朝屋内喊道。

他这么一喊，里屋一阵脚步声，路妈、路爸、路小平都出来了，贝律清拍拍车门道："喂，出来啊！"

路小凡才下了车子，脚踩到下面的泥路，只觉得一阵腿颤，贝律清扶了他一把他才算站稳。

路妈走得最快，看见路小凡更加快走几步，道："凡凡，凡凡，你总算回来啦！"

第十七章

家庭合照

路小凡有一种做梦一样的感觉，这是他的家人，他贫穷、麻烦不断、庸碌又现实的家人。

他见到了他们，才知道自己有多么想念他们，他一直梦见他们不是因为无法忘记他们把他压得喘不过气来，不是因为无法忘记他们的遗弃跟背离，而是因为他想念他们——他的家人。

路小凡进了屋子，发现家里新盖了瓦房，窑洞似乎也重新整修了一番，通了自来水，而且也装起了太阳能热水器。

路爸虽然也挺激动地去迎路小凡了，但想起自己当年为了还债救路小平的偏颇行为，仍有一点愧疚，所以一个人在外面抽烟袋。

路妈在屋里跟路小凡说家里的状况，路小凡才知道家里也过了两年非常艰难的日子。

路小平回家之后家里一落千丈，谁都知道路小平说带他们赚大钱的事是吹牛，农村里的人朴实也现实，以前是因为惧怕路家的富贵亲家，不得不既嫉妒又巴结他们，现在路小平把工作都丢了，也就证明人家亲家根本不把他们一家当回事，因此落井下石的大有人在。

为此，路小的的亲事也叫人退了，路妈咬着牙带着家里所有的人重新在地里种核桃跟苹果。

路小平因为得罪了李文西，不敢出去找工作，便在家里当技术员，他读的书多，脑子也好使，很快倒成了种植核桃的半个专家，经常有其他村里的人请他帮着去看看核桃或者帮着嫁接核桃苗。

路小的不肯种田，就出门南下打工，几年打拼下来虽然吃过不少亏，但也变成了半个老江湖，现在专门干倒卖电子产品的活，成了一个女商人，镇上大大小小的电子产品基本上是她弄回来的。

路小世没上重点高中，但考上了西安大学，学的是地质勘测，出来后经常扛着仪器四处测量，人家都喊枯燥无味，但一声不吭的路小世似乎挺喜欢这种跟大地打交道的工作。

村里人见路家又冒出了头，邻里街坊似乎又客气了起来，贝沫沙自从病好了之后，便常常念叨贝律心，好不容易打听到她的下落，就赶紧托人给她带了一封信。

贝律心流浪到了国外，又在那里跟着一群义务组织成员去了非洲救助贫困儿童，收到贝沫沙的去信，她只简单地回了一句：就当我烂死在非洲了吧，勿念。

气得贝沫沙又回了一封信道："就算你要烂死在外面，你也要回来跟小凡把婚离了吧！"

这一次，贝律心却没回复。

路小凡卖了葡萄牙的小店面，回京城开了一个更小的店，林子洋常常讥讽道："哟，你这开的是早餐店，还是夜宵店？"

路小凡也没法子，人民币的贬值速度就像京沪铁路在线的火车一样，年年在提速，前几年大家还在为了大米陡然突破到一块钱而慌张惊讶，现在几百万也只能买个经济户型了，大家倒反而淡定了。

路涛因在监狱里表现良好，提前几个月释放了。股市正好，他跟着沈至勤一起南下搞私募去了。

沈至勤走的那天到路小凡那里买了一碗粥，还骂了一句"怎么这么淡"，十来分钟没有跟路小凡说过一句多余的话。

林子洋端着杯子回头看，再回头看，然后忍不住拉了路小凡小声问这是不是沈至勤啊。

路小凡挺肯定地道："是啊。"

林子洋说了一句："他怎么跟不认识你似的。"

路小凡把沈至勤吃剩下的盘子收起来，道："他在心里认得我。"

晚上路小凡又梦回了当年的沙龙会，稀里糊涂地听到青年学生们意气风发地述说他们的理念，奇怪的是讲得最多的倒不是 politics（政治），而是 our country（我们的国家）。

这世上有两样东西要常常温故知新，才不会被遗忘，一是知识，二是理想。

这一年路小凡回路家过年，一向嘈杂又热闹的路家今年更加热闹，因为小凤露了一下面，丢下一个五六岁的男孩子就走了。

这个男孩儿长得跟路小平真是一个模子里刻出来的。

这几年路妈反复到小凤家提亲，小凤的妈早就同意得不能再同意了，可是小凤始终不同意，谁也不知道她吃了多少苦头，才把这个孩子拖到这么大。

小凤在城市里先是给人做洗头工，然后是理发师，现在好像盘了一家店，正式当起了女老板，忙得没日没夜，因此才把这男孩儿丢给了他爸爸。

路小平连讨好的机会都没有，小凤已经跑得无影无踪了。

路家收了这么大个孩子，一问才知道可怜的孩子叫豆豆，连个大名都没有，豆豆大约是谁种豆谁收成的意思，让人啼笑皆非。

家里一家之主自然是路爸，大名这种事情自然路爸来起，偏偏路爸又不是那么有文采的人，憋到最后，突然想起了自家的排名还空着一个，于是一拍腿把孙子叫路小界。

后来，他们拍了张全家福，路妈把路小界抱在膝上，后面路小平、路小凡、路小的、路小世一阵混乱地排队才算搞定，齐齐地喊一声"茄子"。

全家人灿烂的笑容被放大了挂在雪白的墙壁上，相框上面有五个小红字。

那就是——"平凡的世界"。